TRADUÇÃO Gilson Charles dos Santos

María

Jorge
Isaacs

ÍNDICE

Aos irmãos de Efraim

Eis aqui, meus caros amigos, a história da adolescência daquele a quem tanto amastes e que já não existe. Muito tempo vos fiz esperar por estas páginas. Depois de escritas, pareceram-me pálidas e indignas de serem oferecidas como um testemunho de minha gratidão e de meu afeto. Vós não desconheceis as palavras que ele havia pronunciado naquela noite terrível, ao colocar em minhas mãos o livro de suas recordações: "O que falta aí, tu sabes; poderás ler até o que minhas lágrimas apagaram". Doce e triste missão! Lede-as, pois, e, se detiverdes a leitura para chorar, esse pranto me provará que a cumpri fielmente.

I

Era eu criança quando me apartaram da casa paterna para que eu desse princípio a meus estudos no colégio do doutor Lorenzo Ma. Lleras, estabelecido em Bogotá havia poucos anos e famoso em toda a República naquele tempo.

Na noite anterior à minha viagem, depois da ceia, entrou em meu quarto uma de minhas irmãs e, sem me dizer uma só palavra carinhosa, uma vez que os soluços lhe embargavam a voz, cortou de minha cabeça uns poucos cabelos; quando saiu, haviam rolado em meu pescoço algumas lágrimas suas.

Dormi chorando e experimentei algo como um vago pressentimento de muitos pesares que haveria de sofrer depois. Esses cabelos, tirados de uma cabeça infantil, aquela precaução do amor contra a morte diante de tanta vida, fizeram com que, durante o sono, vagasse minha alma por todos os locais onde havia passado, sem compreender, as horas mais felizes de minha existência.

Na manhã seguinte meu pai desatou de minha cabeça, umedecida por tantas lágrimas, os braços de minha mãe. Minhas irmãs, ao dizerem-me seus adeuses, enxugaram-na com beijos. María esperou humildemente sua vez e, balbuciando sua despedida, juntou sua bochecha corada à minha, gelada pela primeira sensação de dor.

Poucos momentos depois, segui meu pai, que ocultava de meus olhares o seu rosto. O trote de nossos cavalos na estrada pedregosa afogava meus últimos soluços. O rumor do Sabaletas[1], cujas várzeas ficavam à nossa direita, diminuía por alguns instantes. Dávamos já a volta a uma das colinas da senda em que costumavam ser vistos de nossa casa os viajantes aguardados. Voltei a vista para ela, buscando um de tantos seres queridos: María estava sob as trepadeiras que adornavam as janelas do aposento de minha mãe.

---

1 **SABALETAS:** Rio colombiano, localizado no departamento de Antioquia, na região noroeste do país. Ele é um afluente do rio Cauca e atravessa áreas rurais e montanhosas.

II

Passados seis anos, os últimos dias de um deslumbrante agosto me receberam ao regressar ao vale nativo. Meu coração transbordava de amor pátrio. Era já a última jornada da viagem e eu desfrutava da mais perfumada manhã de verão. O céu tinha uma coloração azul pálida: na direção do oriente e sobre as cristas altíssimas das montanhas, ainda meio enlutadas, vagavam algumas nuvenzinhas de ouro, como as faixas do turbante de uma bailarina espalhadas por um sopro amoroso. Na direção do sul flutuavam as névoas que, durante a noite, haviam embaçado os montes distantes. Cruzava planícies de grama verde, regadas por riachos cuja travessia me era obstruída por formosos rebanhos de gado, que abandonavam o pastejo para se internarem nas lagunas ou nas sendas cumuladas de bucaneiros floridos e figueiras frondosas. Meus olhos haviam se fixado com avidez naqueles locais meio escondidos do viajante pelas copas de antiquíssimas palmeiras; naquelas estâncias onde eu havia deixado gente virtuosa e amiga. Em tais momentos não haviam comovido meu coração as árias de piano de U***: os perfumes que aspirava eram tão gratos comparados aos vestidos luxuosos dela, o canto daquelas aves sem nome tinha harmonias tão doces para o meu coração!

Estava mudo diante de tanta beleza, cuja recordação eu imaginava ter conservado na memória porque algumas de minhas estrofes, admiradas por meus condiscípulos, tinham pálidas tintas delas. Quando, em um salão de baile, inundado de luz, cheio de melodias voluptuosas, de aromas mil mesclados, de sussurros de tantas roupagens de mulheres sedutoras, encontramos aquela com quem sonhamos aos dezoito anos e um olhar fugitivo dela queima nossa fronte, e sua voz faz emudecer para nós, por um instante, todas as outras vozes, e suas flores deixam atrás de si essências desconhecidas, então caímos em uma prostração celestial: nossa voz é impotente, nossos ouvidos já não escutam a sua, nossos olhares não podem segui-la. Mas, quando, refrescada a mente, volta ela à memória horas depois, nossos lábios murmuram em cantares seu louvor, e é essa mulher, é sua dicção, é seu olhar, é seu suave passo sobre os tapetes o que arremeda aquele canto, que o vulgo julgará perfeito. Assim o céu, os horizontes, os pampas e os cumes do Cauca fazem emudecer a quem os contempla. As grandes belezas da criação não podem ao mesmo tempo serem vistas e cantadas: é necessário que regressem à alma empalidecidas pela memória infiel.

Antes de o sol se pôr, já tinha eu visto clarear, sobre o fundo da montanha, a casa de meus pais. Ao aproximar-me dela, contava com o olhar ansioso os grupos de salgueiros e laranjeiras, por meio dos quais vi cruzar, um pouco depois, as luzes que se estendiam pelos cômodos.

Respirava, enfim, aquele aroma nunca esquecido do jardim que havia se formado. As ferraduras de meu cavalo chisparam sobre o ladrilho do pátio. Ouvi um grito indefinível; era a voz de minha mãe: ao estreitá-la em meus braços e aproximar-me de seu peito, uma sombra cobriu-me os olhos: supremo prazer que comovia uma natureza virgem!

Quanto tratei de reconhecer nas mulheres que via as irmãs que deixei crianças, María estava de pé junto a mim, e velavam seus olhos amplas pálpebras ornadas de largas sobrancelhas. Foi seu rosto que se cobriu do mais notável rubor quando, com meu braço a rodear seus ombros, roçou-me com sua feição; e seus olhos ainda estavam umedecidos, ao sorrir à minha primeira expressão afetuosa, como os de um menino cujo pranto uma carícia materna havia consolado.

III

Às oito fomos para a sala de jantar, que estava pitorescamente situada na parte oriental da casa. Via-se dela as cristas nuas das montanhas sob o fundo estrelado do céu. As auras do deserto passavam pelo jardim recolhendo aromas para virem jogar com as roseiras que nos rodeavam. O vento volúvel deixava ouvir, por instantes, o rumor do rio. Aquela natureza parecia ostentar toda a formosura de suas noites, como se recebesse um hóspede amigo.

Meu pai ocupou a cabeceira da mesa e me posicionou à sua direita; minha mãe sentou-se à esquerda, como de costume; minhas irmãs e as crianças se situaram indistintamente e María ficou diante de mim.

Meu pai, envelhecido durante minha ausência, dirigia-me olhares de satisfação e sorria com aquele seu modo malicioso e doce ao mesmo tempo, que nunca vi em outros lábios. Minha mãe falava pouco, porque nesses momentos era mais feliz que todos os que a rodeavam. Minhas irmãs se empenhavam em me fazer provar seus quitutes e cremes, e corava aquela a quem eu dirigia uma palavra lisonjeira ou um olhar examinador. María me ocultava seus olhos tenazmente, mas pude admirar neles o brilho e a formosura dos de sua raça nas duas ou três vezes em que, para seu pesar, encontraram-se diante dos meus;

seus lábios vermelhos, úmidos e graciosamente imperativos mostraram-me por um instante o velado primor de seus lindos dentes. Tinha, como minhas irmãs, a abundante cabeleira castanho-escuro dividida em duas tranças, sobre o nascimento de uma das quais via-se um cravo encarnado. Vestia um traje de musselina leve, quase azul, do qual apenas se descobria uma parte do corpete e da saia, pois um manto de algodão fino, de cor púrpura, ocultava-lhe o colo até a base de sua garganta de brancura fosca. Ao voltar as tranças nas costas, de onde rodavam quando ela se inclinava para servir, admirei o dorso de seus braços deliciosamente torneados, e suas mãos cuidadas como as de uma rainha.

Concluída a ceia, os escravos levantaram as toalhas de mesa; um deles rezou o Pai Nosso, e seus amos completamos a oração.

A conversa então se tornou confidencial entre meus pais e eu.

María ajeitou em seus braços a criança que dormia em seu regaço, e minhas irmãs a seguiram aos aposentos: elas a amavam muito e disputavam seu doce afeto.

Já no salão meu pai, antes de se retirar, beijou a testa de suas filhas. Quis minha mãe que eu visse o quarto que me havia sido destinado. Minhas irmãs e María, já menos tímidas, queriam observar que efeito me causava o esmero com que estava adornado. O quarto ficava no final do corredor da frente da casa; sua única janela tinha, pela parte de dentro, a vista de uma confortável mesa; naquele momento, estando abertas as folhas e as grades, entravam por ela floridos ramos de roseiras que acabavam adornando a mesa, onde um formoso vaso de porcelana azul continha trabalhosamente em seu topo açucenas e lírios, cravos e campânulas roxas do rio. As cortinas do leito eram de chifon branco, atadas às colunas com amplas fitas cor-de-rosa e, perto da cabeceira, por uma fineza materna, estava a pequena Virgem Dolorosa que havia servido para meus altares quando menino. Alguns mapas, cômodos assentos e um formoso jogo de banho completavam o enxoval.

— Que belas flores! — exclamei, ao ver todas as que, do jardim e do vaso, cobriam a mesa.

— María se recordava de quanto te agradavam — observou minha mãe.

Voltei os olhos para lhe fazer meus agradecimentos, e os seus como que se esforçavam para suportar aquela mirada.

— María — disse — vai guardá-las, porque fazem mal no local onde se dorme.

— É verdade? — respondeu —; pois as reporei amanhã.

Que doce era sua voz!

— Há tantas assim?

— Muitíssimas; serão repostas todos os dias.

Depois que minha mãe me abraçou, Emma me estendeu a mão e María, abandonando-me por um instante a sua, sorriu como na infância me sorria: esse sorriso cavado era o da menina de meus amores infantis surpreendido no rosto de uma virgem de Rafael.

IV

Dormi tranquilo, como quando me fazia adormecer na infância um dos maravilhosos contos do escravo Pedro.

Sonhei que María entrava para trocar as flores de minha mesa e que, ao sair, havia roçado as cortinas de meu leito com sua saia de musseline vaporoso salpicada de florezinhas azuis.

Quando despertei, as aves cantavam, revoluteando nas folhagens das laranjeiras e jambeiros, e as flores da laranjeira encheram minha estância com seu aroma assim que entreabri a porta.

A voz de María chegou, então, aos meus ouvidos, doce e pura: era sua voz de menina, mas mais grave e já pronta para ceder a todas as modulações da ternura e da paixão. Ai! Quantas vezes em meus sonhos um eco desse mesmo timbre chegou depois à minha alma, e meus olhos buscaram em vão aquele jardim onde tão bela a vi naquela manhã de agosto!

A menina cujas inocentes carícias haviam sido todas para mim não seria mais a companheira de minhas brincadeiras; mas, nas tardes douradas de verão, estaria nos passeios a meu lado, no meio do grupo de minhas irmãs; iria ajudá-la a cultivar suas flores prediletas; nas reuniões ouviria sua voz, avistar-me-iam seus olhos, separar-nos-ia um só passo.

Assim que arrumei ligeiramente a roupa, abri a janela e observei María em uma das veredas do jardim, acompanhada por Emma: usava um traje mais escuro que o do dia anterior, e o manto cor de púrpura, enlaçado na cintura, caía-lhe em forma de banda sobre a saia; seus longos cabelos, divididos em duas tranças, ocultavam-lhe boa parte das costas e do colo; ela e minha irmã tinham os pés descalços. Levava uma vasilha de porcelana um pouco mais branca do que os braços que a sustentavam, à qual ia enchendo de rosas abertas durante a noite e retirando, por estarem murchas, as menos úmidas e louçãs. Ela, rindo com sua companheira, afundava os brotos, mais frescos do que as rosas, na tigela transbordante. Descobriu-me Emma; María me notou e, sem se voltar para mim, caiu de joelhos para ocultar-me seus pés; desatou-se de seu corpo o manto e, cobrindo com ele os ombros, ela fingia brincar com as flores. As filhas núbeis dos patriarcas não eram mais formosas nas alvoradas em que colhiam flores para seus altares!

Passado o almoço, chamou-me minha mãe para ir ao seu costureiro. Emma e María estavam bordando junto a ela. Essa voltou a corar quando me apresentei; talvez recordasse a surpresa que, involuntariamente, havia-lhe eu feito pela manhã.

Minha mãe queria ver-me e ouvir-me sem cessar.

Emma, agora mais ousada, me perguntava mil coisas sobre Bogotá; exigia-me que lhes descrevesse os bailes esplêndidos, os formosos vestidos de senhora que estavam na moda, as mais belas mulheres que então figuravam na alta sociedade. Ouviam sem deixar seus afazeres. María me olhava algumas vezes, por descuido, ou fazia observações discretamente a sua companheira de assento; e, ao colocar-se de pé para se aproximar de minha mãe a fim de lhe consultar algo sobre o bordado, pude ver seus pés primorosamente calçados: seu passo ligeiro e digno revelava todo o orgulho, não abatido, de nossa raça, e o sedutor recato da virgem cristã. Seus olhos se iluminaram quando minha mãe manifestou o desejo de que eu desse às moças algumas lições de gramática e geografia, matérias em que não tinham além de noções muito escassas. Combinou-se que daríamos princípio às lições dali a seis ou oito dias, durante os quais poderia eu nivelar os conhecimentos de cada uma.

Horas depois avisaram-me que o banho estava pronto e fui a ele. Uma frondosa e corpulenta laranjeira, carregada de frutos maduros, formava uma pérgola sobre o amplo tanque de pedra polida: sobrenadavam na água muitíssimas rosas; assemelhava-se a um banho oriental, e estava perfumado com as flores que, de manhã, havia colhido María.

V

Haviam se passado três dias quando me convidou meu pai a visitar suas fazendas do vale, e foi preciso comprazê-lo; por outro lado, eu tinha interesse real com relação às suas empresas. Minha mãe se empenhou vivamente em nosso pronto regresso. Minhas irmãs se entristeceram. María não me suplicou, como elas, para que regressasse na mesma semana; mas me seguia incessantemente com os olhos durante os preparativos da viagem.

Em minha ausência, meu pai havia melhorado suas propriedades notavelmente: uma cara e bela fábrica de açúcar, muitos hectares de cana para abastecê-la, extensos alqueires com gado vacinado e cavalar, bons tanques de cevada e uma luxuosa sede constituíam o que havia de mais notável em suas fazendas de terra quente. Os escravos, bem vestidos e contentes, até onde era possível na escravidão, eram submissos e afetuosos para com seu amo. Achei homens que, crianças até pouco antes, me haviam ensinado a fazer arapucas para perdizes e cotias na densidão dos bosques: seus pais e eles voltaram a ver-me com inequívocos sinais de prazer. Somente Pedro, o bom amigo e fiel criado, não consegui encontrar: ele havia derramado lágrimas ao me colocar sobre o cavalo no dia de minha partida para Bogotá, dizendo: "Meu *amito*, já não te verei mais". Seu coração o avisava de que estaria morto antes de meu regresso.

Pude notar que meu pai, sem deixar de ser amo, dava um tratamento carinhoso a seus escravos, mostrava zelo pela boa conduta de suas esposas e acariciava as crianças.

Uma tarde, já perto do pôr-do-sol, regressávamos das lavouras para a fábrica meu pai, Higinio (o capataz) e eu. Eles falavam dos trabalhos feitos e por fazer; ocupavam-me coisas menos sérias: pensava nos dias de minha infância. O odor peculiar dos bosques recém-derrubados e dos ciprestes em flor; o taramelar dos papagaios nas palmeiras e goiabeiras vizinhas; o tangido distante do berrante de algum pastor, repetido pelos montes; as gaitas dos escravos que voltavam espaçadamente do trabalho com as ferramentas sobre os ombros; as árvores vistas através dos canaviais movediços: tudo me recordava as tardes em que, afastando-nos de minhas irmãs, María e eu, com alguma vênia de minha mãe, obtida com muito custo, nos distraíamos colhendo goiabas de nossas árvores prediletas, derrubando ninhos de ciprestes, muitas vezes com grave lesão de braços e mãos, e espiando filhotes de periquitos nas cercas dos currais.

Ao nos encontrarmos com um grupo de escravos, disse meu pai a um jovem negro, de notável aspecto:

— E então, Bruno, tudo está pronto para o seu matrimônio depois de amanhã?

— Sim, meu amo — respondeu-lhe, tirando o chapéu de junco e apoiando-se na manga de seu casaco.

— Quem são os padrinhos?

— Nhá Dolores e Nhô Anselmo, se permite Sua Mercê.

— Bom. Remígia e tu estarão bem apadrinhados. Compraste tudo o que necessitavas para ela e para ti com o dinheiro que mandei te dar?

— Sim, tudo, meu senhor.

— E nada mais desejas?

— Sua Mercê verá.

— O quarto que te indicou Higinio é bom?

— Sim, meu senhor.

— Ah, já sei! O que queres é um baile.

Riu-se então Bruno, mostrando seus dentes de brancura deslumbrante e voltando a olhar para seus companheiros.

— É justo; tu te comportas muito bem. Já sabes — adicionou, dirigindo-se a Higinio —: prepare isso, e que fiquem contentes.

— E Suas Mercês, terão de ir embora antes? — perguntou Bruno.

— Não — respondi-lhe —, entendo que estamos convidados.

Na madrugada do sábado seguinte casaram-se Bruno e Remígia. Essa noite, às sete, preparamo-nos meu pai e eu para irmos ao baile, cuja música começávamos a ouvir. Quando chegamos, Julian, o escravo capitão da turma, veio recolher o estribo e receber nossos cavalos. Estava vistoso, com sua roupa de domingo, e lhe pendia da cintura o largo punhal de guarnição prateada, insígnia de seu trabalho. Uma sala de nossa antiga casa havia sido esvaziada das ferramentas de trabalho que continha para dar lugar ao baile. Haviam-na rodeado de tábuas; em um lustre de madeira pendurado em uma das vigas, dava volta meia dúzia de lâmpadas: os músicos e cantores, mistura de agregados, escravos e assalariados, ocupavam uma das portas. Não havia nada além de flautas de cana, um tambor improvisado, dois *alfandoques*[2] e um pandeiro; mas as finas vozes dos negrinhos entoavam os *bambucos*[3] com tanta maestria; havia em seus cantos tão sentida combinação de melancólicos, alegres e ligeiros acordes; os versos que cantavam eram tão ternamente simples, que o mais culto diletante teria ouvido em êxtase aquela música semisselvagem. Adentramos a sala com casaco e chapéu. Dançavam neste momento Remígia e Bruno: ela, com *follao*[4] de boleros azuis, bordado de flores vermelhas, camisa branca bordada de preto, gargantilha e pendentes de cristal cor de rubi, dançava com toda a genti-

---

2 ALFANDOQUES: Tipo de chocalho empregado na música andina.

3 BAMBUCOS: Ritmo colombiano de origem quéchua que, com o passar do tempo, recebeu influência da música africana e europeia, caracterizando-se como um tipo de canção mestiça.

4 FOLLAO: Tipo de anágua externa em formato de túnica, cingida por uma cinta.

leza e donaire que eram de se esperar de seu talhe robusto. Bruno, dobrados sobre os ombros os panos de lã, calça de manta vistosa e camisa branca bem passada e um punhal novo na cintura, sapateava com destreza admirável.

Finda aquela *mão* (assim era chamada pelos campesinos cada peça do baile), tocaram os músicos seu mais formoso *bambuco*, porque Julián anunciou-lhes que era para o amo. Remígia, animada por seu marido e pelo capitão, se resolveu enfim a dançar uns momentos com meu pai: mas, então, não se atreveu a levantar os olhos, e seus movimentos na dança eram menos espontâneos. Ao cabo de uma hora, retiramo-nos.

Ficou meu pai satisfeito com minha atenção durante a visita que fizemos às fazendas; mas, quando eu lhe disse que, dali em diante, desejava participar de suas fadigas permanecendo a seu lado, me confessou, quase com pesar, que se via impelido a sacrificar em meu favor seu bem-estar, cumprindo a promessa que me havia feito tempos atrás de me enviar à Europa para concluir meus estudos de medicina, e que eu deveria empreender viagem, no mais tardar, em cerca de quatro meses. Ao me falar assim, sua fisionomia se revestiu de uma seriedade solene, sem afetação, que se notava nele quando tomava decisões irrevogáveis. Isso sucedeu na tarde em que regressamos à serra. Começava a anoitecer e, se não tivesse sido assim, teria notado a emoção que sua negativa me causava. O resto do caminho foi feito em silêncio. Quão feliz eu estaria ao rever María se a notícia dessa viagem não tivesse se interposto desde aquele momento entre minhas esperanças e ela!

VI

O que havia sucedido naqueles quatro dias à alma de María? Estava ela a colocar um castiçal numa das mesas do salão quando me aproximei para cumprimentá-la; e já havia estranhado não vê-la em meio ao grupo da família na escadaria onde acabávamos de apear. O tremor de sua mão expô-lo o castiçal; e eu lhe ofereci ajuda, menos tranquilo do que acreditava estar. Pareceu-me ligeiramente pálida e, ao redor de seus olhos, havia uma leve sombra, imperceptível para quem a tivesse visto sem observá-la. Voltou o rosto para minha mãe, que estava falando nesse momento, evitando assim que eu pudesse examiná-lo banhado pela luz que tínhamos perto de nós: notei, então, que, no nascimento de uma das tranças, havia um cravo murcho; e era, sem dúvida, o que eu lhe havia dado na véspera de minha viagem ao vale. A cruzinha de coral esmaltado que havia trazido para ela, igual à de minhas irmãs, levava-a no pescoço, pendendo de um cordão de pelo negro. Estava silenciosa, sentada no meio das poltronas que ocupávamos minha mãe e eu. Como a resolução de meu pai sobre minha viagem não se afastava de minha memória, creio ter lhe parecido triste, pois me disse em voz quase baixa:

— Te fez mal a viagem?

— Não, María — respondi-lhe —; mas o sol nos bronzeou muito e andamos tanto...

Ia dizer-lhe algo mais, mas o tom confidencial de sua voz, a luz nova para mim, que surpreendi em seus olhos, impediram-me de fazer outra coisa senão observá-la até que, notando que se envergonhava da involuntária fixidez de meu olhar, e encontrando-me examinado pelo de meu pai (mais temível quando certo sorriso passageiro vagava em seus lábios), saí do salão em direção ao meu quarto.

Fechei as portas. Ali estavam as flores colhidas por ela para mim; imprimi-lhes meus beijos; quis aspirar de uma vez todos os seus aromas, buscando neles os dos vestidos de María; banhei-as com minhas lágrimas... Ah! Vós que não haveis chorado de felicidade como essa, chorai de desespero se passou vossa adolescência, porque jamais voltareis a amar assim!

Primeiro amor!... Nobre orgulho de nos sentirmos amados: sacrifício doce de tudo o que antes nos era caro em favor da mulher querida: felicidade que, comprada para um dia com lágrimas de toda a existência, receberíamos como um dom de Deus: perfume para todas as horas do porvir: luz inextinguível do passado: flor guardada na alma e incapaz de fazer os desenganos murcharem: único tesouro que não pode nos arrebatar à inveja dos homens: delírio delicioso... inspiração do céu... María! María! Quanto te amei! Quanto te amara!...

VII

Quando meu pai fez a última viagem às Antilhas, Salomão, primo seu a quem eu muito havia amado desde a infância, acabava de perder sua esposa. Bem jovens tinham vindo juntos para a América do Sul; e, em uma de suas viagens, enamorou-se meu pai da filha de um espanhol, intrépido capitão de navio que, depois de ter deixado o serviço durante alguns anos, viu-se forçado em 1819 a tomar novamente as armas em defesa dos reis de Espanha, e que morreu fuzilado em Majagual[5] em vinte de maio de 1820.

A mãe da jovem que meu pai amava exigiu, como condição para entregá-la como esposa, que ele renunciasse à religião judaica. Meu pai tornou-se cristão aos vinte anos de idade. Seu primo se aferrou naqueles dias à religião católica, sem por isso ceder às instâncias para que também se batizasse, pois sabia que o feito de meu pai, que lhe dava a esposa que desejava, servir-lhe-ia de impedimento para ser aceito pela mulher a quem amava na Jamaica.

Depois de alguns anos de separação, os dois amigos voltaram de fato a se ver. Já era viúvo Salomão. Sara, sua esposa, havia lhe deixado uma menina que, à época, tinha três anos. Meu pai encontrou-o desfigurado moral e fisicamente pela dor,

5 MAJAGUAL: Município colombiano na região de Sucre.

e então sua nova religião serviu-lhe para confortar seu primo, conforto que em vão haviam buscado os parentes para salvá-lo. Rogou a Salomão para que lhe desse a filha, a fim de educá-la ao nosso lado, e se atreveu a propor-lhe que se fizesse cristã. Salomão aceitou, dizendo-lhe: "É verdade que somente minha filha me impediu de empreender viagem à Índia, que melhoraria meu espírito e remediaria minha pobreza; também foi ela meu único consolo depois da morte de Sara. Mas, se é de tua vontade, que ela seja filha tua. As cristãs são doces e bondosas, e tua esposa deve ser uma santa mãe. Se o cristianismo dá, nas supremas desgraças, o alívio que tu me ofereceste, talvez eu faria minha filha desditosa deixando-a judia. Não digas nada a nossos parentes, mas, quando chegares à primeira costa onde se encontre um sacerdote católico, faze com que seja batizada e lhe mudem o nome de Ester para María". Isso dizia o infeliz, derramando muitas lágrimas.

Em poucos dias baixava na baía de Montego[6] a vela da galera que devia conduzir meu pai às costas de Nova Granada[7]. A nave ligeira balançava suas brancas asas como uma garça de nossos bosques às suas, antes de empreender um largo voo. Salomão entrou no quarto de meu pai, que acabava de arrumar seu traje de bordo, levando Ester sentada em um de seus braços, e pendente do outro um cofre que continha a bagagem da menina: esta estendeu os bracinhos a seu tio, e Salomão, colocando-a nos braços do amigo, deixou-se cair soluçando sobre o pequeno baú. Aquela criatura, cuja preciosa cabeça acabava de banhar, com uma chuva de lágrimas, o batismo da dor antes do da religião de Jesus, era um tesouro sagrado; meu pai sabia bem disso, e não se esqueceu jamais. A Salomão foi-lhe recordada por seu amigo, ao saltar da lancha que iria separá-los, uma promessa, e ele respondeu com voz afogada:

---

6 BAÍA DE MONTEGO: Mais conhecida por *Montego Bay*, é uma cidade localizada no noroeste da Jamaica, popular por suas praias cristalinas e pelo rico patrimônio cultural.

7 NOVA GRANADA: País que existiu entre 1831 e 1858, abrangendo o território que hoje corresponde à Colômbia e ao Panamá. Anteriormente, fazia parte da Grande Colômbia.

"As orações de minha filha por ti e as minhas por ela e por sua mãe subirão juntas aos pés do Crucificado".

Contava eu sete anos quando regressou meu pai, e desdenhei dos brinquedos preciosos que me trouxe de sua viagem por admirar aquela menina tão bela, tão doce e sorridente. Minha mãe cobriu-a de carícias, e minhas irmãs a abraçaram com ternura desde o momento em que meu pai, colocando-a no regaço de sua esposa, disse-lhe: "Esta é a filha de Salomão, que ele te envia".

Durante nossos jogos infantis, seus lábios começaram a modular acentos castelhanos, tão harmoniosos e sedutores em uma linda boca de mulher e na risonha de um menino.

Haviam se passado uns seis anos. Quando, numa tarde, entrei no quarto de meu pai, ouvi-o soluçar: tinha os braços cruzados sobre a mesa, e neles apoiava a fronte; junto dele minha mãe chorava e, sobre seus joelhos, reclinava María a cabeça, sem compreender essa dor e quase indiferente aos lamentos de seu tio: era que uma carta de Kingston[8], recebida naquele dia, dava a notícia da morte de Salomão. Recordo apenas a expressão de meu pai naquela tarde: "Se todos vão me abandonando sem que eu possa receber seus últimos adeuses, para que então voltarei a meu país?". Ai! Suas cinzas iriam descansar em terra estranha, sem que os ventos do Oceano, em cujas praias brincou quando criança, cuja imensidão cruzou quando jovem e ardente, venham a varrer, sobre a campa de seu sepulcro, as flores secas das acácias e o pó dos anos!

Poucos eram então os que, conhecendo nossa família, poderiam suspeitar que María não era filha de meus pais. Falava bem o nosso idioma, era amável, viva e inteligente. Quando minha mãe acariciava-lhe a cabeça, ao mesmo tempo que às minhas irmãs e a mim, ninguém poderia adivinhar qual ali era a órfã.

Tinha nove anos. A cabeleira abundante, ainda de cor castanho claro, solta e balançando sobre sua cintura fina e movível; os olhos paroleiros; o acento com algo de melancólico que não

8 KINGSTON: Capital da Jamaica.

tinham nossas vozes: tal era a imagem que dela levei quando parti da casa paterna; assim estava na manhã daquele triste dia, sob a trepadeiras das janelas de minha mãe.

VIII

No começo da noite, Emma bateu à porta de meu quarto para que eu fosse para a mesa. Lavei o rosto para ocultar as marcas das lágrimas e troquei de roupa para desculpar meu atraso.

Não estava María na sala de jantar, e em vão imaginei que seus afazeres haviam-na feito demorar mais do que o costumeiro. Notando meu pai um assento desocupado, perguntou por ela, e Emma desculpou-a dizendo que desde aquela tarde havia sentido dor de cabeça e que já dormia. Procurei não me mostrar impressionado; e, fazendo todo esforço para que a conversa fosse amena, falei com entusiasmo de todas as melhorias que havia encontrado nas propriedades que acabávamos de visitar. Mas tudo foi inútil: meu pai estava mais fatigado que eu e se retirou cedo; Emma e minha mãe se levantaram para colocar as crianças para dormir e ver como estava María, o que lhes agradeci, sem que já me surpreendesse esse mesmo sentimento de gratidão.

Ainda que Emma voltasse à sala de jantar, a refeição não durou muito tempo. Felipe e Eloísa, que haviam se empenhado para eu tomasse parte em seu jogo de cartas, apontaram a sonolência em meus olhos. Aquele havia solicitado inutilmente de minha mãe a permissão para me acompanhar no dia seguinte à montaria, motivo pelo qual se retirou, descontente.

Meditando em meu quarto, acreditei ter adivinhado a causa do sofrimento de María. Recordei a maneira como eu havia saído do salão após minha chegada e como a impressão que me deu o acento confidencial dela foram o motivo para que lhe respondesse com a falta de tino própria de quem está reprimindo uma emoção. Ciente já da origem de sua pena, teria dado mil vidas para obter seu perdão; mas a dúvida veio a agravar o tormento de meu espírito. Duvidei do amor de María. Por que, pensava eu, esforça-se meu coração para julgá-la submetida a este mesmo martírio? Considerei-me indigno de possuir tanta beleza, tanta inocência. Joguei em minha cara esse orgulho que me havia ofuscado a ponto de me julgar, por causa dele, o objeto de seu amor, sendo somente merecedor de seu carinho de irmã. Em minha loucura pensei com menos terror, quase com prazer, em minha próxima viagem.

IX

Levantei-me no dia seguinte quando amanhecia. Os resplendores que delineavam no Oriente as cúspides da Cordilheira Central douravam em semicírculos sobre ela algumas nuvens ligeiras que se desatavam umas das outras para se afastarem e desaparecerem. Viam-se as verdes pampas e as selvas do vale como através de um vidro azulado e, no meio delas, algumas cabras brancas, fumaceiras dos montes recém-queimados elevando-se em espiral e, de vez em quando, as voragens de um rio. A Cordilheira do Ocidente, com suas curvas e seios, semeava mantos de veludo azul-escuro suspendidos de seus centros por mãos de gênios ocultos pela névoa. À frente de minha janela, os rosais e as folhagens das árvores do jardim pareciam temer as primeiras brisas que viriam a derramar o rocio que brilhava em suas folhas e flores. Tudo me pareceu triste. Peguei a espingarda; fiz um sinal ao carinhoso Mayo que, sentado sobre as patas traseiras, observava-me fixamente, com a fronte enrugada pela excessiva atenção, aguardando a primeira ordem. E, saltando a cerca de pedra, tomei o caminho da montanha. Ao chegar a ela, encontrei-a fresca e temerosa sob as carícias das últimas auras da noite. As garças abandonavam seus ninhos, formando em seu voo linhas ondulantes que o sol prateava, como fitas abandonadas ao capricho do vento.

Bandos numerosos de papagaios se levantavam das palmeiras para se dirigirem aos milharais vizinhos; e o tucano saudava o dia com seu canto triste e monótono do coração da serra.

Desci até à várzea acidentada do rio pelo mesmo atalho que havia percorrido tantas vezes seis anos antes. O trovão de seu curso ia aumentando, e pouco depois descobri as correntes, impetuosas ao se precipitarem nos saltos, convertidas em espumas ferventes neles, cristalinas e imaculadas nos remansos, rodando sempre sobre um leito de penhascos felpados de musgos, ornamentados na ribeira por *iracales*[9], samambaias e canas de talos amarelos, plumagens sedosas e viveiros cor de púrpura.

Detive-me na metade da ponte, formada pelo furacão com um cedro corpulento, o mesmo por onde havia passado em outro momento. Parasitas floridas pendiam de suas lâminas, e campânulas azuis e iridescentes caíam em conchas por baixo dos meus pés a balouçar nas ondas. Uma vegetação exuberante e altiva abobadava em trechos do rio e, através dela, penetravam alguns raios do sol nascente, como se pelo telhado esburacado de um templo indiano abandonado. Mayo latiu covarde na ribeira que eu acabava de deixar e, a pedido meu, resolveu cruzar a ponte fantástica, tomando em seguida, antes de mim, o atalho que conduzia à propriedade do velho José, que esperava de mim naquele dia o pagamento de sua visita de boas-vindas.

Depois de uma pequena costa pendente e escura, e de atravessar com saltos por sobre o arvoredo seco das últimas derrubadas feitas pelo montanhês, encontrei-me na hortinha cheia de legumes de onde observei a fumaça da casinha situada no meio das colinas verdes, que eu havia deixado entre bosques que pareciam indestrutíveis. As vacas, formosas por seu tamanho e cor, bramavam à porta do curral procurando seus bezerros. As aves domésticas estavam alvoroçadas, recebendo a ração matutina. Nas palmeiras próximas, que o machado dos lavradores havia respeitado, balançavam-se papa-figos barulhentos

---

9 IRACALES: Planta têxtil com cujas folhas se fabricam chapéus de jipijapa, mais conhecidos como chapéus de panamá.

em seus ninhos e, em meio a tão grato alvoroço, ouvia-se às vezes o grito agudo do gavião que, de seu poleiro e armado de garras, espantava os papagaios famintos que sobrevoavam o milharal.

Os cães do antioquenho deram-lhe com seus latidos o aviso de minha chegada. Mayo, tendo-lhes medo, pôs-se perto de mim, acanhado. José saiu para me receber, com um machado na mão e o chapéu na outra.

A pequena vivenda denunciava laboriosidade, economia e limpeza: tudo era rústico, mas estava comodamente disposto, e cada coisa em seu lugar. A sala da casinha, perfeitamente varrida, poiais de bambu ao redor, cobertos de esteiras de junco e peles de urso, algumas estampas de papel iluminadas representando santos e presas com espinhos de laranjeiras às paredes sem branquear, trazia à esquerda e à direita a alcova da mulher de José e a das meninas. A cozinha, formada por canas bravas e com teto de folhas da mesma planta, estava separada da casa por uma hortinha onde coentro, camomila, poejo e manjericão mesclavam seus aromas.

As mulheres pareciam vestidas com mais esmero do que o comum. As garotas, Lúcia e Trânsito, trajavam anáguas de chita vermelha e camisas muito brancas com golas de encaixe bordadas com tranças negras, sob as quais escondiam parte de seus rosários, e gargantilhas de contas de vidro cor de opala. As tranças de seus cabelos, grossas e de cor de azeviche, brincavam sobre suas costas ao mais leve movimento dos pés descalços, cuidados e inquietos. Falavam-me com enorme timidez, e foi seu pai quem, percebendo isso, animou-as dizendo: "Não seria por acaso o mesmo garoto Efraim, mas vindo do colégio sabido e já moço?". Então fizeram-se mais joviais e risonhas: enlaçavam-nos amistosamente as recordações dos jogos infantis, poderosos na imaginação dos poetas e das mulheres. Com a velhice, a fisionomia de José havia ganhado muito: ainda que não deixava crescer a barba, sua face tinha algo de bíblico, como quase todas as dos anciões de bons costumes do país onde nasceu: uma cabeleira grisalha e abundante sombreava-

-lhe a bronzeada e ampla fronte, e seus sorrisos revelavam a tranquilidade da alma. Luísa, sua mulher, mais feliz que ele na luta contra os anos, conservava no vestir algo da maneira antioquenha, e sua constante jovialidade deixava entender que estava contente com sua sorte.

José me conduziu ao rio e me falou de suas plantações e caçadas, enquanto eu submergia no remanso diáfano do qual lançavam-se as águas formando uma pequena cascata. Quando do nosso regresso, encontramos servido à única mesa da casa o provocativo almoço. Campeava o milho por todas as partes: na sopa de trigo servida em pratos de louça de vidro e em douradas arepas[10] espalhadas sobre a toalha. O único talher da refeição estava cruzado sobre meu prato branco de borda azul.

Mayo se sentou aos meus pés com olhar atento, mas mais humilde que de costume.

José remendava uma tarrafa enquanto suas filhas, atentas porém envergonhadas, me serviam cheias de cuidado, tratando de adivinhar nos meus olhos o que poderia me faltar. Tinham ficado muito bonitas, e de meninas travessas que eram tornarem-se mulheres prestativas.

Apressado o copo de espesso e espumoso leite, sobremesa daquele almoço patriarcal, José e eu saímos a percorrer o jardim e a roça que estava cultivando. Ele ficou admirado com meus conhecimentos teóricos sobre as lavouras, e regressamos à casa uma hora depois para eu me despedir das moças e da mãe.

Pus, na cintura do bom velho, o punhal que lhe havia trazido da Corte; no pescoço de Trânsito e Lúcia, rosários e, nas mãos de Luísa, um relicário que ela havia pedido à minha mãe. Pus-me de volta à montanha quando era exatamente meio-dia, conforme o exame da luz do sol que José fez.

---

10 **AREPA:** Típica da Colômbia e da Venezuela, a arepa é um prato de massa de pão feito com milho moído ou com farinha de milho pré-cozida, consumida com todo tipo de recheio possível, doce ou salgado.

X

Em meu regresso, que fiz lentamente, a imagem de María voltou a se agarrar à minha memória. Por que me falavam dela aquela solidão, seus bosques silenciosos, suas flores, suas aves e suas águas? Que havia de María ali, nas sombras úmidas, na brisa que movia as folhagens, no rumor do rio...? Era porque eu via o Éden, mas faltava ela; era porque não podia deixar de amá-la, ainda que não me amasse. E aspirava o perfume do ramo de açucenas silvestres que as filhas de José haviam arrumado para mim, enquanto eu pensava que talvez merecessem ser tocadas pelos lábios de María: assim ficavam enfraquecidos em tão poucas palavras meus propósitos heroicos da noite.

Mal cheguei à casa, dirigi-me à sala de costuras de minha mãe: María estava com ela; minhas irmãs tinham ido tomar banho. Depois de responder minha saudação, María baixou o olhar sobre a costura. Minha mãe se mostrou contente com minha volta pois, sobressaltados em casa devido à demora, haviam enviado naquele momento alguém que me buscasse. Falava com elas ponderando os progressos de José, e Mayo, com a língua, tirava das minhas vestes as farpas que o mato havia prendido nelas.

Levantou María outra vez os olhos, fixando-os no ramo de açucenas que eu tinha na mão esquerda, enquanto eu me apoiava com a direita na espingarda: julguei compreender que ela o desejava, mas um temor indefinível, certo respeito à minha mãe e aos meus propósitos noturnos, impediram-me de oferecê-lo. Mas me deleitava imaginando quão bela ficaria uma de minhas pequenas açucenas sobre seus cabelos de cor castanho brilhante. Para ela deveriam ser, porque havia colhido durante a mesma manhã flores de laranjeira e violetas para o floreiro de minha mesa. Quando entrei em meu quarto não vi uma só flor ali. Se tivesse encontrado enrolada sobre a mesa uma víbora, eu não teria sentido emoção igual à que me ocasionou a ausência das flores: sua fragrância havia se tornado algo do espírito de María que vagava ao meu redor nas horas de estudo, que se embalava nas cortinas de meu leito durante a noite... Ah! Então era verdade que não me amava! Então havia conseguido me enganar tanto com minha imaginação fantasiosa! E deste ramo que eu havia trazido para ela, o que eu podia fazer? Se outra mulher, bela e sedutora, tivesse estado ali nesse momento, nesse instante de ressentimento contra meu orgulho, de ressentimento contra María, tê-lo-ia dado a ela sob a condição de que o mostrasse a todos e se embelezasse com ele. Levei-o aos meus lábios como se me despedisse pela última vez de uma ilusão querida e o atirei pela janela.

XI

Esforcei-me para parecer jovial durante o resto do dia. À mesa falei com entusiasmo sobre as belas mulheres de Bogotá e ponderei, intencionalmente, as graças e o engenho de P***. Meu pai se comprazia ouvindo-me; Eloísa teria vontade de que a conversa após o almoço se estendesse até à noite. María ficou calada; mas me pareceu que suas bochechas algumas vezes empalideciam e sua cor primitiva não havia regressado a elas, assim como a das rosas que, durante a noite, enfeitaram um festim.

Perto da última parte da conversa, María estava fingindo que brincava com a cabeleira de Juan, meu irmão de três anos de idade, a quem ela mimava. Suportou até o final, mas, assim que fiquei de pé, ela se dirigiu com o menino até o jardim.

Durante todo o resto da tarde e o começo da noite foi necessário ajudar meu pai em seus trabalhos de gabinete.

Às oito, e depois que as mulheres já haviam rezado suas orações de costume, chamaram-nos para a sala de jantar. Quando nos sentamos à mesa, fiquei surpreendido ao ver uma das açucenas na cabeça de María. Havia em seu rosto belíssimo um ar de tão nobre, inocente e doce resignação que, como magnetizado por algo nela até então desconhecido para mim, não me era possível deixar de observá-la.

Menina carinhosa e risonha, mulher tão pura e sedutora como aquelas com quem eu havia sonhado, assim eu a conhecia. Mas, resignada ante o meu desdém, era nova para mim. Divinizada pela resignação, me sentia indigno de fixar o olhar em seu rosto.

Respondi mal a umas perguntas que me fizeram sobre José e sua família. Não podia esconder de meu pai a minha perturbação; e, dirigindo-se a María, disse-lhe, sorrindo:

— Trazes uma linda açucena nos cabelos. Não vi nenhuma dessas no jardim.

María, tratando de dissimular seu desconcerto, respondeu com voz quase imperceptível:

— É que estas açucenas só existem na montanha.

Surpreendi naquele momento um sorriso bondoso nos lábios de Emma.

— E quem as trouxe? — perguntou meu pai.

A perturbação de María já era notável. Eu a observava; e ela deve ter achado algo novo e animador em meus olhos, pois respondeu em tom mais firme:

— Efraim jogou algumas no jardim; e nos pareceu que, sendo tão raras, haviam de se perder: esta é uma delas.

— María — disse-lhe eu — se tivesse sabido que eram tão estimáveis estas flores, eu as teria guardado... para vós todas; mas me pareceram menos belas do que as que se põem diariamente no floreiro de minha mesa.

Compreendeu ela a causa de meu ressentimento e um olhar seu me disse isso tão claramente, que temi que se ouvissem as batidas de meu coração.

Naquela noite, à hora de minha família retirar-se do salão, María estava casualmente sentada junto a mim. Depois de ter vacilado muito, disse-lhe por fim com voz que denunciava minha emoção: "María, eram para ti: mas não encontrei as tuas".

Ela balbuciava alguma desculpa quando, tropeçando no sofá com a sua, minha mão reteve-a por um movimento alheio à minha vontade. Parou de falar. Seus olhos me olharam assombrados e fugiram dos meus. Passou pela frente com angústia a mão que eu tinha livre e apoiou nela a cabeça, afundando o braço nu na almofada mais próxima. Fazendo por fim um esforço para desfazer esse duplo laço da matéria e da alma que em tal momento nos unia, pôs-se de pé; e, como se concluísse uma reflexão recém-iniciada, disse-me tão em voz tão baixa que mal consegui ouvi-la: "Então... eu colherei todos os dias as flores mais lindas". E desapareceu.

As almas como a de María ignoram a linguagem mundana do amor, mas se dobram, estremecendo, à primeira carícia daquele a quem amam, como a papoula dos bosques sob a asa dos ventos.

Acabava de confessar meu amor a María; ela me havia estimulado a confessá-lo, humilhando-se como uma escrava a recolher aquelas flores. Repeti com deleite suas últimas palavras para mim mesmo; sua voz ainda sussurrava em meu ouvido: "Então, eu colherei todos os dias as flores mais lindas".

XII

A Lua, que acabava de elevar-se cheia e grande sob um céu profundo por cima dos cumes altíssimos das montanhas, iluminava as dobras da selva, esbranquiçadas em alguns trechos pelas copas das embaúbas, argentando as espumas das torrentes e difundindo sua claridade melancólica até o fundo do vale. As plantas exalavam seus mais suaves e misteriosos aromas. Aquele silêncio, interrompido somente pelo rumor do rio, era mais grato do que nunca à minha alma.

Apoiado nos cotovelos sobre o peitoril de minha janela, imaginava vê-la no meio dos rosais entre os quais a havia surpreendido naquela primeira manhã: estava ali colhendo o ramo de açucenas, sacrificando seu orgulho ao seu amor. Era eu quem iria turvar mais adiante o sonho infantil de seu coração: poderia já falar-lhe de meu amor, torná-la o objeto de minha vida. Manhã! Mágica palavra, a noite em que nos dizem que somos amados! Seus olhares, ao se encontrarem com os meus, já não tinham nada a me ocultar; ela se embelezaria para meu orgulho e felicidade.

Nunca as auroras de julho no Cauca foram tão belas como María quando se apresentou a mim no dia seguinte, momentos depois de sair do banho, os cabelos de *carey*[11]

11 CAREY: Árvore da espécie das ramnáceas, especialmente útil na produção de medicamentos, de carvão e de corantes para tintas.

sombreado soltos e meio encaracolados, as bochechas cor-de-rosa suavemente desvanecida, mas em alguns momentos avivada pelo rubor, e brincando em seus lábios carinhosos aquele sorriso castíssimo que revela nas mulheres como María uma felicidade que não lhes é possível ocultar. Seus olhares, já mais doces do que brilhantes, mostravam que seu sonho não era tão apetecível como de costume. Ao me aproximar, notei em seu rosto uma contração graciosa e quase imperceptível, espécie de fingida severidade de que usou muitas vezes para comigo quando, depois de deslumbrar-me com toda a luz de sua beleza, impunha silêncio aos meus lábios, próximos de repetir o que ela tanto sabia.

Era já para mim uma necessidade tê-la constantemente a meu lado; não perder um só instante de sua existência abandonada ao meu amor; e, feliz com o que possuía e ainda ávido de felicidade, tratei de fazer um paraíso da casa paterna. Falei a María e a minha irmã do desejo que haviam manifestado de fazer alguns estudos elementares sob minha direção: elas voltaram a entusiasmar-se com o projeto e decidiu-se que nesse mesmo dia teria princípio.

Transformaram um dos ângulos do salão em gabinete de estudo; desencravaram alguns mapas de meu quarto; tiraram o pó do globo geográfico que no escritório de meu pai havia permanecido até então ignorado; foram destituídas de adornos duas mesas de canto para se tornarem mesas de estudo. Minha mãe sorria ao presenciar toda aquela balbúrdia que nosso projeto aprontava.

Nos reuníamos todos os dias por duas horas, durante as quais eu lhes explicava algum capítulo de geografia, líamos algo de história universal, e as outras vezes muitas páginas do Gênio do Cristianismo[12]. Então pude avaliar toda a inteligência de María: minhas frases ficavam gravadas indelevelmente em sua memória e sua compreensão se adiantava quase sempre com triunfo infantil às minhas explicações.

---

12 GÊNIO DO CRISTIANISMO: *Génie du christianisme* é um livro de François-René de Chateaubriand em defesa da fé católica, publicado na França em 1802.

Emma havia compreendido o segredo e se comprazia com nossa inocente felicidade. Como ocultar-lhe naquelas frequentes conferências o que em meu coração se passava? Ela podia observar meu olhar imóvel sobre o rosto enfeitiçador de sua companheira enquanto esta oferecia uma explicação pedida. Ela havia visto tremer a mão de María se eu a colocava sobre algum ponto buscado inutilmente no mapa. E sempre que, sentado perto da mesa, elas em pé de um lado e do outro de meu assento, María se inclinava para ver melhor algo que estava em meu livro ou nas cartas, seu hálito, roçando meus cabelos, suas tranças, ao cair de seus ombros, turvavam minhas explicações, e Emma podia vê-la recompondo-se com pudor.

Em certas ocasiões, tarefas domésticas chamavam a atenção de minhas discipulas, e minha irmã tomava sempre a iniciativa de resolvê-las para voltar alguns minutos depois a se reunir conosco. Então, meu coração palpitava fortemente. María, com a fronte infantilmente séria e os lábios quase risonhos, abandonava às minhas alguma de suas mãos aristocráticas semeadas de margaridas, feitas para tocar frontes como as de Byron; e seu tom de voz, sem deixar de ter aquela música que lhe era peculiar, fazia-se lento e profundo ao pronunciar palavras suavemente articuladas que em vão tentaria eu recordar hoje, porque não voltei a ouvi-las, porque, pronunciadas por outros lábios, não são as mesmas e, escritas nestas páginas, pareceriam sem sentido. Pertencem a um outro idioma, do qual faz muitos anos que não vem à minha mente nenhuma frase.

XIII

As páginas de Chateaubriand[13] iam lentamente dando tintas à imaginação de María. Tão cristã e cheia de fé, regozijava-se ao encontrar belezas por ela pressentidas no culto católico. Sua alma pegava da paleta que eu lhe oferecia as mais preciosas cores para tornar tudo formoso; e o fogo poético, dom dos Céus que torna admiráveis os homens que o possuem e diviniza as mulheres que o revelam a despeito dele, dava a seu semblante encantos do rosto humano desconhecidos para mim até então. Os pensamentos do poeta, guardados na alma daquela mulher tão sedutora em meio a sua inocência, voltavam para mim como o eco de uma harmonia distante e conhecida, que torna a comover o coração.

Uma tarde, tarde como as de meu país, adornada com nuvens de cor violeta e lampejos de ouro pálido, bela como María, bela e transitória como esta foi para mim, minha irmã e eu, sentados sobre a ampla pedra pendente, de onde víamos na funda planície rolarem as correntes agitadas do rio, e tendo a

13 CHATEAUBRIAND: O autor antecipa os acontecimentos de *María* mencionando a triste história de Atala, heroína da novela homônima publicada em 1801 por François-René de Chateaubriand. O romance conta a história do amor impossível entre a jovem indígena cristã Atala e o guerreiro Chactas, enquanto atravessam as florestas da Louisiana. A narrativa, marcada pelo conflito entre natureza e civilização, é conduzida por reflexões sobre fé, sacrifício e identidade.

nossos pés o vale majestoso e calado, lia eu o episódio de Atala, e as duas, admiráveis em sua imobilidade e abandono, ouviam brotar de meus lábios toda aquela melancolia aglomerada pelo poeta para "fazer o mundo chorar". Minha irmã, apoiado o braço direito em um de meus ombros, a cabeça quase unida à minha, seguia com os olhos as linhas que eu ia lendo. María, semi-ajoelhada perto de mim, não separava de meu rosto seus olhares, já úmidos.

O Sol havia se ocultado quando, com voz alterada, li as últimas páginas do poema. A cabeça pálida de Emma descansava sobre meu ombro. María ocultava o rosto com ambas as mãos. Depois que li aquela desoladora despedida de Chactas sobre a sepultura de sua amada, despedida que tantas vezes arrancou um soluço de meu peito: "Dorme em paz em estrangeira terra, jovem desventurada! Em recompensa de teu amor, de teu desterro e de tua morte, serás abandonada até pelo próprio Chactas", María, deixando de ouvir minha voz, descobriu a face, e por ela rolaram grossas lágrimas. Era tão bela como a criação do poeta, e eu a amava com o amor que ele imaginou. Dirigimo-nos em silêncio e lentamente para casa. Ai! Minha alma e a de María não só estavam comovidas por aquela leitura, estavam angustiadas pelo pressentimento.

XIV

Passados três dias, ao descer uma tarde da montanha, pareceu-me notar algum sobressalto nos semblantes dos criados com quem tropecei nos corredores interiores. Minha irmã me relatou que María havia sofrido um ataque nervoso; e, ao adicionar que ainda estava sem sentido, procurou acalmar o quanto foi possível minha dolorosa ansiedade.

Esquecido de toda precaução, entrei na alcova onde estava María e, dominando o frenesi que me teria feito abraçá-la junto ao meu coração para devolver-lhe a vida, aproximei-me, desconcertado, de seu leito. Aos pés deste estava sentado meu pai: fixou em mim um de seus olhares intensos e, voltando-o depois sobre María, parecia querer fazer-me um pedido ao mostrá-la para mim. Minha mãe ali estava, mas não levantou a vista para procurar-me, porque, conhecedora de meu amor, compadecia como sabe compadecer uma boa mãe, com a mulher amada por seu filho, a seu próprio filho.

Permaneci imóvel contemplando-a, sem me atrever a averiguar qual era seu mal. Estava como que dormindo: seu rosto, coberto de palidez mortal, parecia oculto pelos cabelos descompostos, nos quais descobriam-se esmagadas as flores que eu lhe havia dado de manhã; a fronte contraída revelava um padecimento insuportável, e um ligeiro suor lhe umedecia as têmporas; dos olhos fechados haviam tratado de brotar lágrimas que brilhavam detidas em seus cílios.

Compreendendo meu pai todo meu sofrimento, pôs-se de pé para retirar-se; mas, antes de sair, acercou-se ao leito e, tomando o pulso de María, disse:

— O pior já passou. Pobre menina! É exatamente o mesmo mal de que sua mãe padeceu.

O peito de María se elevou lentamente como se formasse um soluço e, ao voltar ao seu natural estado, exalou somente um suspiro. Assim que meu pai saiu, coloquei-me junto à cabeceira do leito e, esquecendo-me de minha mãe e de Emma, que permaneciam em silêncio, tomei, de cima de um travesseiro, uma das mãos de María, e banhei-a na torrente de minhas lágrimas, até então contidas. Media toda a minha desgraça: era o mesmo mal de sua mãe, que havia falecido muito jovem atacada de uma epilepsia incurável. Esta ideia se assenhoreou de todo o meu ser para despedaçá-lo.

Senti algum movimento nessa mão inerte, à qual meu hálito não podia devolver o calor. María começava já a respirar com mais liberdade, e seus lábios pareciam esforçar-se para pronunciar alguma palavra. Moveu a cabeça de um lado a outro, como se tentasse desfazer-se de um peso insuportável. Passado um momento de repouso, balbuciou palavras ininteligíveis, mas, por fim, percebeu-se entre elas claramente o meu nome. Em pé, eu, devorando seus olhares, talvez tenha apertado demasiado entre minhas mãos as suas; talvez meus lábios a chamaram. Abriu lentamente os olhos, como que feridos pela luz intensa, e os fixou em mim, fazendo esforço para me reconhecer. Voltando um pouco a si um instante depois, "o que foi?", disse-me, afastando-me, "o que aconteceu comigo?", continuou, dirigindo-se a minha mãe. Tratamos de tranquilizá-la e, com um tom de voz que tinha de algo de retorno à consciência, que na ocasião não consegui compreender, adicionou: "Está vendo? Tinha medo disso".

Ficou, depois do ataque, dolorida e profundamente triste. Voltei à noite para vê-la, conforme a etiqueta estabelecida por meu pai em tais casos o permitia. Ao despedir-me dela, retendo-me por um instante a mão, "até amanhã", disse-me, e ressaltou essa última palavra como costumava fazer sempre que, interrompida nossa conversa em algum evento, acabava desejando o dia seguinte para que a concluíssemos.

XV

Quando saí para o corredor que conduzia ao meu quarto, um vento impetuoso balançava os salgueiros do pátio; e, ao me aproximar do jardim, ouvi-o rasgar-se entre os laranjais, de onde se lançavam as aves assustadas. Relâmpagos fracos, semelhantes ao reflexo instantâneo de um broquel ferido pelo resplendor de uma fogueira, pareciam querer iluminar o fundo tenebroso do vale.

Recostado em uma das colunas do corredor, sem sentir a chuva que me açoitava a face, pensava na enfermidade de María, sobre a qual havia meu pai pronunciado tão terríveis palavras. Meus olhos queriam voltar a vê-la como nas noites silenciosas e serenas que talvez não voltariam jamais!

Não sei quanto tempo havia passado, quando algo como a asa vibrante de uma ave veio roçar-me a fronte. Olhei para os bosques contíguos para segui-la: era uma ave negra.

Meu quarto estava frio; as rosas da janela tremiam como se temessem, abandonadas aos rigores do tempestuoso vento: o floreiro continha já murchos e desmaiados os lírios que na manhã havia colocado nele María. Nisso uma lufada apagou de súbito a lamparina; e um trovão deixou ouvir por longo tempo seu crescente retumbar, como se fosse o de um carro gigante caído dos cumes rochosos da serra.

No meio daquela natureza soluçante, minha alma possuía uma triste serenidade.

Acabava de dar as doze no relógio do salão. Senti passos perto de minha porta e logo depois a voz de meu pai que me chamava. "Levanta-te", disse-me tão rápido quanto lhe respondi. "María continua mal".

O ataque havia se repetido. Depois de um quarto de hora encontrava-me preparado para sair. Meu pai me fazias as últimas indicações sobre os novos sintomas da enfermidade, enquanto o negrinho Juan Ángel aquietava meu cavalo retinto, impaciente e assustadiço. Montei-o; seus cascos ferrados rangeram sobre o chão de pedra e, um instante depois, baixava eu rumo às *llanuras*[14] do vale buscando uma trilha à luz de alguns relâmpagos lívidos. Ia em busca do dr. Mayn, que na ocasião passava uma temporada no campo a três léguas de nossa fazenda.

A imagem de María tal como a havia visto no leito aquela tarde, ao dizer-me seu "até amanhã", que talvez não chegaria, ia comigo e, avivando minha impaciência, fazia-me medir incessantemente a distância que me separava do término da viagem, impaciência que a velocidade do cavalo não era suficiente para moderar.

As *llanuras* começavam a desaparecer, fugindo em sentido contrário à minha corrida, semelhantes a mantos imensos atropelados pelo furacão. Os bosques, que eu julgava mais próximos, pareciam se afastar quando eu avançava na direção deles. Apenas algum gemido do vento entre as figueiras e mata-fomes sombrias, a respiração cansada do cavalo e o choque de seus cascos nas pedras que chispavam interrompiam o silêncio da noite.

Algumas cabanas de Santa Helena ficaram à minha direita e, pouco depois, deixei de ouvir o latido de seus cães. Rebanhos que dormiam sobre a estrada começavam a fazer com que eu moderasse o passo.

---

14 **LLANURAS:** Planícies. Essas terras são caracterizadas por serem baixas, planas e muito produtivas, formando uma das áreas agrícolas mais importantes do país.

A linda casa dos senhores de M***, com sua capela branca e seus bosques de sumaúmas, podia ser vista à distância aos primeiros raios da lua nascente, como um castelo cujas torres e telhados o tempo havia desmoronado.

O Amaime[15], crescido com as chuvas da noite, baixava e seu estrondo o havia anunciado a mim muito antes de que eu chegasse às suas margens. À luz da lua, que, atravessando as folhagens das ribeiras, ia pratear as ondas, pude ver quanto seu caudal havia aumentado. Mas não era possível esperar: havia feito duas léguas em uma hora, e ainda era pouco. Apertei as esporas sobre as ilhargas do cavalo que, com orelhas dirigidas para o fundo do rio e bufando surdamente, parecia calcular a impetuosidade das águas que se açoitavam a seus pés: submergiu nelas as patas dianteiras e, como que tomado por um terror invencível, retrocedeu veloz, girando sobre as traseiras. Acariciei-lhe o pescoço e a crina umedecida e o instiguei de novo para que se lançasse no rio; então, levantou as patas dianteiras, impaciente e pedindo ao mesmo tempo toda a rédea, que lhe entreguei, temendo ter errado a vau das águas crescentes. Ele subiu umas vinte varas[16] pela ribeira, tomando a ladeira de um penhasco; aproximou o focinho das espumas e, levantando-o em seguida, precipitou-se pela corrente. A água cobriu-o quase por inteiro, chegando até meus joelhos. As ondas encresparam-se pouco depois ao redor de minha cintura. Com uma mão eu dava palmadas no pescoço do animal, única parte ainda visível de seu corpo, enquanto com a outra tratava de fazer com que percorresse mais para cima a linha de recorte, porque, de outro modo, perdida a parte baixa da ladeira, ficaria inacessível por sua altura e pela força das águas, que balançavam palmeiras desgarradas. O perigo havia passado. Apeei para examinar as cilhas, das quais uma havia arrebentado. O nobre bruto sacudiu-se e, um instante depois, continuei a marcha.

---

15 **AMAIME:** Rio localizado no Valle del Cauca. Afluente do rio Cauca, é considerado importante para a irrigação agrícola da região.

16 **VARAS:** Antiga medida de comprimento, equivalente a 1,10 m.

Assim que andei um quarto de légua, atravessei as ondas do Nima[17], humildes, diáfanas e suaves, que rolavam iluminadas até se perderem nas sombras dos bosques silenciosos. Deixei à esquerda a pampa de Santa R., cuja casa, em meio ao arvoredo de sumaúmas e sob o grupo de palmeiras que elevam a folhagem acima de seu teto, parece, nas noites de lua, a tenda de um rei oriental pendurada nas árvores de um oásis.

Eram duas da madrugada quando, depois de atravessar a vila de P***, desmontei à porta da casa em que vivia o médico.

---

17 **NIMA:** Outro rio do Valle del Cauca. Ele nasce na cordilheira Ocidental dos Andes e desce até desaguar no rio Cauca, cruzando parte da cidade de Cali.

XVI

Na tarde do mesmo dia despediu-se de nós o doutor, depois de deixar María quase completamente restabelecida e lhe haver prescrito um regime para evitar a repetição do ataque, e prometeu visitar a enferma com frequência. Eu sentia um alívio indizível ao ouvi-lo assegurar que não havia perigo algum e, por ele, um duplo carinho do que então havia lhe dedicado, somente porque prognosticava tão pronto restabelecimento a María. Entrei no quarto desta, assim que o médico e meu pai, que iria acompanhá-lo por uma légua de caminho, puseram-se em marcha. Estava acabando de fazer uma trança em seus cabelos, olhando-se no espelho que minha irmã sustentava sobre as almofadas. Afastando ruborizada o objeto, disse-me:

— Estas não são ocupações de uma adoentada, não é verdade? Mas já estou bem. Espero não voltar a ocupar-te com uma viagem tão perigosa como a de ontem à noite.

— Nessa viagem não houve perigos — respondi-lhe.

— O rio, sim, o rio! Eu pensei nisso e em tantas coisas que poderiam suceder-te por minha causa.

— Uma viagem de três léguas? Isso chamas de...?

— Essa viagem em que poderias ter-te afogado, segundo contou aqui o doutor, tão surpreso que mal havia verificado meu pulso e já falava disso. Tu e ele, ao regressar, tivestes de aguardar duas horas até o rio baixar.

— O doutor a cavalo é um pícaro; e sua mula pachorrenta não é o mesmo que um bom cavalo.

— O homem que vive na casinha da estrada — interrompeu-me María — ao reconhecer teu cavalo preto admirou-se de não ter afogado o ginete que à noite meteu-se no rio antes que ele lhe gritasse que não havia vau. Ai! Não, não; não quero voltar a adoecer! Não te disse o doutor que não lhe trarei novidades?

— Sim — respondi-lhe — e me prometeu não deixar de passar dois dias seguidos nestes quinze sem vir ver-te.

— Então não terás de fazer outra viagem à noite. Que teria eu feito se...

— Chorarias muito por mim, não é verdade? — repliquei, sorrindo.

Olhou-me por alguns momentos, e eu adicionei:

— Posso por acaso ter certeza de morrer a qualquer momento convencido de...?

— De que?

E, adivinhando o resto em meu olhar:

— Sempre, sempre! — adicionou, quase em segredo, aparentando examinar as formosas rendas das almofadas.

— E eu tenho coisas muito tristes para dizer-te — continuou depois de uns momentos em silêncio — tão tristes, que são a causa de minha enfermidade. Tu estavas na montanha... Mamãe sabe de tudo; e eu ouvi que papai dizia a ela que minha mãe havia falecido de um mal cujo nome não consegui ouvir... que tu estavas destinado a ter uma bela carreira; e que eu... ah! não sei se é certo o que ouvi... pode ser que eu não mereça que sejas como és comigo.

De seus olhos velados rolaram sobre suas bochechas pálidas lágrimas que se apressou a enxugar.

— Não diga isso, María, não penses — disse-lhe — não, eu te suplico.

— Mas, sim, eu ouvi, e depois foi quando soube de mim... Por que, então...?

— Olhe, imploro-te... eu... Poderias permitir-me que te mande não falares mais nisso?

Havia ela deixado cair a face sobre o braço em que se apoiava e cuja mão eu estreitava sobre as minhas, quando ouvi do cômodo ao lado o ruído das vestimentas de Emma, que se aproximava.

Aquela noite, à hora da ceia, estávamos na sala de jantar minhas irmãs e eu esperando meus pais, que tardavam mais tempo do que o costumeiro. Por último foi possível ouvi-los falar no salão como se encerrassem uma conversa importante. A nobre fisionomia de meu pai mostrava, em ligeira contração das extremidades de seus lábios e na pequena ruga que pelo meio das sobrancelhas lhe sulcava a face, que acabava de realizar uma luta moral que o havia alterado. Minha mãe estava pálida, mas sem fazer o menor esforço para mostrar-se tranquila, e me disse ao sentar-se à mesa:

— Não me havia lembrado de dizer-te que José veio esta manhã ver-nos e convidar-te para caçar; mas, quando soube da situação ocorrida, prometeu voltar amanhã bem cedo. Sabes tu se é verdade que se casa uma de suas filhas?

— Tratará de consultar-te sobre seu projeto — observou discretamente meu pai.

— Trata-se provavelmente da caça de ursos — respondi-lhe.

— De ursos? O quê?! Tu caças ursos?

— Sim, senhor. É uma caçada divertida que fiz com ele algumas vezes.

— Em meu país — continuou meu pai — te tomariam por bárbaro ou por herói.

— E, no entanto, esse tipo de caça é menos perigosa que a de veados, que se faz todos os dias e em todas as partes; pois aquela, em lugar de exigir dos caçadores que se embrenhem, desatentos, por entre matagais e cascadas, demanda apenas um pouco de agilidade e pontaria certeira.

Meu pai, sem já deixar ver a testa franzida que antes tinha, falou da maneira como se caçam os cervos na Jamaica e de quão apaixonados haviam sido seus parentes por esse tipo de passatempo, distinguindo-se entre eles, devido à sua tenacidade, destreza e entusiasmo, Salomão, de quem nos contara, rindo já, algumas anedotas.

Ao nos levantarmos da mesa, aproximou-se de mim para dizer:

— Tua mãe e eu temos algo a falar-te; vem depressa ao meu quarto.

Logo após ter entrado nele, meu pai começou a escrever de costas para minha mãe, que se achava na parte menos iluminada do ambiente, sentada na poltrona que ocupava sempre que permanecia ali.

— Senta-te — disse-me ele, deixando por um momento de escrever e olhando-me por cima das lentes de seus óculos, que eram de vidro branco e fina armação em ouro.

Passados alguns minutos, tendo colocado cuidadosamente em seu lugar o livro de contas em que estava escrevendo, aproximou uma cadeira àquela que eu ocupava e, em voz baixa, disse assim:

— Queria que tua mãe presenciasse esta conversa, porque se trata de um assunto grave sobre o qual ela tem a mesma opinião que eu.

Dirigiu-se à porta para fechá-la e depois desfazer-se do cigarro que estava fumando, e continuou desta maneira:

— Faz já três meses que estás conosco, e passados apenas uns dois mais poderá o sr. A*** empreender sua viagem à Europa, e é com ele que deves partir. Essa demora, até certo ponto, nada significa, tanto porque é muito prazeroso para nós ter-te ao nosso lado depois de seis anos de ausência, à qual hão-de seguir mais outros, quanto porque observo com prazer que, mesmo aqui, o estudo é um dos teus prazeres prediletos. Não posso ocultar-te, nem devo fazê-lo, que coroarás brilhantemente a carreira que irás seguir. Não ignoras que, em breve, a família precisará de teu apoio, com maior razão depois da morte de teu irmão.

Em seguida, fazendo uma pausa, prosseguiu:

— Há algo em tua conduta que é preciso dizer que não está bem: tu não tens mais que vinte anos e, a essa idade, um amor fomentado inconsideradamente poderia tornar ilusórias todas as esperanças que acabo de elencar-te. Tu amas María, e faz muitos dias que percebi, como é natural. María é quase minha filha, e eu não teria nada a observar se tua idade e posição nos permitissem pensar em um matrimônio; mas não o permitem, e María é muito jovem. Não são unicamente estes os obstáculos que se apresentam; há, talvez, um insuperável, e que é de meu dever falar-te. María pode arrastar-te e arrastar-nos contigo a uma desgraça lamentável, de que está ameaçada. O doutor Mayn se atreve quase a assegurar que ela morrerá jovem do mesmo mal do qual sucumbiu sua mãe: o que sofreu ontem foi um ataque epilético que, ampliando-se em cada ataque, terminará em uma epilepsia do pior tipo conhecido; isso disse o doutor. Responde então agora, meditando muito o que vais dizer, a uma só pergunta; responde como homem racional e cavalheiro como és; e que não contestes, movido por uma exaltação estranha ao teu caráter, tratando-se de teu porvir e o dos teus. Sabes a opinião do médico, opinião que merece respeito por ser Mayn quem a dá; conheces a sorte da esposa de Salomão: se nós consentíssemos, te casarias hoje com María?

— Sim, senhor — respondi-lhe.

— Enfrentarias tudo?

— Tudo, tudo!

— Creio que não apenas falo com um filho, como ainda com um cavalheiro que tratei de formar.

Minha mãe ocultou nesse momento o rosto em seu lenço. Meu pai, enternecido talvez por essas lágrimas e quiçá também pela resolução que em mim encontrava, sabendo que a voz iria faltar-lhe, deixou por uns instantes de falar.

— Pois bem — continuou —; visto que essa nobre resolução te anima, concordarás comigo que antes de cinco anos não poderás ser esposo de María. Não sou eu quem deve dizer-te que ela, depois de ter-te amado desde menina, te ama hoje de tal maneira que emoções intensas, novas para ela, são as que, segundo Mayn, fizeram aparecer os sintomas da enfermidade. Isso quer dizer que teu amor e o seu precisam de precauções e que, daqui em diante, me prometas, para teu bem, visto que tanto assim a amas, e para o bem dela, que seguirás os conselhos do doutor, dados por conta deste caso. Nada deves prometer a María, pois a promessa de ser seu esposo, uma vez cumprido o prazo que lhe indiquei, faria vosso trato mais íntimo, que é precisamente o que se trata de evitar. Inúteis são para ti mais explicações: seguindo essa conduta, podes salvar María; podes evitar-nos a desgraça de perdê-la.

— Como recompensa de tudo o que te concedemos — disse, voltando-se para minha mãe — deves prometer-me o seguinte: não falar a María sobre o perigo que a ameaça, nem lhe revelar nada do que nesta noite sucedeu entre nós. Deves também saber minha opinião sobre teu matrimônio com ela, caso sua enfermidade persistir depois de teu regresso a este país... pois vamos em breve nos separar por alguns anos: como teu pai e de María, não seria de minha vontade este enlace. Ao expressar esta resolução irrevogável, não será demais te fazer saber que Salomão, nos três últimos anos de sua vida, conseguiu formar um capital de alguma consideração, o qual está em meu poder destinado a servir de dote de sua filha. Mas, se ela morre antes de casar-se, deve passar para as mãos de sua avó materna, que está em Kingston.

Meu pai passeou alguns momentos pelo quarto. Julgando, eu, concluída nossa reunião, pus-me de pé para me retirar; mas ele, voltando a ocupar seu assento e indicando-me o meu, recomeçou seu discurso assim:

— Faz quatro dias que recebi uma carta do senhor de M*** pedindo-me a mão de María para seu filho, Carlos.

Não pude ocultar a surpresa que me causaram essas palavras. Meu pai sorriu imperceptivelmente antes de adicionar:

— O senhor de M*** dá quinze dias de prazo para aceitar ou não sua proposta, durante os quais virão fazer-nos uma visita que antes me tinham prometido. Tudo será fácil para ti depois do combinado entre nós. Então, boa noite — disse, colocando a mão afetuosamente sobre o meu ombro

—; que tenhas sorte em tua caça; eu necessito da pele do urso[18] que matares para colocá-la aos pés de meu catre.

— Está bem — respondi-lhe.

Minha mãe me estendeu a mão e, retendo a minha, disse-me:

— Esperamos-te cedo; cuidado com esses animais!

Tantas emoções vinham me agitando nas últimas horas, que mal podia dar-me conta de cada uma delas, e me era impossível perceber minha estranha e difícil situação.

María ameaçada de morte; assim prometida como recompensa de meu amor, mediante uma ausência terrível; prometida com a condição de amá-la menos; eu, obrigado a moderar tão poderoso amor, amor que subjugara para sempre todo o meu ser, sob pena de vê-la desaparecer da terra como uma das beldades fugitivas de meus sonhos, e tendo que parecer dali em diante ingrato e insensível inclusive a seus olhos, apenas por uma conduta que a necessidade e a razão me obrigavam a adotar! Já não poderia eu voltar a ouvir-lhe as confidências feitas com voz comovida; meus lábios não poderiam tocar nem sequer o extremo de uma de suas tranças. Meu ou da morte, entre a morte e eu, um passo além para aproximar-me dela seria perdê-la; e deixá-la chorar em abandono era um suplício superior a minhas forças.

Coração covarde! Não foste capaz de deixar-te consumir por aquele fogo que, mal escondido, podia esgotá-la... Onde está ela agora, agora, que já não palpitas; agora, que os dias e os anos passam por mim sem que eu saiba que te possuo!

Cumprindo Juan Ángel as minhas ordens, chamou à porta de meu quarto ao amanhecer.

— Como está a manhã? — perguntei-lhe.

— Ruim, meu amo; ameaça chover.

— Bem. Volte para a montanha e diga a José que não me espere hoje.

---

18 URSO: O urso-de-óculos é o único urso da América do Sul e vive nas florestas nubladas e páramos da cordilheira dos Andes, incluindo regiões da Colômbia, Equador, Peru, Venezuela e Bolívia. Ele alimenta-se principalmente de frutos e vegetais, sendo essencial no ecossistema como dispersor de sementes. Está ameaçado de extinção devido à caça e à perda de habitat.

Quando abri a janela, arrependi-me de ter enviado o negrinho que, silvando e cantarolando *bambucos*, iria desaparecer à primeira sombra do bosque.

Soprava, vindo da serra, um vento frio e inclemente que sacudia os rosais e agitava os salgueiros, desviando em seu voo um e outro casal de araras viajantes. Todas as aves, luxo do jardim em manhãs alegres, silenciavam, e somente os quero-queros revoavam nos prados vizinhos, saudando com seu canto o triste dia de inverno.

Pouco depois as montanhas desapareceram sob o véu cinzento de uma forte chuva, que já deixava ouvir seu rumor crescente ao aproximar-se, fustigando os bosques. Em meia-hora, turvos e estrepitosos arroios desciam, penteando as várzeas das ladeiras do outro lado do rio que, aumentado, troava iracundo e se divisava nas distâncias revoltas amarelado, caudaloso e ondejante.

XVII

Dez dias haviam passado desde que teve lugar aquela penosa conversa. Sem me sentir capaz de cumprir os desejos de meu pai sobre a nova espécie de tratamento que, segundo ele, eu deveria empregar com María, e preocupado dolorosamente com a proposta de casamento feita por Carlos, havia buscado toda espécie de pretextos para afastar-me de casa. Passei aqueles dias ora encerrado em meu quarto, ora em posse de José, o mais das vezes vagando a pé pelos arredores. Tinha por companheiro em meus passeios algum livro que não conseguia ler, minha espingarda, que nunca disparava, e Mayo, que me seguia fatigando-se. Enquanto, dominado por uma profunda melancolia, eu deixava correrem as horas oculto nas paisagens mais agrestes, ele procurava em vão dormitar enroscado nas folhagens, de onde o desalojavam as formigas ou o faziam saltar impaciente as mutucas e os mosquitos. Quando meu velho amigo se cansava da inação ou do silêncio, que lhe eram antipáticos apesar de seus achaques, aproximava-se de mim e, recostando a cabeça sobre um de meus joelhos, me olhava, carinhoso, para afastar-se depois e esperar-me a algumas varas de distância na trilha que conduzia à casa; e, em seu afã para que empreendêssemos marcha, uma vez conseguindo que eu o seguisse, disparava até dar umas cambalhotas de alegria, juvenis entusiasmos que, apesar de esquecer de sua compostura e senil gravidade, saía pouco airoso.

Uma manhã entrou minha mãe em meu quarto e, sentando-se à cabeceira da cama, da qual eu não havia saído ainda, disse-me:

— Isso não está certo: não deves continuar vivendo assim. Eu não me conformo.

Como eu guardava silêncio, continuou:

— O que fazer não é o que teu pai te havia exigido; é muito mais. E tua conduta é cruel para conosco e ainda mais cruel com María. Estava persuadida de que teus frequentes passeios tinham como objetivo ir à casa de Luísa por conta do carinho que te devotam ali. Mas Braulio, que veio aqui ontem à tarde, nos deu a saber que havia cinco dias que não te via. O que é que te causa essa profunda tristeza que não podes dominar nem nos poucos momentos que passas em companhia da família, e que te faz buscar constantemente a solidão, como se já te fosse cansativo estar conosco?

Seus olhos estavam cheios de lágrimas.

— María, senhora — lhe respondi —, deve ficar completamente livre para aceitar ou não a boa sorte que lhe oferece Carlos. E eu, como amigo dele, não devo tornar-lhe ilusórias as esperanças que fundadamente deve alimentar de ser aceito.

Assim revelava, sem poder evitá-lo, a mais insuportável dor que me havia atormentado desde a noite em que soube da proposta dos senhores de M***. Nada havia chegado a ser para mim diante daquela proposta os fatais prognósticos do doutor sobre a enfermidade de María. Nada da necessidade de separar-me dela por muitos anos.

— Como pudeste imaginar tal coisa? — perguntou-me minha mãe, surpreendida —. Mal terá ela visto teu amigo duas vezes: justamente uma em que ele esteve aqui algumas horas, e outra em que fomos visitar sua família.

— Mas, minha mãe, pouco é o tempo que falta para que se justifique ou se desvaneça o que pensei. Parece-me que vale bastante à pena esperar.

— És muito injusto, e te arrependerás de tê-lo sido. María,

por dignidade e por dever, sabendo dominar-se melhor que tu, oculta o muito que tua conduta está fazendo-a sofrer. Custa-me crer o que vejo; assombra-me ouvir o que acabas de dizer. Eu, que julguei te dar uma grande alegria e remediar tudo dando-te a conhecer o que Mayn nos disse ontem ao despedir-se!

— Diga-me, então, senhora, diga-me — disse eu, recompondo-me.

— E para que?

— Ela não será para sempre... não será minha irmã?

— Pensas assim muito tarde. Poderia um homem ser cavalheiro e fazer o que tu fazes? Não, não... isso não deve fazer um filho meu... tua irmã! E te esqueces de que estás falando com alguém que te conhece mais que tu mesmo! Tua irmã! E sei que te ama desde que vos colocava para dormir ambos sobre meus joelhos! Agora tu crês? Agora, que venho falar-te disso, assustada pelo sofrimento que a pobrezinha tenta inutilmente ocultar-me.

— Eu não quero, nem por um instante, dar motivo à senhora para um desgosto como o que me deixa conhecer. Diga-me o que devo fazer para remediar o que a senhora encontrou de reprovável em minha conduta.

— Assim deve ser. Não queres que eu a estime tanto quanto a ti?

— Sim, senhora; bem isso, não é verdade?

— Seria, ainda que me esquecesse de que não tens outra mãe além de mim, das recomendações de Salomão e da confiança de que ele me julgou digna; porque ela merece e te ama tanto. O doutor assegura que o mal de María não é o de que sofreu Sara.

— Mas foi o que ele disse!

— Sim: teu pai, já tranquilizado com essa parte, quis que eu te faça saber disso.

— Poderei, então, voltar a ser com ela como antes? — perguntei, absorto.

— Quase...

— Oh! Ela me desculpará, a senhora não acha? O doutor

disse que não há nenhum tipo de perigo? — adicionei — É necessário que Carlos saiba disso.

Minha mãe me olhou com estranheza antes de responder-me:

— E por que ocultar isso dele? Resta-me dizer-te o que creio que devas fazer, visto que os senhores de M*** virão amanhã, segundo anunciam. Diga esta tarde a María... Mas, o que podes dizer-lhe para justificar suficientemente teu desapego, sem faltar às ordens de teu pai? E, ainda que pudesses falar-lhe do que ele te exigiu, não poderias desculpar-te, pois para fazer o que fizeste nestes dias há uma causa que por orgulho ou delicadeza não deves revelar. Eis aí o resultado. É necessário que eu esclareça a María o real motivo de tua tristeza.

— Mas, se a senhora fizer isso, se fui rápido em acreditar no que acreditei, o que ela pensará de mim?

— Pensará menos mal do que se te considerasse capaz de uma veleidade e inconsequência mais odiosas que tudo.

— A senhora tem razão até certo ponto; mas eu lhe suplico que não diga a María nada do que acabamos de falar. Cometi um erro, que talvez me fez sofrer mais do que a ela, e devo remediar isso. Prometo à senhora que remediarei. Exijo-lhe somente dois dias para fazer como se deve.

— Bem — disse, levantando-se para ir — Vais sair hoje?

— Sim, senhora.

— Aonde vais?

— Vou fazer a visita de boas-vindas a Emigdio; e é imprescindível, porque ontem mandei dizer-lhe pelo mordomo de seu pai que me esperasse hoje para almoçar.

— Mas voltarás cedo.

— Às quatro ou cinco.

— Vem jantar aqui.

— Sim. A senhora está outra vez satisfeita comigo?

— Como não? — respondeu sorrindo —. Então, até mais tarde. Deves mandar lembranças nossas às senhoras, de minha parte e das meninas.

XVIII

Já estava eu preparado para partir quando Emma entrou em meu quarto. Estranhou ver-me com semblante risonho.

— Aonde vai tão contente?

— Oxalá não tivesse de ir a parte alguma. Para ver Emigdio, que se queixa de minha inconstância de todos os jeitos, sempre que me encontro com ele.

— Que injusto! — exclamou rindo. — Inconstante, tu?

— Do que estás rindo?

— Oras, da injustiça de teu amigo. Coitado!

— Não, não. Estás rindo de outra coisa.

— É disso — disse, pegando uma escova de minha penteadeira e se aproximando de mim. — Deixe que eu te penteie, porque tu bem sabes, senhor inconstante, que uma das irmãs de teu amigo é uma linda moça. Pena — continuou, fazendo o penteado ajudada por suas graciosas mãos — que o senhorito Efraim tem estado um pouco pálido nestes últimos dias, porque as buguenhas[19] não imaginam beleza varonil sem cores frescas nas bochechas. Mas, se a irmã de Emigdio estivesse a par de...

— Tu estás muito falante hoje.

---

19 **BUGUENHAS:** Pessoa nascida no município de Buga, localizado no Valle del Cauca.

— Sim? E tu, muito alegre. Olha-te no espelho e diz-me se não ficaste muito bem.

— Que visita! — exclamei, ouvindo a voz de María, que chamava minha irmã.

— Verdade. Como seria melhor fazer um passeio pelas pontas dos boqueirões de Amaine e desfrutar da... grandiosa e solitária paisagem, ou caminhar pelos montes como ovelha ferida, espantando mosquitos, sem medo de que Mayo fique cheio de carrapatos... pobrezinho! É impossível!

— María está te chamando — interrompi.

— Já sei para o que é.

— Para quê?

— Para que eu a ajude numa coisa que deveria fazer.

— Pode-se saber qual?

— Não há inconvenientes: está me esperando para colhermos flores que vão servir para substituir estas — disse, apontando para as do jarro sobre minha penteadeira —; e, se eu fosse ela, não voltaria a colocar uma só aí.

— Se tu soubesses...

Meu pai, cuja voz eu ouvia chamando-me de seu quarto, interrompeu aquela conversa que, se continuasse, poderia ter frustrado o que, desde a última vez que falei com minha mãe, eu me havia proposto a realizar.

Ao entrar no quarto de meu pai, ele examinava, à janela, a máquina de um belo relógio de bolso e dizia:

— É uma coisa admirável; sem dúvida vale as trinta libras.

Voltando-se em seguida para mim, adicionou:

— Este é o relógio que mandei trazer de Londres, olhe para ele.

— É muito melhor do que o que o senhor usa — observei, examinando-o.

— Mas o que eu uso é muito preciso e o teu, muito pequeno; deves presenteá-lo a uma das moças e pegar este para ti.

Sem dar-me tempo para agradecer-lhe, acrescentou:

— Vais à casa de Emigdio? Dize a seu pai que posso preparar o terreno para que façamos o plantio juntos. Mas seu gado deve estar preparado, precisamente, para o próximo dia quinze.

Voltei em seguida ao meu quatro para pegar minhas pistolas. María, do jardim e ao pé de minha janela, entregava a Emma um ramo de mimosas, manjeronas e cravos. Mas o mais belo de todos por seu tamanho e primor estava em seus lábios.

— Bom dia, María — disse-lhe, apressando-me em receber as flores.

Ela, empalidecendo instantaneamente, correspondeu contrariada à saudação e o cravo se desprendeu de seus lábios. Entregou-me as flores, deixando cair algumas a seus pés, as quais recolheu e pôs a meu alcance quando suas bochechas estavam novamente coradas.

— Queres — disse-lhe ao receber as últimas — trocar todas estas pelo cravo que tinhas nos lábios?

— Pisei nele — respondeu-me, baixando a cabeça para procurá-lo.

— Assim, pisado, dar-te-ei todas estas por ele.

Permanecia com a mesma atitude, sem responder-me.

— Permites que eu vá recolhê-lo?

Inclinou-se então para pegá-lo e entregou-o sem me olhar.

Enquanto isso, Emma fingia completa distração, colocando as flores novas.

Peguei María pela mão com que me entregava o cravo desejado, dizendo-lhe:

— Obrigado, obrigado! Até à tarde.

Ergueu o olhar para ver-me com a mais arroubada expressão que os olhos podem produzir ao combinarem-se no olhar de uma mulher a ternura, o pudor, a desaprovação e as lágrimas.

XIX

Havia eu feito mais de uma légua de caminho e tratava já de abrir num golpe a porteira que dava entrava às pastagens da fazenda do pai de Emigdio. Vencida a resistência que opunham as trancas e a trava enferrujada e a mais tenaz ainda do pilar, composto por uma grande pedra encapsulada, que, suspensa no teto por uma grade, atormentava os transeuntes mantendo fechado aquele dispositivo singular, considerei-me sortudo por não ter ficado preso no atoleiro pedregoso, cuja respeitável antiguidade era conhecida pela cor da água estagnada.

Atravessei uma curta planície onde o capim zorro, o *friegaplato*[20] e o espinheiro dominavam sobre as pastagens pantanosas. Ali pastavam cavalos de crinas e rabos raspados, potros corriam e velhos burros meditavam, tão selados e mutilados pelo carregamento de lenha e pela crueldade de seus tropeiros, que Buffon teria ficado perplexo ao ter que classificá-los.

A casa, grande e antiga, rodeada de coqueiros e mangueiras, o telhado cinzento e caído destacava-se na floresta alta e densa da plantação de cacau.

Não se haviam esgotado os obstáculos para chegar, pois topei com os currais cercados de *tetillas*[21]; e foi aí que tive de

---

20 FRIEGAPLATO: Planta da família das solanáceas (que inclui batata, tomate, tabaco, pimentão), nativa dos Andes colombianos.

21 TETILLAS: Flor da planta homônima, pertencente à família saxifragácea.

rolar blocos de *guaduas*[22] muito robustos sobre degraus frágeis. Dois negros, um homem e uma mulher, vieram em meu auxílio: ele, vestindo apenas uns calções, mostrava as costas atléticas brilhando com o suor próprio da corrida; ela usava uma saia azul e como camisa um lenço amarrado na nuca e preso pelo cós, que cobria o peito. Ambos usavam chapéus de junco, daqueles que com pouco uso se desgastam e ficam com a cor de um telhado de palha.

Iria o casal sorridente e fumante lidar com nada menos que outra dos potros, aos quais era chegada a hora do relho; e eu sabia disso, porque me chamou a atenção ver não só o negro, mas também a sua companheira, armados com cordas. Eles gritavam e corriam quando apeei sob uma ala da casa, desprezando as ameaças de dois cães hostis que se encontravam deitados sob os bancos do corredor.

Algumas tábuas e selas desgastadas de junco e cordas montadas na grade foram suficientes para me convencer de que todos os planos feitos em Bogotá por Emigdio, impressionado com minhas críticas, haviam esbarrado no que chamava de bobagens de seu pai. Por outro lado, a criação dos rebanhos menores havia melhorado muito, da qual eram prova as cabras de diversas cores que empesteavam o pátio; e observei a mesma melhoria na indústria avícola, já que muitos pavões reais saudaram minha chegada com gritos alarmados, e entre os patos *criollos* ou de pântano, que nadavam na vala vizinha, distinguiam-se pelo seu porte circunspecto de alguns dos chamados chilenos.

Emigdio era um excelente rapaz. Um ano antes de meu regresso ao Cauca, seu pai o enviou a Bogotá com o objetivo de colocá-lo, segundo dizia o bom senhor, no caminho de se tornar mercador e bom negociante. Carlos, que vivia comigo naquela época e se achava sempre a par até do que não deveria saber, topou com Emigdio eu não sei onde e o trouxe à minha presença num domingo de manhã, precedendo-o ao entrar em

22 GUADUAS: Tipo de bambu espinhoso, cujo gênero tem origem neotropical, pertencente à família das gramíneas.

nosso quarto para me dizer: "Homem! Vou te matar de alegria: te trago a coisa mais linda".

Eu corri para abraçar Emigdio, o qual, parado à porta, tinha a mais estranha figura que é possível imaginar. É uma insensatez pretender descrevê-lo.

Meu compatriota tinha vindo carregado com o chapéu cor de café com leite, galhardia de Dom Ignácio, seu pai, nas semanas santas de suas mocidades. Talvez por lhe ficar apertado ou porque lhe parecia bem vesti-lo assim, o objeto formava com a parte posterior do longo e escuro pescoço de nosso amigo um ângulo de noventa graus. Aquela magreza; aquelas costeletas ralas e esguias, combinando com o cabelo mais desconsolado que já se viu em seu abandono; aquela tez amarelada descascando os raios de sol da estrada; a gola da camisa afundada sem esperanças sob as lapelas de um colete branco cujas pontas se odiavam; os braços presos nas mangas de uma jaqueta azul; as calças de cambraia com presilhas largas de cordovão e botins de couro lustrado de veado foram motivo mais que suficiente para exaltar o entusiasmo de Carlos.

Emigdio carregava um par de esporas grandes em uma das mãos e um pacote volumoso para mim na outra. Corri para descarregá-lo de tudo, aproveitando um momento para olhar severamente para Carlos, que, deitado em uma das camas do nosso quarto, mordia um travesseiro chorando em lágrimas vivas, algo que quase me provoca a mais inoportuna das confusões.

Ofereci a Emigdio um assento no salão pequeno; e, como tivesse escolhido um sofá almofadado, o pobre, sentindo que submergia, procurou de todas as maneiras buscar algo para se agarrar no ar; mas, perdida toda a esperança, refez-se como pôde e, uma vez em pé, disse:

— Que demônios! Carlos não toma juízo. E, agora... Com razão vinha pela rua rindo-se da peça que iria me pregar. E tu, também?... Oras! Essa gente daqui é mesmo endiabrada. O que acha da que me aprontaram hoje?

Carlos deixou a alcova, aproveitando-se de tão feliz ocasião, e ambos pudemos rir até não poder mais.

— Esse Emigdio! — disse a nosso visitante — Senta-te nesta poltrona, que não tem armadilhas. Podes ficar tranquilo.

— Sim, ora — respondeu Emigdio, sentando-se com desconfiança, como se temesse um novo fracasso.

— O que te fizeram? — riu Carlos, mais do que perguntando.

— Viste? Estava para não lhes contar.

— Mas, por quê? — insistiu o implacável Carlos, envolvendo seu ombro com um braço —, conte-nos tudo.

Emigdio havia se chateado enfim, e a duras penas conseguimos alegrá-lo. Umas taças de vinho e alguns cigarros ratificaram nosso armistício. Sobre o vinho, nosso compatriota observou que o melhor era o de laranja que faziam em Buga e o licor verde da venda de Paporrina. Os cigarros de Ambalema lhe pareceram inferiores aos enrolados em folhas secas de bananeira e perfumados com outras, de figo e laranja picadas, que ele trazia nos bolsos.

Passado já dois dias, nosso Telêmaco, vestido convenientemente e cuidado por nosso mestre Hilário; e, ainda que sua roupa à moda de então o incomodava e as botas novas faziam-no ver estrelinhas, teve de sujeitar-se, estimulado pela vaidade e por Carlos, ao que ele chamava de martírio.

Estabelecido no espaço acolhedor em que nós habitávamos, divertia-nos nas horas de descanso após o jantar relatando a nossas caseiras as aventuras de sua viagem e dando opiniões sobre tudo o que lhe havia chamado a atenção na cidade. Na rua era diferente, pois nos víamos na necessidade de abandoná-lo à sua própria sorte, ou seja, à jovial impertinência dos os seleiros e mascates, que corriam para cercá-lo assim que o viam para lhe oferecer selas, correias, calças de montaria, freios e mil bugigangas.

Por sorte, Emigdio já havia concluído todas as suas compras quando veio a saber que a filha da senhora da casa, moça esperta, despreocupada e risonha, morria de amores por ele.

Carlos, sem se preocupar com as inconveniências, conseguiu convencê-lo de que Micaelina havia desdenhado até então dos galanteios de todos os comensais; mas o diabo, que não dorme, fez com que Emigdio surpreendesse, numa noite, o flerte, na sala de jantar, entre seu Cabrión[23] e sua amada, quando julgavam que o infeliz estava dormindo, pois já eram dez horas, em que ele costumava achar-se no terceiro sono — costume que justificava madrugando sempre, ainda que fosse tiritando de frio.

Visto por Emigdio o que viu e ouvido o que ouviu, que, oxalá, nada tivesse visto nem ouvido para seu repouso e o nosso, pensou somente em acelerar sua partida.

Como não tinha queixas de mim, fez-me suas confissões na noite de véspera da viagem, dizendo-me, entre muitas outras confissões:

— Em Bogotá não há senhoras: essas são todas umas... coquetes de sete solas. Quando aquela fez o mesmo, o que esperar? Estou quase sem me despedir dela. Caramba! Não há nada como as garotas de nossa terra. Vê o Carlos: anda como coroinha de igreja, deita-se às onze da noite e está mais metido que nunca. Deixe estar, que eu farei Dom Chomo saber para dar um jeito nisso. Me admira ver-te pensando tão-somente nos estudos.

Partiu então Emigdio, e com ele a diversão de Carlos e de Micaelina.

Tal era, em suma, o amigo honesto e simpático que eu iria visitar.

Esperando vê-lo vindo de dentro de casa, voltei-me para trás ouvindo que me gritava ao pular de uma cerca no quintal:

— Por fim, malandro! Eu já imaginava que me deixarias esperando. Senta-te, que já vou — e se pôs a lavar as mãos, que estavam ensanguentadas, na torneira do pátio.

— O que fazias? — perguntei-lhe depois de nossas saudações.

— Como hoje é dia de matança e meu pai madrugou para ir aos potreiros, estava eu racionando os de cor preta, o que é tedioso; mas já estou desocupado. Minha mãe deseja muito

---

23 CABRIÓN: Personagem do folhetim *Os mistérios de Paris*, de Eugène Sue, publicado entre 1842 e 1843. Cabrión é um pintor que se burla, de maneira implacável, do porteiro Pipelet.

ver-te; vou avisá-la que estás aqui. Quem sabe consigamos fazer com que as garotas saiam, porque vão ficando mais rebeldes a cada dia.

— Choto! — ele gritou; e logo apareceu um negrinho seminu, de pele bastante marrom e um braço seco e cheio de cicatrizes.

— Leve este cavalo para a canoa e limpe o potro alazão, por gentileza.

E voltando-se para mim, depois de ter notado meu cavalo, acrescentou:

— Cuidado com o retinto!

— Como é que o braço daquele menino ficou assim? — perguntei.

— Metendo cana no trapiche: são tão brutos! Esse só serve para cuidar dos cavalos.

Pouco depois começaram a servir o almoço, enquanto eu conversava com a Dona Andrea, mãe de Emigdio, que, por pouco, deixaria seu cachecol sem franjas durante o quarto de hora em que conversamos sozinhos.

Emigdio foi vestir uma jaqueta branca para sentar-se à mesa; mas, antes, nos apresentou uma mulher negra carregando uma bacia de Pastuso[24] com água para lavar as mãos e, pendurada em um dos braços, uma toalha bordada primorosamente.

Servia-nos como local de refeição a sala, cuja mobília se reduzia a velhas cadeiras de couro, alguns retábulos de Quito, que representavam santos e estavam pendurados no alto das paredes não muito brancas, e duas mesinhas adornadas com fruteiras e araras de gesso.

Verdade seja dita: o almoço não era grande coisa; mas era bem sabido que a mãe e as irmãs de Emigdio arranjavam bem a mesa. A sopa de tortillas aromatizada com ervas frescas da horta; as bananas fritas, carne desfiada e roscas de farinha de milho; o excelente chocolate da terra; o queijo de pedra; o pão de leite e a água servida em antigos e grandes jarros de prata não deixaram a desejar.

---

24 PASTUSO: Objeto que tem como origem a província colombiana de Pasto.

Enquanto almoçávamos consegui ver, espiando por entre uma porta semicerrada, uma das moças; e sua carinha simpática, iluminada por uns olhos negros como sementes de jequiri, dava a pensar que o aquilo que ocultava deveria harmonizar-se muito bem com o que deixava ver.

Despedi-me da senhora Andrea às onze, porque havíamos decidido visitar Dom Ignácio nos potreiros onde estava fazendo rodeio e aproveitar a viagem para tomar banho no Amaime.

Emigdio tirou a jaqueta para substituí-la por uma manta de linho; as botinas de veado por alpargatas usadas; vestiu uma calça branca de pelo macio de cabra; colocou um chapéu grande de Suaza com capa de percal branco e montou o alazão, tendo primeiro o cuidado de vendá-lo com um lenço. Como o potro virou uma bola e escondeu o rabo entre as pernas, o cavaleiro gritou para ele: "Lá vem você com suas falcatruas!", dando-lhe de imediato duas fortes chicotadas com a chibata de peixe-boi palmirano que levava nas mãos. Com isso, depois de dois ou três coices que não chegaram a mover o cavaleiro de sua sela de Chocontá, eu montei e nos pusemos em marcha.

Enquanto não chegávamos ao local do rodeio, distante mais de meia légua da casa, meu companheiro, depois de aproveitar a primeira área plana a fim de parar e arriar o cavalo, iniciou uma conversa casual comigo. Desembuchou tudo o que sabia sobre as pretensões conjugais de Carlos, com quem renovou a amizade desde que se reencontraram em Cauca.

— E tu, o que dizes? — acabou por perguntar-me.

Esquivei-lhe manhosamente a resposta, e ele continuou:

— Para que negar? Carlos é um rapaz trabalhador: assim que se convencer de que não pode ser fazendeiro se não deixar de lado antes as luvas e o guarda-chuva, tudo irá bem para ele. Ainda zomba de mim porque laço, construo porteira e barbeio mulas; mas ele deve fazer o mesmo ou se arrebentar. Não o viste?

— Não.

— Pois já o verás. Acreditas que não se banha no rio quando o sol está a pino e não monta o cavalo se não lhe prepararem a sela? Tudo para não se bronzear nem sujar as mãos. De resto é um cavalheiro, isso sim: não faz oito dias que me livrou de um apuro emprestando-me duzentos *patacones*[25] de que necessitava para comprar umas novilhas. Ele sabe que não fica com os bolsos vazios. Mas isso é o que se chama "correr para ajudar". Quanto ao seu matrimônio... vou te dizer uma coisa, se me prometes não te irritares.

— Diz, homem, diz o que queres.

— Em tua casa a vida é bem movimentada; e me parece que uma dessas meninas criadas a pão de ló, como as dos contos de fadas, precisa ser tratada como um bem sagrado.

Soltou uma gargalhada e prosseguiu:

— Digo isso porque Dom Jerônimo, pai de Carlos, tem mais cascos que cavalo e é bravo como javali do mato. Meu pai não pode vê-lo desde que se meteu numa briga por terrenos e não sei mais o quê. No dia em que o encontra temos que lhe fazer compressas de erva-moura durante a noite e lhe dar uns tragos de aguardente com *malambo*[26].

Já havíamos chegado ao local do rodeio. No meio do curral, à sombra de um mutambo e através da poeira levantada pelo touro em movimento, consegui ver Dom Ignacio, que veio me cumprimentar. Ele estava montando um cavalo pequeno de pelo mestiço e macio, ornado por uma sela cujo lustre e deterioração proclamavam seus méritos. A exígua figura do rico proprietário estava decorada assim: calças puídas de pele de leão e couro; esporas de prata com rosetas que soavam como chocalhos; uma jaqueta de tecido não passada com listras brancas fixadas com goma e, coroando tudo, um enorme chapéu de jipijapa, desses que atraem a atenção quando aquele que os utiliza sai a galope. Sob sua sombra o nariz grande e os olhinhos

25 PATACONES: Termo usado desde o período colonial na Colômbia para designar moedas grandes de prata, como os pesos espanhóis. Com o tempo, virou gíria popular para dinheiro miúdo, mantendo-se em uso informal até o século XX.

26 AGUARDENTE COM MALAMBO: Bebida alcoólica tradicional que combina aguardente (feito geralmente de cana-de-açúcar) com uma infusão de *malambo*, uma planta medicinal sul-americana conhecida por suas propriedades digestivas e estimulantes. É comum em regiões andinas como tônico ou remédio caseiro.

azuis de Dom Ignácio faziam o mesmo jogo que, na cabeça de um *paletón*[27] dissecado, o Garnet que lhe serve de pupila e o bico prolongado.

Disse a Dom Ignacio o que meu pai me havia encarregado acerca do gado que deviam colocar juntos para pastar.

— Está bem — respondeu-me —. Já viu que os novilhos não podem ser melhores: todos parecem torres. Não quer entrar para se divertir um pouco?

Emigdio estava completamente distraído com a labuta dos vaqueiros no curral.

— Ah, Tuso! — gritou. — Cuidado ao afrouxar a rédea... na cauda! Na cauda!

Pedi licença a Dom Ignacio ao mesmo tempo que lhe agradecia; ele prosseguiu:

— De nada, de nada: os bogotanos têm medo do sol e de touros bravos; por isso os rapazes se perdem nos colégios de lá. Não me deixará mentir esse menino bonito filho de dom Chomo: às sete da manhã o encontrei pelo caminho forrado com um lenço, de modo que só se via um olho... e com guarda-chuva! O senhor, pelo visto, nem sequer usa essas coisas.

Nesse momento gritava o vaqueiro que, empunhando a marca candente, aplicava-a na espádua de vários touros estendidos e amarrados no curral: "Outro... outro..." A cada um desse gritos seguia um berro, e Dom Ignacio fazia, com seu canivete, um risquinho a mais numa vareta de mutambo que lhe servia de relho.

Como, ao se levantarem as reses, poderia haver alguns golpes perigosos, Dom Ignacio, depois de receber minha despedida, salvou-se entrando em uma arena vizinha.

O local escolhido no rio por Emigdio foi o mais adequado para desfrutar do banho que as águas do Amaime oferecem no verão, sobretudo na hora em que chegamos às suas margens.

Os ingás, sobre cujas flores revoluteavam milhares de vespas, ofereciam-nos sombra densa e folhas almofadadas onde espa-

27 PALETÓN: Designação popular para aves de corpo robusto e bico marcante, como patos selvagens ou aves aquáticas tropicais.

lhamos nossos mantos. No fundo do profundo remanso que estava a nossos pés, viam-se até os mais pequenos seixos, e sardinhas prateadas brincavam. Embaixo, nas pedras que não foram cobertas pelas correntes, garças azuis e brancas pescavam espiando ou penteavam a plumagem. Na praia em frente, formosas vacas, deitadas, ruminavam; araras escondidas na folhagem dos bucarés conversavam à meia voz; e, estendido nos ramos altos, dormia um bando de macacos em preguiçoso abandono. As cigarras faziam ressoar por toda a parte seus cantos monótonos. Um e outro esquilo curioso aparecia entre a mata e desaparecia velozmente. No interior da selva ouvíamos de quando em quando o trinado melancólico das perdizes.

— Pendura tuas calças longe daqui — disse a Emigdio —; porque, do contrário, sairemos do banho com dor de cabeça.

Riu-se ele de boa vontade, observando-me ao colocá-las no galho de uma árvore distante:

— Queres que tudo cheire a rosas? O homem deve ter cheiro de bode.

— Com toda certeza; prova disso é que tuas calças tem o cheiro de todo um curral de cabras.

Durante nosso banho, talvez porque a noite e as margens de um formoso rio disponham o ânimo a fazer confissões, ou porque eu desse abertura para meu amigo falar, confessou-me que, depois de ter guardado por algum tempo a lembrança de Micaelina como relíquia, havia se apaixonado loucamente por uma preciosa *nhapanguita*[28], fraqueza que procurava esconder da malícia de Dom Ignacio, já que esse havia de pretender acabar com tudo, porque a moça não era uma dama; e, ao fim e ao cabo, raciocinou assim:

— Como se fosse possível que eu me casasse com uma dama, para que o resultado final fosse que eu tivesse de servi-la em vez de ser servido! E, por mais cavalheiro que eu seja,

---

28 NHAPANGUITA: Termo popular usado para referir-se a mulheres mestiças — originalmente mulheres simples que trabalhavam em *pulperías* (mercearias), bordando ou vendendo itens, conhecidas por sua graça, vivacidade e liberdade de costumes.

que diabos iria fazer com uma mulher dessa laia? Mas se tu conhecesses a Zoila... Homem! Nem te digo; até versos irias fazer para ela... E que versos! Ficarias com água na boca... seus olhos são capazes de fazerem um cego ver; tem o sorriso mais faceiro, os pés mais lindos e uma cintura que...

— Espera um pouco! — interrompi —: quer dizer que estás tão freneticamente apaixonado que preferirias te afogar se não te casas com ela?

— Caso-me, custe o que custar!

— Com uma mulher do povo? Sem consentimento de teu pai?... Já entendi: tu eres homem feito e deves saber o que estás fazendo. E Carlos, está sabendo de tudo isso?

— Só faltava isso! Deus me livre! Em Buga eles o têm nas palmas das mãos e, de boca fechada, o que queres? A sorte é que Zoila vive em São Pedro e só vai a Buga de vez em nunca.

— Mas, sim, me apresentarias a ela?

— Contigo é outra coisa; no dia que quiseres, te levo.

Às três da tarde me separei de Emigdio, desculpando-me de mil maneiras para não cear com ele, e seriam quatro horas quando cheguei a casa.

XX

Minha mãe e Emma saíram ao corredor para me receber. Meu pai havia ido vistoriar os trabalhos a cavalo.

Pouco tempo depois, fui chamado à sala de jantar e não tardei em me apresentar, porque ali esperava encontrar María; mas me enganei. E, como perguntasse à minha mãe por ela, respondeu-me:

— Como esses senhores vêm amanhã, as moças estão empenhadas para que fiquem muito bem feitos uns doces; creio que já terminaram e que virão agora.

Ia levantar-me da mesa quando José, que vinha subindo do vale à montanha arriando duas mulas carregadas de cana brava, parou num ponto alto de onde divisava o interior e me gritou:

— Boas tardes! Não posso entrar porque a mula é chucra e está anoitecendo. Deixo aí um recado para as moças. Madrugue muito amanhã, porque a coisa está segura.

— Bem — respondi-lhe — irei bem cedo; saudações a todos.

— Não se esqueça das balas!

E, saudando-me com o chapéu, continuou a subida.

Dirigi-me a meu quarto para preparar a espingarda, não tanto porque ela necessitasse de limpeza quanto por buscar pretexto para não permanecer na sala de jantar, onde por fim não se apresentou María.

Tinha eu aberto na mão uma caixinha de balas quando vi María se aproximar trazendo-me café, que provou com uma colherzinha antes de me ver.

As balas se espalharam pelo chão assim que ela se aproximou.

Sem ter coragem de me olhar, deu-me boas tardes e, colocando com mão insegura o pires e a taça na bandeja, buscou por um instante com olhos covardes os meus, que a fizeram corar; e, então, ajoelhada, pôs-se a recolher os projéteis.

— Não faças isso — disse-lhe —; eu o farei depois.

— Tenho muito bons olhos para buscar pequenezas — respondeu —; passe-me a caixinha.

Estendeu o braço para recebê-la, exclamando ao vê-la:

— Ai! Caíram todas!

— Não estava cheia — observei, ajudando-a.

— E estas são necessárias para amanhã — disse, soprando o pó daquelas que tinha na palma de uma de suas rosadas mãos.

— Por que amanhã e por que estas?

— Porque, como a caça é perigosa, parece-me que errar um tiro seria terrível, e conheço pela caixinha que estas são as que o doutor te ofereceu outro dia, dizendo que eram inglesas e muito boas...

— Tu ouves tudo.

— Daria tudo para não ouvir algumas coisas. Talvez seria melhor não ires a essa caça... José deixou-te um recado conosco.

— Queres que eu não vá?

— E como poderia eu exigir-te isso?

— Por que não?

Olhou-me e não me respondeu.

— Já me parece que não há mais — disse, ficando de pé e olhando para o chão ao seu redor —. Vou embora. O café já deve estar frio.

— Prove-o.

— Mas não termines de carregar esta espingarda agora... Está bom — acrescentou, tocando a xícara.

— Vou guardar a espingarda e tomá-lo; mas não saias.

Eu havia entrado em meu quarto e voltei a sair.

— Há muito o que fazer lá dentro.

— Ah, sim — respondi-lhe. — Preparar sobremesas e petiscos para amanhã. Estás indo embora, então?

Deu de ombros, inclinando ao mesmo tempo a cabeça para um lado, num movimento que significava: como queiras.

— Devo-te uma explicação — disse-lhe, me aproximando —. Queres ouvir?

— Não digo que há coisas que eu não gostaria de ouvir? — respondeu, fazendo as balas soarem dentro da caixinha.

— Achava que o que eu...

— É certo o que vais dizer. Acreditas nisso.

— No que?

— Que eu deveria te ouvir. Mas desta vez, não.

— Que mal terás pensado de mim nestes dias!

Ela lia, sem me responder, as informações da caixinha.

— Pois nada te direi; mas diz-me o que supuseste.

— Para quê?

— Quer dizer que não me permites sequer desculpar-me contigo?

— O que desejava saber é por que me fizeste isso. Porém, dá-me medo sabê-lo pelo mesmo motivo de não ter feito nada, e sempre pensei que terias algum que eu não deveria saber... Mas, como parece que estás contente outra vez... também eu estou contente.

— Não mereço que sejas tão boa para comigo.

— Talvez seja eu quem não mereça...

— Fui injusto contigo e, se me permitires, te pediria de joelhos que me perdoasses.

Seus olhos velados há minutos luziram com toda a beleza, e ela exclamou:

— Ah, não! Meu Deus! Eu esqueci tudo... ouves bem? Tudo! Mas com uma condição — acrescentou após uma curta pausa.

— O que quiseres.

— O dia em que eu fizer algo que te desgoste, me dirás; e eu não voltarei a fazer nem a dizê-lo. Não é fácil?

— E eu, não devo exigir o mesmo de tua parte?

— Não, porque não posso aconselhar-te, nem saber sempre se o que penso é o melhor; ademais, tu sabes o que vou te dizer, antes que eu diga.

— Estás certa, pois. Seguirás a vida convencida de que te quero com toda a minha alma? — disse-lhe com voz baixa e comovida.

— Sim, sim — respondeu muito baixo e, quase tocando-me os lábios com uma de suas mãos para indicar-me que ficasse quieto, deu alguns passos na direção do salão.

— O que vais fazer? — perguntei-lhe.

— Não ouves que João me chama e chora porque não me encontra? — Indecisa por um momento, em seu sorriso havia tal doçura e tão amorosa languidez em seu olhar, que já havia ela desaparecido e eu ainda a contemplava, extasiado.

XXI

No dia seguinte tomei o caminho da montanha acompanhado por Juan Ángel, que ia carregado com alguns presentes de minha mãe para Luísa e as meninas. Seguíamos Mayo: sua fidelidade era superior a toda zombaria, apesar de alguns maus momentos que havia tido nesse tipo de expedição, imprópria para seus anos de vida.

Passada a ponte do rio, encontramos José e seu sobrinho Braulio, que já vinham buscar-me. Aquele me falou de imediato sobre seu projeto de caça, reduzido a acertar um golpe preciso em um jaguar famoso nas redondezas, que lhe havia matado alguns cordeiros. Tinha seguido os rastros do animal e descoberto uma de suas guaridas na nascente do rio, a mais de meia-légua além da propriedade.

Juan Ángel parou de suar ao ouvir esses pormenores e, colocando sobre a folhagem a cesta que levava, nos via com olhos tais como se estivesse ouvindo a discussão de um plano de assassinato.

José continuou falando assim de seu plano de ataque:

— Digo com toda a certeza que, desta vez, ele não nos escapa. Já veremos se o paisano Lucas é tão craque como diz. De Tiburcio sim, posso responder. Traz a munição mais grossa?

— Sim — respondi-lhe — e a espingarda grande.

— Hoje é o dia de Braulio. Ele tem muita vontade de vê-lo fazer um ataque, porque eu lhe disse que o senhor e eu damos errado os tiros quando apontamos para a frente de um urso e a bala se mete num olho.

Riu estrepitosamente, dando palmadas no ombro do sobrinho.

— Bem, vamos — continuou —: mas o pretinho que leve estes legumes para a senhora, porque eu vou voltar — e colocou nas costas o cesto de Juan Ángel dizendo —: seriam coisas doces que a menina María manda para seu primo...?

— Aí vem algo que minha mãe envia para Luísa.

— Mas, o que é que a menina teve? Eu a vi por acaso ontem tão leve e lúcida como sempre. Parece um botão de rosa de Castilha.

— Está bem, já.

— E tu, que fazes aqui que não vais embora, pretinho? — disse José a Juan Ángel —. Pega a maleta e vai-te para não voltares logo, porque mais tarde não é conveniente que andes por aqui. Não precisas dizer nada lá embaixo.

— Cuidado ao voltar! — gritei-lhe quando ele estava do outro lado do rio.

Juan Ángel desapareceu na corrente como um *guatín*[29] assustado.

Braulio era um rapagão da minha idade. Fazia dois meses que tinha vindo da Província para acompanhar seu tio e estava loucamente apaixonado, desde tempos antes, por sua prima Tránsito.

A fisionomia do sobrinho tinha toda a nobreza que tornava interessante a do ancião; mas o mais notável nele era uma linda boca, ainda sem bigode, cujo sorriso feminil contrastava com a energia varonil das outras feições. Manso de caráter, bem-apessoado e infatigável no trabalho, era um tesouro para José e o mais adequado marido para Tránsito.

A senhora Luísa e as moças saíram para me receber à porta da cabana, risonhas e afetuosas. Nosso trato frequente nos últi-

---

29 GUATÍN: Nome dado a um roedor silvestre da família dos dásiproctídeos, semelhante à cutia do Brasil.

mos meses havia feito com que as moças ficassem menos tímidas comigo. José mesmo, em nossas caças, melhor dizendo, no campo de batalha, exercia sobre mim uma autoridade paternal, a qual desaparecia quando estávamos em casa, como se fosse um segredo nossa amizade leal e singela.

— Por fim, por fim! — disse a senhora Luísa tomando-me pelo braço para introduzir-me na saleta —. Sete dias...! Contamos um por um.

As moças me olhavam, sorrindo maliciosamente.

— Mas, Jesus, como está pálido! — exclamou Luísa observando-me mais de perto. Isso assim não está bem; se o senhor viesse com frequência, estaria um bocado mais gordo.

— E como pareço a vocês? — eu disse às moças.

— Ah...! — respondeu Tránsito — Pois como há de nos parecer, se por estar longe em seus estudos e...

— Temos tantas coisas boas para o senhor! — interrompeu Lucía —: Cortamos a mata nova no primeiro crescimento, esperando pelo senhor: na quinta, acreditando que viria, preparamos uma torta tão boa...

— Poxa, que pena! Ah, Luísa — acrescentou José —, se essa foi a decisão, não sabemos o que fazer dela. Mas ele teve razão para não vir — continuou em tom grave — Teve motivo; e, como logo mais o convidarás a passar um dia inteiro conosco... não é assim, Braulio?

— Sim, sim, come e depois falamos disso. Quando será esse grande dia, senhora Luísa? Quando é, Tránsito?

Essa corou como uma amora e não teria erguido o olhar para ver seu namorado por todo o ouro do mundo.

— Está demorando — respondeu Luísa —: Não vê que precisa pintar de branco a casinha e colocar as portas? Virá sendo o dia de Nossa Senhora de Guadalupe, porque Tránsito é sua devota.

— E isso quando é?

— Não sabe? Pois é em doze de dezembro. Não lhe disseram isso estes rapazes que querem torná-lo seu padrinho?

— Não, e o atraso em me dar tão boa notícia não perdoo a Tránsito.

— Mas eu disse a Braulio que dissesse ao senhor, porque meu pai achava que era melhor assim.

— Agradeço tanto essa eleição, como não podeis imaginá-lo; mas é com a esperança de que fareis de mim um compadre o quanto antes.

Braulio olhou da forma mais terna para sua preciosa namorada e essa, envergonhada, saiu apressada a servir o almoço, levando Lucía consigo.

Minhas refeições na casa de José já não eram como a que descrevi em outra ocasião: nelas, eu fazia parte da família e, sem aparatos de mesa, salvo o único talher que se me destinava sempre, recebia minha parte de feijão, *mazamorra*[30], leite e camurça das mãos da senhora Luísa, sentados não mais não menos do que José e Braulio em um banquinho de raiz de taquara. Não sem dificuldade os acostumei a me tratarem assim.

Viajante anos depois pelas montanhas do país de José, vi no pôr-do-sol chegarem lavradores alegres à cabana onde se me dava hospitalidade; assim que louvavam a Deus ante o venerável chefe da família, esperavam em torno da mesa o jantar que a anciã e carinhosa mãe repartia: um prato bastava a cada casal de esposos; e os pequeninos se ajuntavam apoiados nos joelhos de seus pais. E desviei meus olhares dessas cenas patriarcais, que me recordavam os últimos dias felizes de minha juventude...

O almoço foi suculento, como de costume e, temperado com uma conversa que dava a conhecer a impaciência de Braulio e de José para darem início à caça.

Seriam dez horas quando, estando todos prontos e tendo Lucas ajeitado o farnel que Luísa nos havia preparado e, depois das entradas e saídas de José para colocar em sua bolsa de couro os tacos de *cabuya*[31] e outros acepipes que havia esquecido, nos pusemos em marcha.

---

30 MAZAMORRA: Comida tradicional feita com milho branco cozido, geralmente servida com leite e rapadura como acompanhamento.

31 TACOS DE CABUYA: Pequenos pedaços ou rodelas do caule da planta de cabuya (uma espécie de agave), usados tradicionalmente como esponjas ou buchas na higiene pessoal.

Éramos cinco os caçadores: o mulato Tiburcio, peão da Chagra; Lucas, nativo de Neiva agregado de uma fazenda vizinha; José, Braulio e eu. Todos estávamos armados com espingardas. As dos dois primeiros eram de coldre, e excelentes, claro, segundo eles. José e Braulio levavam, além disso, lanças cuidadosamente feitas de chifres.

Na casa não ficou nenhum cão útil: todos, presos de dois em dois, engrossaram a partida expedicionária dando latidos de prazer; e até o favorito da cozinheira Marta, Palomo, que os coelhos tinham como cego, ofereceu o pescoço para ser contado no número dos aptos; mas José o despediu com um "chispa!", seguido de algumas broncas humilhantes.

Luísa e as moças não ficaram tranquilas, especialmente Tránsito, que sabia bem que era seu namorado quem iria correr maiores perigos, pois sua idoneidade para o caso era inquestionável.

Aproveitando uma estreita e emaranhada senda, começamos a subir pela ribeira setentrional do rio. Seu leito inclinado, se assim pode se chamar o fundo selvagem do regato, encantoado por penhascos em cujos picos cresciam, como em varandas, crespas avencas e bambus enredados por floridas trepadeiras, estava obstruído em alguns trechos por enormes pedras, por entre as quais escapavam as correntes em ondas velozes, borbulhões e plumagens caprichosos.

Havíamos andado pouco mais de meia légua quando José, detendo-se na desembocadura de um vale amplo, seco e amuralhado por altos barrancos, examinou alguns ossos mal roídos, dispersos na areia: eram os do cordeiro que no dia anterior serviu de pasto para a fera. Precedendo-nos Braulio, adentramos José e eu no vale. Os rastros subiam. Braulio, depois de umas cem varas de trajeto, deteve-se e, sem nos olhar, indicou que deveríamos parar. Começou a ouvir os ruídos da selva; aspirou todo o ar que seu peito podia conter; olhou para a alta cúpula que os cedros, *jiguas*[32] e embaúbas formavam sobre nós

32 JIGUAS: Frutos silvestres encontrados em regiões tropicais da Colômbia, semelhantes a pequenas ameixas, consumidos frescos ou usados em preparações locais.

e seguiu caminhando com lentos e silenciosos passos. Deteve-se de novo ao cabo de um minuto; repetiu o exame feito na primeira parada e, mostrando os rasgos que tinha um tronco de árvore que se erguia do fundo do vale, disse-nos, depois de um novo exame dos rastros: "Saiu por aqui: sabe-se que comeu bem até se fartar". O vale terminava vinte varas adiante num paredão de cujo topo se percebia que, pela fissura aberta pelo pé, nos dias de chuva ali se despenhavam as correntes do rio.

Contra o que eu acreditava ser conveniente, buscamos outra vez a ribeira do rio e continuamos subindo por ela. Pouco depois, Braulio encontrou as pegadas do jaguar em uma praia, e desta vez chegavam até a beirada.

Era necessário nos certificarmos de que a fera havia passado por ali, ao outro lado, ou se, por impedimento das correntes, já muito desimpedidas e impetuosas, tinha continuado a subir pela ribeira onde estávamos, o que era mais provável.

Braulio, com a espingarda engatilhada nas costas, vadeou o caudal atando um relho na cintura, cujo extremo José retinha para evitar que um passo em falso fizesse com que o moço caísse na cascata mais próxima.

Guardava-se um silêncio profundo e calávamos um e outro latido de impaciência que os cães deixavam escapar.

— Não há rastro aqui — disse Braulio depois de examinar as areias e a lama.

Ao ficar de pé, voltando-se para nós, sobre o alto de uma penha, entendemos por seus gestos que nos mandava ficar quietos.

Tirou dos ombros a espingarda; apoiou-a no peito como se fosse disparar sobre as penhas que estavam às nossas costas; inclinou-se ligeiramente para frente, firme e tranquilo, e disparou.

— Ali! — gritou, apontando para o arvoredo das penhas cujas linhas nos eram impossíveis divisar; e, baixando a saltos pela ribeira, acrescentou:

— Corda firme! Os cães mais para cima!

Os cães pareciam estar entendendo o que tinha acontecido: mal os soltamos, cumprindo a ordem de Braulio, enquanto

José o ajudava a cruzar o rio, desapareceram à nossa direita por entre os canaviais.

— Quietos! — voltou a gritar Braulio, já ganhando a ribeira; e, enquanto carregava precipitadamente a espingarda, acrescentou, olhando para mim:

— O senhor aqui, patrão.

Os cães perseguiam de perto a presa, que não devia ter saída fácil, visto que os latidos vinham de um mesmo ponto da margem.

Braulio pegou uma lança de mão de José, dizendo a nós dois:

— Os senhores mais para baixo e mais alto para cuidar este ponto, porque o jaguar voltará sobre seus rastros se nos escapa de onde está. Tiburcio vai com os senhores — adicionou.

E, dirigindo-se a Lucas:

— Os dois para a borda da penha, por cima.

Em seguida, com seu sorriso doce de sempre, terminou, ao colocar com pulso firme um pistão no cano da espingarda:

— É um gatinho, e já está ferido.

Dizendo as últimas palavras, nos dispersamos.

José, Tiburcio e eu subimos em uma rocha situada convenientemente. Tiburcio revirava uma, duas vezes o carregador de sua espingarda. José era todos olhos. Dali víamos o que sucedia na penha e podíamos guardar a posição recomendada; porque as árvores da margem, ainda que corpulentas, eram raras.

Dos seis cães, dois já estavam fora de combate: um deles destripado aos pés da fera; o outro, deixando ver as entranhas por uma das costelas, desgarrada, tinha vindo nos buscar e expirava com gemidos lastimosos junto à rocha que ocupávamos.

De costas contra uma fileira de carvalhos, fazendo a cauda serpentear, eriçando o dorso, os olhos chorosos e os dentes descobertos, o jaguar lançava bufadas roucas e, ao sacudir a enorme cabeça, as orelhas faziam um ruido semelhante ao de castanholas de madeira. Ao revolver-se, fustigado pelos cães não escarmentados (ainda que não sãos), via-se que de sua ilharga esquerda jorrava sangue, ao qual às vezes tentava lamber, inutilmente, porque então, com vantagem, o acossava a matilha.

Braulio e Lucas se apresentaram, saindo do canavial sobre a penha, mas um pouco mais distantes da fera do que nós. Lucas estava lívido, e as manchas de dermatite de suas bochechas, azul-turquesa.

Formávamos, assim, um triângulo – os caçadores e a presa – podendo ambos os grupos disparar nela ao mesmo tempo sem nos ferirmos mutuamente.

— Todos ao mesmo tempo: fogo! — gritou José.

— Não, não! Os cães! — respondeu Braulio e, deixando sozinho seu companheiro, despareceu.

Compreendi que um disparo geral poderia acabar com tudo; mas era certo que alguns cães sucumbiriam; e, sem que o jaguar morresse, seria fácil fazer uma diabrura nos encontrando sem armas carregadas.

A cabeça de Braulio, com a boca entreaberta e arfante, os olhos esbugalhados e a cabeleira revolta, assomou por entre o canavial, um pouco atrás das árvores que defendem as costas da fera: no braço direito levava a lança em riste e, com o esquerdo, afastava os cipós que não o deixavam ver bem.

Todos ficamos mudos; os cães mesmos pareciam interessados no fim da partida.

José, por fim, gritou:

— Irra! Mataleão! Irra! Acerta, Truncho!

Não convinha dar trégua à fera, e assim evitava-se um risco maior para Braulio.

Os cães voltaram ao ataque simultaneamente. Outro deles caiu morto sem um gemido.

O jaguar lançou um miado horroroso.

Braulio aparece por trás de um grupo de carvalhos, na nossa direção, empunhando a hasta de uma lança sem a ponta.

A fera deu a mesma volta à sua procura, e ele gritou:

— Fogo! Fogo! — voltando num sobressalto a ficar no mesmo lugar de onde havia disparado a lança.

O jaguar o procurava. Lucas havia desaparecido. Tiburcio estava cor de azeitona. Apontou e só queimou o pasto.

José atirou: o jaguar rugiu novamente, tentando morder

suas costas, e de um salto voltou-se instantaneamente sobre Braulio. Esse, dando uma nova volta por trás dos carvalhos, correu em nossa direção para pegar a lança que José lhe atirava.

Então a fera nos enfrentou. Apenas minha espingarda estava disponível: eu atirei; o jaguar sentou-se sobre a cauda, cambaleou e caiu.

Braulio olhou instintivamente para trás para saber o efeito do último tiro. Jose, Tiburcio e eu já estávamos perto dele e todos demos gritos de triunfo ao mesmo tempo.

A fera vomitava sangue espumoso pela boca: seus olhos estavam turvos e imóveis, e no último paroxismo da morte esticava as patas trêmulas e removia a serapilheira, enrolando e desenrolando sua bela cauda.

— Tiro corajoso...! Que tiro! — exclamou Braulio, colocando um pé sobre o cangote do animal: — Na cara! Esse sim tem pulso firme!

José, com uma voz não muito segura ainda (o coitado amava tanto a filha!) disse, enxugando o suor da testa com a manga da camisa:

— Não, não... que prêmio! Santíssimo Patriarca! Que animal tão lindo! Que animal tão bem criado! Fi dum demônio! Se te toca, nem se sabe...!

Ele olhou com tristeza para os cadáveres dos três cães, dizendo:

— Pobre Campanilla! É a que eu mais sinto... tão linda minha cadelinha...!

Ele então acariciou os outros três, que, com a língua de fora, olhavam para ele deitados e desentendidos, como se tivessem apenas tentado encurralar um bezerro ranzinza.

José, entregando-me sua manta limpa, me disse:

— Sente-se, criança; Vamos tirar direito o couro, porque é seu; — e em seguida gritou —: Lucas!

Braulio riu, concluindo por dizer:

— Esse já vai se meter no galinheiro de casa.

— Lucas! — gritou José novamente, sem prestar atenção ao que o sobrinho dizia; mas, ao ver todos nós rirmos, perguntou:

— He! He! O que foi?

— Rapaz, o paisano fugiu depois que eu errei o lance.

José nos olhava como se lhe fosse impossível compreender-nos.

— Malandro safado!

E aproximando-se do rio, gritou de modo que as montanhas ecoaram sua voz:

— Lucas do diabo!

— Aqui tenho uma faca boa para esfolar — avisou Tiburcio.

— Não, homem; se esse camarada trouxesse um naco da carne do bicho, esse branquelo ia querer comer alguma coisa, e... eu também, porque não há esperança de *mazamorra*.

Mas a bolsa desejada estava apontando justamente para o ponto abandonado pelo neivano[33]; José, cheio de alegria, trouxe-a até o lugar onde estávamos e começou a abri-la, depois de mandar Tiburcio encher nossos cocos com água do rio.

As provisões eram massas brancas e roxas de milho, queijo fresco e carne assada com primor; tudo colocado em folhas de bananeira. Ele tirou de um guardanapo, em seguida, uma garrafa de vinho tinto, pão, ameixas e figos maduros, dizendo:

— Esta é uma conta separada.

As navalhas saíram dos bolsos. José dividiu a carne para nós que, acompanhada das massas de milho, era um almoço digno de reis. Bebemos todo o vinho tinto, desprezamos o pão, e meus amigos gostaram mais dos figos e ameixas do que eu. Não faltou a rapadura, doce companheira do viajante, do caçador e dos pobres. A água estava gelada. Meus charutos levantaram fumaça depois daquele rústico banquete.

José estava de ótimo humor e Braulio ousou me chamar de "padrinho".

Com imponderável destreza, Tiburcio desossou o jaguar, tirando-lhe o sebo, que disse servir para algo que não imagino o que é.

Acomodadas nas mochilas a pele, a cabeça e as patas do jaguar, tomamos caminho para a propriedade de José, que,

---

33 **NEIVANO**: Gentílico de Neiva, capital do departamento colombiano de Hullo.

pegando minha espingarda, colocou-a no mesmo ombro da sua, precedendo-nos na marcha e chamando os cães. Detinha-se de vez em quando para enfatizar uma das ações da partida ou para rogar alguma nova praga em Lucas.

Era possível saber que as mulheres nos contavam e recontavam desde que conseguiram nos ver e, quando nos aproximamos da casa, estavam ainda indecisas entre o susto e a alegria, pois, por nossa demora e os disparos que tinham ouvido, achavam que tínhamos corrido perigo.

Foi Tránsito quem se adiantou para nos receber, notavelmente pálida.

— Mataram? — gritou-nos.

— Sim, filha — respondeu seu pai.

Todas nos rodearam, entrando na conta até a velha Marta, que levava nas mãos uma galinha que estava depenando.

Lucía se aproximou para me perguntar sobre minha espingarda; e, como eu lhe a mostrasse, acrescentou em voz baixa:

— Não aconteceu nada com ela, não é?

— Não, nada — respondi-lhe carinhosamente, passando um raminho pelos seus lábios.

— Estava imaginando...

— E o danado do Lucas veio para cá? — perguntou José.

— Ele não — respondeu Marta.

José sussurrou uma maldição.

— Mas onde está o que mataram? — disse então, fazendo-se ouvir, a senhora Luísa.

— Aqui, tia — respondeu Braulio; e, ajudado por sua namorada, pôs-se a esvaziar a mochila dizendo algo à moça que não consegui ouvir. Ela me olhou de uma forma particular e trouxe da sala uma banqueta para que me sentasse no chão empedrado, do qual dominava a cena.

Estendida no pátio a grande e aveludada pele, as mulheres tentaram exalar um grito; mas, ao rodar a cabeça sobre a grama, não conseguiram se conter.

— Mas como o mataram? Contem! — dizia a senhora Luísa —: todos parecem tristes.

— O jaguar ia matar Braulio quando o senhor (apontando para mim) lhe deu um tiro.

Mostrou o forame que a cabeça tinha na frente.

Todos se viraram para me olhar, e em cada uma desses olhares havia recompensa de sobra para uma ação que a merecia.

José continuou referindo-se detalhadamente à história da expedição, enquanto fazia remédios para os cães feridos, lamentando a perda dos outros três.

Braulio esticava a pele ajudado por Tiburcio.

As mulheres tinham voltado a seus afazeres, e eu cochilava num dos bancos da saleta onde Tránsito e Lucía improvisaram um colchão para mim. Serviam-me de acalento o rumor do rio, o grasnar dos gansos, o balido do rebanho que pastava nas colinas próximas e as canções das duas moças que lavavam roupa no riacho. A natureza é a mais amorosa de todas mães quando a dor toma conta da nossa alma; e, se a felicidade nos acaricia, ela sorri para nós.

XXII

As insistências dos montanheses me fizeram permanecer com eles até às quatro da tarde, hora em que, depois de longuíssimas despedidas, pus-me a caminho com Braulio, que se empenhou em me acompanhar. Havia me aliviado do peso da espingarda e pendurado em um de seus ombros uma bolsa.

Durante a marcha falei-lhe sobre seu matrimônio próximo de acontecer e da felicidade que o esperava, amando-o Tránsito como deixava transparecer. Escutava-me em silêncio, mas sorrindo de uma maneira que dispensava de fazê-lo falar.

Havíamos passado pelo rio e saído da última encosta do monte para começar a descer pelas quebradas da margem limpa, quando Juan Ángel, aparecendo no meio de umas amoreiras, se interpôs a nós no caminho, dizendo-me com as mãos unidas em súplica:

— Eu vim, meu amo... eu ia... mas não me faça nada Vossa Mercê... eu não volto a ter medo.

— O que fizeste? O que foi? — interrompi. — Enviaram-te de casa?

— Sim, meu amo, sim, a menina. E, como disse Vossa Mercê que voltaria...

Não me recordava da ordem que lhe tinha dado.

— Então, não voltaste por medo? — perguntou-lhe Braulio, rindo.

— Sim, foi isso, isso mesmo... Mas como Mayo passou aqui assustado, e depois Nhô Lucas me encontrou cruzando o rio e me disse que o jaguar tinha matado Nhô Braulio...

Esse desembestou a rir-se estrepitosamente, dizendo por fim ao negrinho aterrado:

— E ficaste o dia inteiro metido nesse matagal como um coelho!

— Como Nhô José me gritou para regressar logo, porque não devia andar sozinho por lá em cima... — respondeu Juan Ángel, olhando as unhas de uma das mãos.

— Deixa estar, não te castigo — afirmou Braulio —: mas com a condição de que em outra caça tu irás lado a lado comigo.

O negrinho o olhou com um olhar assustado, antes de decidir se aceitaria assim o perdão.

— Estás de acordo? — perguntei-lhe, distraído.

— Sim, meu amo.

— Então, vamos andando. Tu, Braulio, não te incomodes em me acompanhar mais; volta.

— Se é que eu queria...

— Não; estás vendo que Tránsito ficou toda assustada hoje. Lá deixei mil coisas em meu nome.

— E essa bolsa que eu carregava... Ah — continuou ele — pega-a tu, Juan Ángel. Não vais destruir a espingarda do chefe por aí? Cuidado; devo minha vida a essa — disse. — Será o melhor — observou enquanto eu a recebia.

Apertei a mão do corajoso caçador e nos separamos. Já distante de nós, gritou:

— O que vai na bolsa é a amostra do mineral que seu pai pediu ao meu tio.

E, convencido de que tinha sido ouvido, embrenhou-se no bosque.

Parei a dois tiros de arma da casa às margens da torrente que descia barulhenta até se esconder no jardim.

Ao continuar descendo, procurei Juan Ángel: havia desaparecido e presumi que, com medo da minha raiva por sua covardia, teria decidido pedir proteção melhor do que aquela oferecida por Braulio com condições tão inaceitáveis.

Tinha eu um carinho especial pelo negrinho: ele contava doze anos na época; era amigável e quase poderia dizer bonito. Embora inteligente, sua natureza tinha algo de insociável. A vida que ele levou até então não era adequada para dar liberdade ao seu caráter, pois sobravam motivos para mimá-lo. Feliciana, sua mãe, escrava que exercia as funções de aia e enfermeira na família (e gozava de todas as considerações para tal), sempre tentou fazer de seu filho um bom pajem para mim. Mas, fora do serviço de mesa e cama e de sua habilidade para preparar café, era no demais desajeitado e bisonho.

Bem perto de casa, notei que a família ainda estava na sala de jantar, e inferi que Carlos e seu pai tinham vindo. Desviei-me para a direita, pulei a cerca do jardim e atravessei-o para chegar ao meu quarto sem ser visto.

Pendurava minha bolsa de caça e minha espingarda quando ouvi um ruído de vozes incomum. Minha mãe entrou no meu quarto nesse momento e eu perguntei a ela a causa do que estava ouvindo.

— É — disse-me ela — que os homens de M*** estão aqui, e já sabes que Dom Jerónimo fala sempre como se estivesse à margem de um rio.

Carlos em casa! Pensei: esse é o momento da prova de que meu pai falou. Carlos terá passado um dia apaixonado, ocasião propícia para admirar sua pretendida. Que eu não o faça ver o quanto eu a amo! Não poder dizer a ela que serei seu esposo!... Este tormento é pior do que eu havia imaginado!

Minha mãe, notando-me talvez preocupado, disse-me:

— Parece que voltaste triste.

— Não, não, senhora; cansado.

— A caça foi boa?

— Muito feliz.

— Poderei dizer a teu pai que já tens a pele de urso que te solicitou?

— Essa não, mas sim uma de jaguar, muitíssimo bonita.

— De jaguar?!

— Sim, senhora, do que causava prejuízos por aqui.

— Mas isso deve ter sido horrível!

— Os companheiros eram muito destros, valentes.

Ela já havia posto a meu alcance tudo o que eu poderia precisar para o banho e troca de roupas; e, no momento em que fechava a porta depois de ter saído, adverti-lhe que não dissesse ainda que eu havia regressado.

Tornou a entrar e, usando aquela voz tão doce quanto afetuosa que a tornava irresistível sempre que me aconselhava, disse-me:

— Tens em conta o que falamos nos outros dias sobre a visita desses senhores, não?

Satisfeita com a resposta, acrescentou:

— Bom. Eu confio em que te sairás bem.

E, tendo verificado novamente que não me faltava nada, saiu.

O que Braulio tinha dito que era um mineral, não era outra coisa além da cabeça do jaguar e, com grande astúcia, havia conseguido fazer chegar à casa esse troféu de nossa façanha.

Pelos comentários da ceia feitos em casa depois, soube que, na sala de jantar, havia sucedido o seguinte:

O café estava prestes a ser servido quando Juan Ángel chegou, dizendo que eu já vinha e apresentou a meu pai o conteúdo da bolsa. Esse, desejoso de que Dom Jerónimo lhe desse sua opinião sobre os quartzos, mandou que o negrinho os retirasse; e tratava de fazer isso quando deu um grito de horror e um salto de veado surpreendido.

Cada um dos circunstantes quis averiguar o que havia sucedido. Juan Ángel, de costas para a parede, os olhos esbugalhados e apontando com os braços estendidos sobre a bolsa, exclamou:

— O jaguar!

— Onde? — perguntou Dom Jerónimo, derramando um pouco do café que tomava e levantando-se com mais rapidez do que era de esperar que seu abdômen esférico lhe permitisse.

Carlos e meu pai também se levantaram de seus assentos.

Emma e María se aproximaram uma da outra.

— Na bolsa! — respondeu o moço questionado.

A alma de todos voltou ao corpo.

Meu pai sacudiu a bolsa com cautela e, ao ver a cabeça rolar sobre o piso, deu um passo para trás; Dom Jerónimo, outro; e apoiando as mãos nos joelhos, exclamou:

— Monstruoso!

Carlos, aproximando-se para examinar de perto a cabeça:

— Horrível!

Felipe, que chegava, atraído pelo barulho, pôs-se de pé sobre um banquinho. Eloísa agarrou-se a um braço de meu pai. Juan, meio chorando, tentou trepar nos joelhos de María e essa, tão pálida quanto Emma, olhou com angústia em direção às colinas, esperando me ver baixar.

— Quem o matou? Carlos perguntou a Juan Ángel, o qual já havia se acalmado.

— A espingarda do *amito*.

— Então foi a espingarda do *amito*? — repetiu Dom Jerónimo rindo e ocupando novamente seu assento.

— Não, meu amo, mas o Nhô Braulio disse agora no morro que eu devia a vida a ela...

— Onde está Efraín, então? — meu pai perguntou inquieto, olhando para María.

— Ele ficou na ravina.

Nesse momento minha mãe voltou para a sala de jantar. Esquecendo-se de que tinha acabado de me ver, exclamou:

— Ai, meu filho!

— Ele já vem — observou meu pai.

— Sim, sim; eu sei — ela respondeu —. Mas como terão matado esse animal?

— Foi aqui que a bala acertou — disse Carlos, inclinando-se para indicar o buraco na testa.

— Mas é possível — perguntou dom Jerónimo a meu pai, pegando um isqueiro para acender um cigarro — é de crer que o senhor permita isso a Efraín?

Sorriu meu pai ao responder-lhe com algo de própria satisfação:

— Eu o encarreguei de conseguir uma pele de urso para os pés de minha cama e, seguramente, preferiu me trazer uma de jaguar.

María já havia visto nos olhos de minha mãe o que podia tranquilizá-la. Dirigiu-se ao salão levando Juan pela mão; esse, pegado à saia dela e ainda assustado, impedia-a de andar. Teve de levantá-lo e lhe dizia ao sair:

— Chorando? Que feio! Um homem com medo?

Dom Jerónimo, que conseguiu ouvi-la, observou, mexendo-se em sua cadeira e lançando uma tragada de fumo:

— Esse outro também matará jaguares.

— Veja o senhor: Efraín tornou-se um caçador de feras — disse Carlos a Emma, sentando-se a seu lado —; e no colégio não se dignava nem a acertar um colibri com o estilingue. Mas não, senhor... lembro agora que em um recreio o vi dar bons tiros na lagoa de Fontibón. E essas caças são regulares?

— Nas outras vezes — respondeu-lhe minha irmã — matou, com José e Braulio, ursos pequenos e lobos muito bonitos.

— E eu que pensava em lhe pedir que fizéssemos amanhã uma caça a veados e, preparando-me para isso, vim com minha espingarda inglesa!

— Ele terá muito gosto em divertir-se com o senhor: se tivesse vindo ontem, hoje teriam ambos saído à caça.

— Ah, sim... Se eu tivesse sabido!

Mayo, que estava devorando alguns petiscos saborosos na cozinha, passou então pela sala de jantar. Deixou a cabeça à vista; com o pescoço e a espinha eriçados, fez um desvio cauteloso para finalmente chegar mais perto para cheirá-la. Percorreu a casa a galopes e, voltando para a sala de jantar, começou a uivar: não conseguia me encontrar, e seu instinto talvez o avisava que eu estava em perigo.

Meu pai ficou impressionado com os latidos: era homem que acreditava em certa classe de prognósticos e agouros, preocupações de sua raça, das quais não havia podido prescindir por completo.

— Mayo, Mayo, o que foi? — disse, acariciando o cão e, com mal dissimulada impaciência: Este garoto que não chega...

Nesse momento entrava eu no salão em um traje que, na verdade, não me teriam reconhecido, senão muito próximo, Tránsito e Lucía.

María estava ali. Mal houve tempo para trocarmos cumprimentos e um sorriso. Juan, que estava sentado no colo de María, disse-me em sua má linguagem ao passar, apontando-me a porta do corredor:

— Ali está o coco.

E eu entrei na sala de jantar sorrindo, porque me parecia que o menino fazia alusão a dom Jerónimo.

Dei um estreito abraço em Carlos, que se apressou em me receber; e, naquele momento, esqueci quase de tudo que nos últimos dias havia sofrido por culpa sua.

O senhor de M*** estreitou cordialmente suas mãos às minhas, dizendo:

— Ora, ora! Como não havemos de estar velhos se todos estes rapazes já se tornaram homens?

Seguimos para o salão: María não estava nele.

A conversa girou em torno da última caça, e fui quase desmentido por dom Jerónimo ao lhe assegurar que o sucesso dela se devia a Braulio, pois me contrapôs ao que Juan Ángel havia se referido.

Emma me deu a saber que Carlos tinha vindo preparado para que fizéssemos uma caça a veados; ele ficou entusiasmado com a promessa que lhe fiz de proporcionar-lhe uma linda partida nas imediações da casa.

Assim que minha irmã saiu, quis Carlos fazer-me ver sua espingarda inglesa, e com esse objetivo passamos a meu quarto. Era a arma exatamente igual à que meu pai me havia presenteado quando de meu regresso a Bogotá, ainda que, antes de eu vê-la, assegurava-me Carlos que nunca havia chegado ao país uma coisa semelhante.

— Bom — me disse —, assim como a examinei. Com esta também matarias animais desse tipo?

— Decerto que sim: a sessenta varas de distância não passa uma linha.

— A sessenta varas chegam esses tiros?

— É perigoso contar com todo o alcance da arma em tais casos; a quarenta varas já é um tiro longo.

— Qual a distância em que estavas quando disparaste contra o jaguar?

— A trinta passos.

— Homem, necessito fazer algo de bom na caça que teremos, porque de outro modo deixarei essa espingarda mofar e jurarei não ter caçado nem passarinho em toda a minha vida.

— Oh! Já verás: te farei brilhar, porque farei com que o veado entre no horto.

Carlos me fez mil perguntas sobre seus condiscípulos, vizinhas e amigas de Bogotá: havia lembranças de sobra de nossa vida estudantil. Falou-me de Emigdio e de suas novas relações com ele, e riu desbragadamente ao se recordar do cômico desenlace dos amores de nosso amigo com Micaelina.

Carlos havia regressado ao Cauca oito meses antes de mim. Durante esse tempo suas costeletas haviam melhorado, e a negrura delas fazia contraste com suas bochechas rosadas; sua boca conservava a frescura que sempre a fez admirável; a cabeleira abundante como a de um busto de porcelana. Decididamente era um belo rapaz.

Falou-me também de seus trabalhos de campo, sobre os bois que engordava atualmente, as novas pastagens que estava cultivando e, por fim, a esperança bem fundada que tinha de se tornar um proprietário próspero muito em breve. Eu o via fazer a pontaria, certo de de seu fracasso; mas tentei não o interromper para evitar o desconforto de conversar com ele sobre meus assuntos.

— Mas, homem — disse ele, ficando em pé diante de minha mesa e depois de uma longuíssima dissertação sobre as vantagens das pastagens de guiné sobre as de grama natural —: há muitos livros aqui. Tu vieste carregado de toda a estante. Eu também estudo, ou seja, leio... não há tempo para mais; e eu tenho uma prima bacharel que insistiu para eu engolir um dilúvio de romances. Já sabes que estudos sérios não tem sido o meu ponto fraco: por isso não quis me formar, embora eu pudesse ter feito isso. Não posso prescindir do aborrecimento que me causa a política e como me deixa irritado tudo isso de leis, apesar de meu pai reclamar dia e noite de que eu não cuido de seus pleitos: ele tem a mania de litigar, e as questões mais sérias tratam de vinte varas quadradas de pântano ou a variação do canal de uma vala para a qual ele teve o prazer de deixar, para lado do vizinho, uma faixa de nossas terras.

— Vejamos — começou a ler os títulos dos livros —: *Frayssinous*[34], *Cristo neste século*, a Bíblia... Aqui há muita coisa mística. *Dom Quixote*... Claro: jamais consegui ler mais que dois capítulos.

— Não, é?

— Blair — continuou —; Chateubriand... Minha prima Hortensia é louca por isto. *Gramática inglesa*. Que língua tão rebelde! Não consigo entendê-la.

— Mas já falavas algo.

— O *how do you do* como o *comment ça va-t-il* do francês.

— Mas tens uma excelente pronúncia.

— Diziam-me isso para me estimular.

E, prosseguindo o exame:

— Saquespeare? Calderón... Versos, não? Teatro espanhol. Mais versos? Confessa-me, ainda escreves versos? Lembro que fazias alguns que me entristeciam pensando no Cauca. Ainda os fazes?

— Não.

— Alegro-me por isso, porque acabarias morrendo de fome.

— Cortés — continuou —; *A Conquista do México*?

— Tocqueville, *Democracia na América*... Peste! Ségur... Que coleção!

Ao chegar aí, soou a campainha da sala de jantar avisando que o lanche estava servido. Carlos, suspendendo a fiscalização de meus livros, acercou-se ao espelho, penteou suas costeletas e cabelos com um pente de bolso, arrumou, como uma modista faz com um laço, o de sua gravata azul, e saímos.

---

34 **FRAYSSINOUS:** O francês Hyacinthe-Louis de Frayssinous (1765-1841) escreveu o livro *Defesa do Cristianismo*, que trata da justificação racional da fé cristã diante do ceticismo e das ideias iluministas do século XIX.

XXIII

Carlos e eu nos apresentamos na sala de jantar. Os assentos estavam distribuídos assim: meu pai presidia a mesa; à sua esquerda acabava de sentar-se minha mãe, à sua direita dom Jerónimo, que desdobrava o guardanapo sem interromper a pesada história daquele pleito que, pelas beiradas, sustentava contra Ignácio; ao lado do de minha mãe havia um assento vazio e outro ao lado do senhor M***; logo depois desses, um de frente ao outro, achavam-se María e Emma, e depois as crianças.

Era meu dever indicar a Carlos qual dos dois lugares vazios ele deveria ocupar. No instante em que lhe mostrava, María, sem olhar para mim, apoiou uma das mãos na cadeira a seu lado, como costumava fazer para me indicar, sem que os demais entendessem, que eu poderia ficar perto dela. Talvez duvidando que fosse compreendida, ela procurou instantaneamente meus olhos com os seus, cuja linguagem nessas ocasiões me era tão familiar. Porém, ofereci a Carlos a cadeira que ela me brindava e sentei-me ao lado de Emma.

Dom Jerónimo milagrosamente pôs um ponto final ao recurso que havia apresentado ao juizado no dia anterior e, voltando-se para mim, disse:

— Nossa! Custou trabalho para vocês interromperem suas conferências. Deve ter havido de tudo: boas lembranças do passado, de certas vizinhanças que tínhamos em Bogotá... projetos para o futuro... presente. Não há nada melhor do que rever um colega querido. Eu tive que esquecer-me que vocês desejavam se ver. Não acuse Carlos por tanta demora, pois ele foi capaz até mesmo de me propor vir aqui sozinho.

Manifestei a dom Jerónimo que não poderia perdoá-lo por ter privado por tanto tempo do prazer de ver Carlos e ele; e que, no entanto, dar-me-ia menos rancor se a permanência deles em casa fosse longa. Isso ele me respondeu, com a boca não tão vazia quanto seria desejável, e olhando para mim pelo canto do olho enquanto tomava um gole de chocolate:

— Isso é difícil, porque amanhã começam as datas de sal.

Depois de um momento de pausa, durante o qual sorriu meu pai imperceptivelmente, continuou:

— E não há remédio: se não estou eu lá, deve estar ele.

— Temos muito a fazer — apontou Carlos com certa suficiência de homem de negócios, a qual devia lhe parecer oportuna, sabendo que caçar e estudar eram minhas ocupações rotineiras.

María, talvez ressentida comigo, evitava olhar para mim. Estava bela mais do que nunca, assim ligeiramente pálida. Levava um traje de tule negro profusamente salpicado de jabuticabas azuis, cuja saia, caindo em numerosíssimas bordas, sussurrava tão baixo quanto as brisas da noite nas roseiras de minha janela. Tinha o peito coberto por um lenço transparente da mesma cor do traje, que parecia não se atrever a tocar nem a base de sua garganta de tez de açucena: pendente desta, em um colar de pérola negra, brilhava uma pequena cruz de diamantes: seus cabelos, divididos em duas tranças de abundantes mechas, ocultavam-lhe parte das têmporas e ondeava em suas costas.

A conversa havia se disseminado a todos, e minha irmã me perguntou quase em segredo por que havia preferido aquele assento. Eu lhe respondi com um "assim deve ser", que não a satisfez: olhou-me com estranheza e buscou em seguida os olhos de María: estavam tenazmente velados por suas pálpebras de seda.

Finda refeição, fez-se a oração de costume. Convidou-nos minha mãe a passar para o salão: dom Jerónimo e meu pai permaneceram à mesa, falando de seus assuntos do campo.

Apresentei a Carlos o violão de minha irmã, pois sabia que ele tocava bastante bem esse instrumento. Depois de alguma insistência, aceitou tocar algo. Perguntou a Emma e a María, enquanto se preparava, se não tinham vontade de dançar. E, como se dirigisse em particular à última, ela lhe respondeu que nunca havia dançado.

Ele se voltou para mim, que regressava nesse momento de meu quarto, dizendo-me:

— Homem! Isso é possível?

— O quê?

— Que não tenhas dado algumas aulas de dança à tua irmã e à tua prima. Não achava que fosse tão egoísta. Ou será que Matilde te impôs como condição que não ampliasses seus conhecimentos?

— Ela confiou nos teus para fazer do Cauca um paraíso de bailarinos — respondi-lhe.

— Nos meus? Me obrigas a confessar às senhoritas que teria aproveitado mais, se tu não houvesses se apresentado para tomar lições ao mesmo tempo que eu.

— Mas isso ocorreu porque ela tinha esperança de te satisfazer em dezembro passado, visto que esperava te ver no primeiro baile que ocorresse em Chapinero.

O violão estava afinado e Carlos tocou uma contradança que ele e eu tínhamos motivo para não esquecer.

— O que te lembra esta peça? — perguntou-me, colocando o violão perpendicularmente sobre os joelhos.

— Muitas coisas, ainda que nenhuma em particular.

— Nenhuma? E aquele lance um tanto quanto sério que aconteceu entre os dois, na casa da senhora...?

— Ah, sim! Já lembrei.

— Tratava-se — disse — de evitar um mau momento à nossa exigente mestra: tu ias dançar com ela, e eu...

— Tratava-se de saber qual de nossas duplas devia fazer a contradança.

— E deves confessar que triunfei, pois te cedi meu posto — replicou Carlos, rindo.

— Eu tive a sorte de não me ver obrigado a insistir. Faça-nos o favor de cantar.

Enquanto durou este diálogo, María, que ocupava com minha irmã o sofá em cuja frente estávamos Carlos e eu, fixou por um instante o olhar em meu interlocutor para notar precisamente o que só para ela era evidente: que eu estava contrariado; e fingiu logo distrair-se e atar, sobre seu regaço, os fios das extremidades de suas tranças.

Insistiu minha mãe em que Carlos cantasse. Ele entoou, com voz cheia e sonora, uma canção que andava em voga naqueles dias, a qual começava assim:

Da guerreira trombeta o rouco som
Invocou talvez a sangrenta lida
E de belicosa pompa em meio ao tom
Prossegue contente o guerreiro à liça.

Assim que Carlos deu fim à sua trova, suplicou à minha irmã e a María que cantassem também. Essa parecia não ter ouvido do que se tratava.

"Terá Carlos descoberto meu amor?", dizia-me eu, "e por isso está complacente em falar assim?" Me convenci depois que o havia julgado mal e de que, se ele era capaz de uma leviandade, nunca o seria de uma maldade.

Emma estava pronta. Aproximando-se de María, disse-lhe:

— Cantamos?

— Mas o que posso eu cantar? — respondeu-lhe.

Aproximei-me de María para dizer, a meia voz:

— Não há nada que gostes de cantar? Nada?

Olhou-me então como fazia sempre que eu lhe dizia algo no tom com que pronunciei aquelas palavras, e jogou um instante em seus lábios um sorriso semelhante à de uma linda menina que desperta acariciada pelos beijos de sua mãe.

— Sim, *As Fadas* — respondeu.

Os versos dessa canção haviam sido compostos por mim. Emma, que os havia encontrado em minha escrivaninha, adaptou-os à música de outros que estavam na moda.

Em uma daquelas noites de verão em que os ventos parecem se convidar ao silêncio para ouvir rumores vagos e ecos distantes; em que a lua se atrasa ou não aparece, temendo que sua luz incomode; em que a alma, como uma amante adorada que nos deixa por alguns momentos, desfaz-se de nós aos poucos e sorrindo, para se tornar mais amorosa do que nunca; em uma noite como esta, María, Emma e eu estávamos no passeio do lado do vale e, depois de ter arrancado alguns acordes melancólicos no violão, juntaram-se elas em coro com suas vozes sem instrução, mas virgens como a natureza sobre a qual cantavam. Isso me surpreendeu, e pareceram lindas e sinceras minhas estrofes ruins. Terminada a última nota, María apoiou a testa no ombro de Emma e, quando a levantou, murmurei, animado, os últimos versos em seu ouvido. Ah! Eles parecem ainda manter em María não sei se um aroma; algo como a umidade de suas lágrimas. Ei-los aqui:

Sonhei vagar por bosques de palmeiras
Cujas louras plumagens, ao fundir
O seu disco o Sol nas distantes serras,
Cruzavam resplendores de rubi.

Do terso lago se tingiu de rosa
A superfície límpida e azulada,
E nas beiradas garças e canários
Pousavam nos sauces e guatambus.

Muda a tarde, diante da noite muda
As gazes de seu manto recolheu:
Do indo mar dormida nas espumas
A lua; a seus pés deitado o sol.

Vem comigo passear sob as selvas
Onde as Fadas dedilham o alaúde;
Elas disseram que comigo sonhas,
Que me farão imortal se me amares.

Meu pai e o senhor de M*** entraram no salão antes de a canção terminar. O primeiro, que só tatareava entredentes alguma ária de seu país, nos momentos em que a aprazibilidade de seu ânimo era completa, tinha afeição pela música e a tinha tido em um baile em sua juventude.

Dom Jerónimo, depois de se sentar tão comodamente como pôde em um macio sofá, bocejou em seguida duas vezes.

— Não tinha ouvido essa música com esses versos — observou Carlos a minha irmã.

— Ela os leu em um jornal — respondi-lhe — e lhes pôs a música com que outros cantam. Acho-os ruins — adicionei — Publicam-se tantas coisas insossas dessa laia nos jornais! São de um poeta *habanero*; e se sabe que Cuba tem uma natureza semelhante à do Cauca.

María, minha mãe e minha irmã se entreolharam com estranheza, surpresas com a frescura com que eu enganava Carlos; mas era porque não estavam cientes do exame que ele fizera naquela tarde nos livros de minha estante, um exame em que tão mal ficaram meus autores favoritos. E, lembrando com algum ressentimento do que havia dito sobre *Dom Quixote*, acrescentei:

— Tu deves ter visto estes versos n'*O Dia*, e não te lembras. Creio que são assinados por um tal de Almendárez.

— Creio que não — disse — Tenho para isso uma memória tão ruim... Se são os que ouvi minha prima recitar... francamente, me parecem melhores cantados por estas senhoritas. Tenha a senhorita a bondade de dizê-los — agregou, dirigindo-se a María.

Ela, sorrindo, perguntou a Emma:

— Como começa o primeiro?... Sim, não me recordo. Dize-os tu, que os conheces bem.

— Mas a senhorita acaba de cantá-los — observou Carlos — e recitá-los é mais fácil: por piores que sejam, ditos pela senhorita seriam bons.

María os repetiu; mas, ao chegar à última estrofe, sua voz estava quase trêmula.

Carlos lhe fez um agradecimento, agregando:

— Agora sim tenho certeza de tê-los ouvido antes.

Bah!, me dizia eu: do que Carlos tem certeza é de ter visto todos os dias o que meus maus versos pintam; mas sem dar-se conta disso, como quando olha para seu relógio.

XXIV

Chegou a hora de nos retirarmos e, temendo eu que houvessem preparado a cama no mesmo quarto que Carlos, dirigi-me ao meu: dele saíam, nesse momento, minha mãe e María.

— Eu poderei dormir sozinho aqui, não é verdade? — perguntei à primeira que, compreendendo o motivo da pergunta, respondeu:

— Não; teu amigo.

— Ah, sim, as flores! — disse eu, vendo as de meu floreiro, colocadas por ele durante a manhã e que María levava em um lenço —. Para onde as levas?

— Para o oratório, porque como não houve tempo para colocar outras lá hoje...

Agradeci-lhe sobremaneira a fineza de não permitir que as flores destinadas por ela a mim adornassem esta noite meu quarto e ficassem ao alcance de outrem.

Mas ela havia deixado o ramo de açucenas que eu havia trazido da montanha naquela tarde, ainda que estivesse bem visível sobre minha mesa, e lhes apresentei, dizendo:

— Leva também estas açucenas para o altar: Tránsito me as deu para ti, ao recomendar-me que te avisasse que te havia escolhido para madrinha de casamento. E como todos devemos rogar por sua felicidade...

— Sim, sim — respondeu-me. Então quer que eu seja sua madrinha? — acrescentou, como se consultasse minha mãe.

— Isso é muito natural — disse-lhe essa.

— E eu, que tenho um traje tão lindo para que lhe sirva nesse dia! É necessário que lhe digas que eu fiquei muito contente ao saber que nos... que me preferiu como sua madrinha.

Meus irmãos, Felipe e aquele que o seguia, receberam com surpresa e prazer a notícia de que eu passaria a noite no mesmo quarto que eles. Haviam sido acomodados em uma das duas camas para que a me servisse a de Felipe; nas cortinas dessa María havia pregado o medalhão de Nossa Senhora das Dores, que estava nas de meu quarto.

Depois que as crianças rezaram, ajoelhadinhas em sua cama, desejaram-me boa noite e adormeceram, depois de terem rido dos sustos que mutuamente pregavam com a cabeça do jaguar.

Nessa noite não estava comigo apenas a imagem de María; os anjos da casa dormiam perto de mim. Ao despontar o sol, viria ela buscá-los para beijar suas bochechas e levá-los à fonte, onde lhes banhava os rostos com suas mãos alvas e perfumadas com as rosas de Castilha que eles recolhiam para o altar.

XXV

Despertou-me ao amanhecer o cochicho das crianças, que em vão se estimulavam a respeitar meu sono. As pombas capturadas nesses dias e que, sem as asas, obrigavam eles a permanecerem em arcas vazias, gemiam espiando os primeiros raios de luz que penetravam no aposento pelas frestas.

— Não abras — dizia Felipe — não abras, que meu irmão está dormindo e as pombinhas vão fugir!

— Mas se María já nos chamou — replicou o caçula.

— Não mesmo! Já estou acordado faz tempo e ela não chamou, não!

— Sim, já sei o que queres: sair correndo primeiro que eu pelo barranco para dizer depois que os melhores só fisgaram seu anzol.

— E me dá muito trabalho tratá-los direitinho! — interrompeu Felipe.

— Ora veja, que graça! Se é Juan Ángel quem os leva nos melhores charcos para ti!

E insistia em abrir.

— Não abras! — replicou Felipe, já irritado —: espere, vou ver se Efraín está dormindo.

E, dizendo isso, aproximou-se de minha cama.

Peguei-o, então, pelo braço, dizendo:

— Ah, malandrinho! Então é que você quem tira os peixes do menino!

Riram-se ambos e se aproximaram para fazer a exigência respeitosamente. Ficou tudo acertado com a promessa que lhes fiz de que à tarde iria para presenciar a posição dos anzóis. Levantei-me e deixei-os ocupados a aprisionar as pombas que esvoaçavam à procura de saída ao pé da porta. Atravessei o jardim.

As flores de laranjeira, os manjericões e as rosas deram ao vento seus delicados aromas, ao receberem as carícias dos primeiros raios do sol, que já espreitava por cima do cume de Morrillos, espalhando até o zênite pequenas nuvens de rosa e ouro.

Ao passar pela janela de Emma, ouvi que falavam ela e María, parando para rir. Produziam suas vozes, especialmente a de María, com o incomparável sussurro de seus esses, algo semelhante ao ruído que formavam os pombos e os passarinhos azuis acordando nas folhagens das laranjeiras e dos medronheiros do jardim.

Conversavam baixo dom Jerónimo e Carlos, passando pelo corredor de seus quartos, quando saltei a cerca do quintal para cair no pátio exterior.

— Opa! — disse o senhor de M***, madruga o senhor como um bom patrão. Eu julgava que era tão dorminhoco quanto seu amigo quando veio de Bogotá; mas os que vivem comigo têm que se acostumar a acordar cedo.

Seguiu fazendo uma longa enumeração de vantagens que proporciona o dormir pouco; tudo o que ele chamava de dormir pouco poderia ser-lhe contestado, porque não era outra coisa senão dormir muito começando cedo, já que confessava que tinha por hábito deitar-se às sete ou oito da noite, para evitar a enxaqueca.

A chegada de Braulio, a quem Juan Ángel havia ido chamar de madrugada, cumprindo a ordem que lhe dei à noite, impediu-nos de aproveitar o final do discurso do senhor M***.

Trazia Braulio um par de cães, nos quais não teria sido

fácil para nenhum outro pior conhecedor sobre eles do que eu, reconhecer os heróis da caçada do dia anterior. Mayo rosnou quando os viu e veio se esconder atrás de mim com sinais de antipatia invencível: ele, com sua pele branca, ainda formosa, suas orelhas caídas e o cenho e o olhar severos, ganhava um ar de imponderável aristocracia.

Braulio fez um cumprimento com humildade e se aproximou para me perguntar sobre a família enquanto eu lhe estendia a mão com afeto. Seus cães me fizeram festa, dando provas de que eu lhes era mais simpático do que Mayo.

— Teremos ocasião de estrear sua espingarda — disse a Carlos. Mandei virem dois cães muito bons de Santa Elena, e aqui tens um companheiro, com o qual não fazem gracejos os veados, e dois cães muito experientes.

— Esses? — perguntou desdenhosamente Carlos.

— Esses vira-latas? — agregou dom Jerónimo.

— Sim, senhor, eles mesmos.

— Se vir, não vou acreditar — contestou o senhor de M***, empreendendo de novo seus passeios pelo corredor.

Acabavam de nos trazer café, e obriguei Braulio a aceitar a xícara destinada a mim. Carlos e seu pai não dissimularam a estranheza que lhes causou minha cortesia para com o montanhês.

Pouco depois, o senhor de M*** e meu pai partiram para visitar os trabalhos da fazenda. Braulio, Carlos e eu nos dedicamos a arranjar as espingardas e ajustar a carga que meu amigo queria testar.

Nisso estávamos quando minha mãe me deu a saber dissimuladamente que queria falar comigo. Esperava-me na sala de costura. María e minha irmã estavam se banhando. Fazendo-me sentar perto dela, disse-me:

— Teu pai insiste em que María se inteire da pretensão de Carlos. Crês tu também que se deve fazer assim?

— Creio que se deve fazer segundo a vontade de meu pai.

— Parece-me que opinas dessa maneira por obediência, não porque deixes de te impressionar por ele tomar essa decisão.

— Garanti-lhe que manteria esta conduta. Por outro lado, María não é ainda minha prometida e possui total liberdade para decidir o que lhe convenha. Garanti não lhe dizer nada do acordado com os senhores; e cumpri minha palavra.

— Eu temo que a emoção que vai causar em María imaginar que teu pai e eu estamos longe de aprovar o que sucede entre vós lhe faça muito mal. Não quis teu pai falar ao senhor de M*** sobre a enfermidade de María, receoso de que se julgue isso como um pretexto de recusa. E, como ele e seu filho sabem que ela possui um dote... o resto não quero dizer, mas tu o compreendes. O que devemos fazer, pois, dize-o tu, para que María não pense nem remotamente que nós nos opomos a que seja tua esposa sem eu deixar de cumprir ao mesmo tempo com o indicado ao final por teu pai?

— Há somente um meio.

— Qual?

— Vou dizê-lo à senhora; e me prometo que tu o aprovarás. Eu lhe imploro desde agora que o aprove. Revelemos a María o segredo que meu pai impôs sobre o consentimento que me deu para ver nela a que deve ser minha esposa. Garanto à senhora que serei prudente e que nada deixaremos notar meu pai que possa fazê-lo compreender esta infidelidade necessária. Poderei eu continuar mantendo aquela conduta que ele exige, sem causar a María as penas que lhe farão maior dano do que confessar tudo? Confie a senhora em mim: não é verdade que existe a impossibilidade de fazer o que meu pai deseja? A senhora não vê, não acredita que seja assim?

Minha mãe guardou silêncio uns instantes e, em seguida, sorrindo da maneira mais carinhosa, disse:

— Bem; desde que não esqueças que não deves prometer-lhe nada além do que não possas cumprir. E como falarei da proposta de Carlos?

— Como falaria a Emma em idêntico caso e lhe dizendo depois o que me prometeu manifestar-lhe. Se não estou enganado, as primeiras palavras da senhora lhe farão experimentar uma impressão dolorosa, visto que elas lhe darão motivo para temer que a senhora e meu pai se oponham decididamente a nosso enlace. Ela ouviu o que falaram em certa ocasião sobre a sua enfermidade, e somente o trato afável que a senhora continuou dando e a conversa que tivemos ela e eu a tranquilizaram. Esqueça-se de mim ao lhe fazer as reflexões indispensáveis sobre a proposta de Carlos. Eu estarei escutando o que falarem por trás desta porta.

Trata-se da porta do oratório de minha mãe.

— Tu? — perguntou-me, admirada.

— Sim, senhora. Eu.

— E para que usar desse artifício?

— María se comprazerá de que assim o tenhamos feito, em vista dos resultados.

— E que resultados prometes, então?

— Saber de tudo o que ela é capaz de fazer por mim.

— Mas não será melhor, se é que queres ouvir o que ela vai me dizer, que ela sempre ignore o que tu ouviste e eu consenti?

— Sim, será, se a senhora o deseja.

— Fazes uma cara ruim para cumprir isso.

— Eu peço à senhora que não se oponha.

— Mas não estás vendo que fazer o que pretendes, se ela chegar a saber, é como prometer-lhe eu uma coisa que, infelizmente, não sei se poderei cumprir, visto que, em caso de aparecer novamente a enfermidade, teu pai se oporá a vosso matrimônio, e teria eu que fazer o mesmo?

— Ela sabe; não consentirá nunca em ser minha esposa, se esse mal reaparecer. Mas esqueceu-se a senhora do que disse o médico?

— Faça então o que quiseres.

— Ouça a senhora a sua voz; já estão aqui. Tente fazer com que Emma não queira entrar no oratório.

María entrou corada e rindo ainda do que vinha conversando com Emma. Atravessou o com passo leve e quase infantil o quarto de minha mãe, a quem só descobriu quando ia entrar no seu.

— Ah! — exclamou — Aqui estava a senhora? — E, aproximando-se dela —: mas que pálida está! Sente dor de cabeça? Não? Se a senhora tivesse tomado banho... melhora tanto isso...

— Não, não, estou bem. Esperava-te para falar-te a sós. E, como se trata de uma coisa muito grave, temo que tudo isso possa lhe gerar má impressão.

María fixou em minha mãe um olhar brilhante e, empalidecendo, respondeu-lhe:

— O que será? O que é que...?

— Senta-te aqui — disse-lhe minha mãe, apontando-lhe um banquinho que estava a seus pés.

Sentou-se e, esforçando-se inutilmente em sorrir, seu rosto assumiu uma expressão de seriedade encantadora.

— Diga, senhora, já — disse, como tratando de dominar a emoção, entrelaçando ambas as mãos à sua frente e, em seguida, segurando com elas o pente de tartaruga que sustinha seus cabelos em forma de um grosso e luzente cordão que lhe cingia as têmporas.

— Vou falar-te da mesma maneira que falaria a Emma na mesma circunstância.

— Sim, senhora; estou escutando.

— Teu pai me encarregou de dizer-te... que o senhor de M*** pediu sua mão para seu filho Carlos...

— Eu! — exclamou, assombrada e fazendo um movimento involuntário para ficar de pé; mas, voltando a cair em seu assento, cobriu o rosto com as mãos e ouvi que soluçava.

— Que devo dizer-lhe, María?

— Ele mandou que a senhora me o diga? — perguntou-lhe, com voz afogada.

— Sim, filha; e cumpriu com seu dever dando-te a saber.

— Mas por que a senhora me o diz?

— E o que querias que eu fizesse?

— Ah! Dizer-lhe que não... que não posso... que não.

Depois de um instante, conseguindo olhar para minha mãe que, sem conseguir evitar, chorava com ela, disse-lhe:

— Todos sabem, não é verdade? Todos quiseram que a senhora me dissesse.

— Sim; todos sabem, menos Emma.

— Somente ela... Meu Deus! Meu Deus! — acrescentou, ocultando a cabeça entre os braços que apoiava sobre os joelhos de minha mãe; e permaneceu assim alguns momentos.

Levantando em seguida o rosto pálido e borrifado por uma chuva de lágrimas:

— Bem — disse —, e a senhora cumpriu; já sei de tudo.

— Mas, María — interrompeu-a docemente minha mãe — é, pois, tamanha desgraça que Carlos queira ser teu esposo? Não é...?

— Eu lhe imploro... eu não quero; preciso saber mais. Por que deixaram que a senhora me faça a proposta...? Todos, todos consentiram! Pois eu digo — adicionou com voz enérgica apesar dos soluços —, digo que antes de consentir nisso eu morrerei! Ah! Esse senhor não sabe que tenho a mesma enfermidade que matou minha mãe, sendo ela ainda muito jovem?... Ai! Que farei agora sem ela?

— E eu não estou aqui? Não te quero com toda a minha alma...?

Minha mãe era menos forte do que ela pensava.

Por minhas bochechas rolaram lágrimas que sentia gotejar ardentes sobre minhas mãos, apoiadas em uma das folhas da porta que me ocultava.

María respondeu à minha mãe:

— Mas então, por que a senhora me propõe isso?

— Porque era necessário que isso não saísse de teus lábios, ainda que eu supusesse que o farias.

— E somente a senhora supôs que eu aceitaria, não é?

— Talvez alguém mais supusesse também. Se soubesses quanta dor, quantos desvelos causou-lhe este assunto de que te julgas a mais culpada...!

— Papai? — disse, já menos pálida.

— Não; Efraín.

María exalou um grito débil e, deixando cair a cabeça sobre o regaço de minha mãe, ficou imóvel. Essa abria os lábios para me chamar quando María tornou a se recompor lentamente:

pôs-se de pé e disse quase sorridente, voltando a segurar os cabelos com as mãos trêmulas:

— Fiz mal em chorar assim, não é? Achei que...

— Acalma-te e enxuga essas lágrimas: eu quero voltar a ver-te tão contente como estavas. Deves estimar o cavalheirismo de sua conduta...

— Sim, senhora. Que ele não saiba que chorei, sim? — dizia, enxugando-se com o lenço de minha mãe.

— Não fez bem Efraín em consentir que te dissesse tudo?

— Talvez... e como não?

— Mas o dizes de um modo... Teu pai lhe deu como condição, ainda que não fosse necessário, que ficasses livre para decidir neste caso.

— Condição? Condição para quê?

— Exigiu-lhe que não te dissesse nunca que sabíamos e consentíamos no que se passa entre vós.

As bochechas de María se tingiram, ao ouvir isso, com o mais suave carmim. Seus olhos estavam cravados no solo.

— Por que lhe exigia isso? — disse por fim, com voz que quase somente eu podia ouvir. Por acaso a culpa é minha...? Estou agindo mal, então...?

— Não, filha. Mas teu pai julgou que tua enfermidade demandava precauções...

— Precauções?... Não estou bem, já? Não creem que voltarei a sofrer nada? Como pode Efraín ser a causa de meu mal?

— Seria impossível... querendo-te tão bem, e talvez mais tu a ele.

María moveu a cabeça de um lado para o outro, como respondendo algo a si mesma e, sacudindo-a em seguida com a ligeireza com que costumava fazê-lo quando menina para afastar uma lembrança medrosa, perguntou:

— O que devo fazer? Já faço tudo o que queiram.

— Carlos terá hoje a chance de falar-te de suas pretensões.

— A mim?!

— Sim; ouve: lhe dirás, mantendo por óbvio toda a serenidade que te seja possível, que não podes aceitar seu pedido, ainda que muito te honra, porque és muito jovem, deixando-o ciente de que te causa verdadeira pena dar-lhe esta negativa...

— Mas isso será quando todos estivermos reunidos.

— Sim — respondeu minha mãe, comprazida pelo candor que revelavam sua voz e seus olhares —: creio que sim, mereço que sejas muito condescendente para comigo.

Nada respondeu quanto a isso. Aproximando, com o braço direito, a cabeça de minha mãe à sua, permaneceu assim alguns instantes mostrando na expressão de seu rosto a mais pura ternura. Cruzou apressadamente o aposento e desapareceu por trás das cortinas da porta que levava a seu quarto.

XXVI

Ciente minha mãe de nosso projeto de caça, fez com que nos servissem o almoço antecipado para Carlos, Braulio e eu.

Não sem dificuldade consegui que o montanhês decidisse sentar-se à mesa, da qual ocupava a extremidade oposta à que Carlos e eu estávamos.

Como era natural, conversamos sobre partida que tínhamos em mãos. Carlos dizia:

— Braulio aposta que a carga de minha espingarda está perfeitamente colocada; mas ele continua acreditando que não é tão boa quanto a tua, apesar de serem da mesma fábrica e que ele mesmo atirou com a minha em uma cidra, conseguindo inserir quatro furos nela. Não é mesmo, meu amigo? — terminou, dirigindo-se ao montanhês.

— Eu aposto — respondeu ele — que o patrão matará a setenta passos um quero-quero com essa espingarda.

— Pois veremos se eu mato um cervo. Qual a ordem da caçada? — continuou, dirigindo-se a mim.

— Isso é sabido; como se organiza sempre que se quer terminar o trabalho perto de casa: Braulio sobe ao pé do Derrumbo com seus cães de caça; Juan Ángel fica posicionado dentro da quebrada da Honda com dois dos quatro cães que mandei trazer de Santa Elena; seu pajem com os outros dois ficará esperando na margem do rio, para evitar que o cervo escape para o Novillera; você e eu estaremos prontos para ir ao ponto conveniente.

O plano pareceu bom para Braulio, que, depois de selar nossos cavalos auxiliado por Juan Ángel, se pôs em marcha para desempenhar a parte que lhe tocava na caçada.

O cavalo retinto que eu montava golpeou o chão de pedra quando íamos sair, impaciente para mostrar suas habilidades: seu pescoço, fino e brilhante arqueado como cetim preto, balançava a crina crespa enquanto ele espirrava. Carlos ia como um cavaleiro em um quitenho castanho-coral que o general Flores havia enviado como presente há poucos meses para meu pai.

Recomendada ao Sr. de M*** a maior atenção, caso o cervo chegasse ao jardim como nos prometíamos, saímos do pátio para iniciar a subida da encosta, cujo plano inclinado terminava trinta quadras para o oriente, no sopé das montanhas.

Ao passar dando voltas ao redor da casa, em frente às varandas dos aposentos de Emma, María estava encostada na grade de uma delas: parecia achar-se em um daqueles momentos de completa distração a que, com frequência, se abandonava. Eloísa, que se achava a seu lado, brincava com as mechas destrançadas e espessas do cabelo de sua prima.

O ruído de nossos cavalos e o latido dos cães tiraram María de sua divagação ao mesmo tempo que eu a cumprimentava com gestos e que Carlos me imitava. Notei que ela permanecia na mesma posição e lugar até que adentramos no corrente de Honda.

Mayo nos acompanhou até a primeira torrente que atravessamos; lá, detendo-se como se para refletir, regressou apressado para casa.

— Ei! — disse eu a Carlos, após cerca de meia hora, durante a qual lhe contei sem cessar os episódios mais importantes das caçadas de cervos que os montanheses e eu tínhamos feito —. Ouve: os gritos do Braulio e aquele latido dos cães provam que se levantaram.

As montanhas os ecoavam; e, se ficassem em silêncio por

um tempo, começavam de novo com maior força e menor distância.

Pouco depois, desceu Braulio pela beira limpa do bosque junto à corrente de água. Mal estava ao lado de Juan Ángel, soltou os dois cães que levava no cabresto e os prendeu por alguns momentos agarrando-os pelo pescoço, até que se persuadiu de que a presa estava perto do passo em que nos achávamos: encorajou-os, depois, com gritos repetidos, e eles desapareceram velozes.

Carlos, Juan Ángel e eu nos espalhamos pela encosta. Logo vimos que começava a atravessá-la, seguido de perto por um dos cães de José, o cervo, que desceu pela ravina menos do que imaginávamos.

Os olhos de Juan Ángel reviravam, esbranquiçados, e ao rir deixava ver até os molares de sua boca. Apesar de lhe ter ordenado que permanecesse no barranco caso o cervo voltasse para lá, atravessou com Braulio, e quase a par de nossos cavalos, as pastagens e orlas que nos separavam do rio. Ao fugir pela ribeira desse rio o cervo, os cães perderam o rastro, e ele subiu em vez de descer.

Carlos e eu apeamos para ajudar Braulio no fundo da ribeira. Perdidos mais de uma hora em idas e vindas, finalmente ouvimos os latidos de um cão, os quais nos deu esperança de que tivesse encontrado a pista novamente. Mas Carlos jurava, ao sair da mata em que se meteu sem saber como nem quando, que seu animal estúpido havia deixado a presa fugir rio abaixo.

Braulio, a quem havíamos perdido de vista fazia tempo, gritou com uma voz tão alta que, apesar da distância, pudemos ouvi-la:

— Ali vai! Ali vai! Deixem um com a espingarda aliii: vão para a parte liiiiimpa, porque o cervo está voltando para ao vaaaaaale.

Ficou o pajem de Carlos em seu posto, e esse e eu fomos montar nossos cavalos.

O animal saía nessa hora da vau, a uma grande distância dos cães, e descia em direção à casa.

— Apeia! — gritei a Carlos — E espera-o sobre o cerco.

E assim fez; e, quando o cervo lutava para pular, já cansado, o cercado no pomar, ele atirou: o cervo o seguiu; Carlos ficou atônito.

Braulio chegou nesse momento e eu saltei do cavalo, jogando a rédea para Juan Ángel.

Da casa, viam tudo o que estava acontecendo. Dom Jerónimo saltou, espingarda na mão, o cercado do corredor e, quando foi atirar no animal, prendeu os pés ditosamente nas raízes de uma erva, que quase o fez cair no momento em que meu pai lhe dizia:

— Cuidado! Cuidado! Veja o senhor que aí estão vindo todos.

Braulio seguiu de perto o pequeno cervo, evitando assim que os cães o despedaçassem.

O animal entrou no corredor desatento e trêmulo e deitou-se quase afogado debaixo de um dos sofás, de onde o tirava Braulio quando Carlos e eu chegávamos rapidamente. A partida foi divertida para mim; mas ele tentava em vão esconder a impaciência que o levara a errar tão belo tiro.

Emma e María se aproximaram timidamente para tocar o pequeno cervo, suplicando que não o matássemos: ele parecia entender que o defendiam, porque olhava para elas com olhos úmidos e assustados, gemendo baixinho, como talvez costumava fazer para chamar a mãe. Ficou absorto e Braulio ficou encarregado de prendê-lo e colocá-lo em local conveniente.

Ao fim de tudo, Mayo se aproximou do prisioneiro, sentiu seu cheiro à distância que a prudência exigia e, voltando a deitar-se no salão, apoiou a cabeça sobre as mãos com a maior tranquilidade, sem que o comportamento exótico fosse suficiente para privá-lo de um carinho meu.

— Seu amigo está furioso e eu o deixei assim para vingar-me da chacota que fez de meus cães esta manhã.

Eu pedi que me explicasse o que dizia.

— Supus — continuou Braulio — que o senhor lhe cederia o melhor tiro e, por isso, deixei a espingarda de dom Carlos sem munições quando me deu para carregar.

— Fizeste muito mal — observei.

— Não voltarei a fazer isso, e menos com ele, porque me parece que não vai mais caçar conosco... Ah! A senhorita María me deu mil recados para Tránsito: agradeço tanto por fazer gosto em ser nossa madrinha... e não sei o que fazer para que saiba: o senhor deve dizer-lhe.

— Assim farei; não se preocupe.

— Adeus — disse, estendendo-me francamente a mão, sem deixar por isso de tocar na aba do chapéu com a outra — Até domingo.

Ele saiu do pátio chamando seus cães com o assovio agudo que produzia em tais casos, pressionando com o indicador e o polegar o lábio inferior.

XXVII

Até então, eu tinha conseguido fazer com que Carlos não me fizesse qualquer confissão sobre as pretensões que, em má hora para ele, haviam o levado para casa.

Mas, depois que nos encontramos sozinhos em meu quarto, para onde ele me levou a pretexto de descansar e de lermos alguma coisa, dei-me conta de que iria me colocar na difícil situação da qual consegui escapar até ali por força da habilidade. Ele deitou-se na minha cama, queixando-se do calor e, como disse que mandaria que nos trouxessem algumas frutas, observou que lhe faziam mal desde que havia sofrido com febres intermitentes. Aproximei-me da estante perguntando-lhe o que ele desejava que lêssemos.

— Poderia fazer-me o favor de não ler nada? — respondeu-me.

— Quer que tomemos um banho de rio?

— O sol me causou dor de cabeça.

Ofereci-lhe álcali para que o absorvesse.

— Não, não. Vai passar — respondeu, recusando-o.

Golpeando em seguida as botas com o látego que tinha na mão:

— Juro não voltar à caçada, de nenhuma espécie. Caramba! Veja você que errar esse tiro...

— Isso pode acontecer com todos — observei, recordando-me da vingança de Braulio.

— Como assim a todos?! Errar num cervo a essa distância só acontece comigo.

Depois de um momento de silêncio, buscando com os olhos algo no quarto, disse:

— O que foi feito das flores que havia aqui ontem? Hoje não as repuseram.

— Se eu soubesse que te agradaria vê-las aí, teria mandado colocá-las. Em Bogotá não eras tão aficionado às flores.

E me pus a folhear um livro que estava aberto sobre a mesa.

— Jamais fui — respondeu Carlos — mas... para de ler, homem! Olha: faz-me o favor de te sentares aqui perto, porque tenho que te contar coisas muito interessantes. Fecha a porta.

Vi-me sem saída; fiz esforço para preparar minha fisionomia da melhor maneira possível para mim em tal situação, determinado em qualquer caso a esconder de Carlos quão enorme era a tolice que ele cometia fazendo-me suas confissões.

Seu pai, que chegou ao umbral da porta naquele momento, livrou-me do tormento ao qual eu iria me sujeitar.

— Carlos — disse dom Jerónimo de fora — precisamos de ti aqui. Havia em seu tom de voz algo que me pareceu significar: "Isso já está muito adiantado".

Carlos se deu conta de que seus negócios estavam indo gloriosamente bem. Em um salto ele se pôs de pé, respondendo:

— Vou agora mesmo — e saiu.

Se eu não tivesse fingido ler com a maior calma possível naqueles instantes, provavelmente ele teria se aproximado de mim e dito, sorrindo: "Em vista da surpresa que estou te preparando, vais me perdoar por não te haver contado nada até agora sobre este assunto...". Mas devo ter parecido tão indiferente ao que se passava como tentava fingir; e isso rendeu muito.

Pelo som dos passos do casal, percebi que ele entrava no quarto de meu pai.

Não querendo me ver novamente sob o risco de Carlos me contar sobre seus assuntos, dirigi-me aos aposentos de minha mãe. María se achava na sala de costuras: estava sentada em uma cadeira de tecido, de onde caía, espumosa e enfeitada com laços de fita azul celeste, a saia de musselina branca; os cabelos, sem uma trança ainda, enrolavam-se em tufos sobre os ombros. No tapete que tinha a seus pés, adormecia Juan, rodeado de seus brinquedos. Ela, com a cabeça ligeiramente recostada, parecia estar olhando para a criança; tendo caído de suas mãos o lenço que cosia, descansava sobre o tapete.

Assim que ouviu passos, ergueu os olhos para mim; passou pelas têmporas as mãos para tirar delas os cabelos que não as cobriam e, com vergonhosa, inclinou-se com presteza para recolher a costura.

— Onde está minha mãe? — perguntei-lhe, deixando de observá-la por contemplar a formosura da criança que dormia.

— No quarto de papai.

E, achando em meu rosto o que timidamente buscava ao dizer isso, seus lábios tentaram sorrir.

Meio ajoelhado, limpei com meu lenço a testa do menino.

— Ai! — exclamou María — E por acaso vi que estava dormindo? Vou colocá-lo na cama.

E se aproximou para levar Juan. Eu já o estava levantando nos braços, e María o esperava nos seus: beijei os lábios de Juan, entreabertos e purpurinos e, aproximando seu rosto ao de María, pousou ela os seus naquela boca que sorria ao receber nossas carícias e estreitou-o ternamente contra seu peito.

Saiu para voltar momentos depois a ocupar seu assento, junto ao qual eu havia colocado o meu.

Estava ela arrumando os utensílios de sua caixa de costura, que Juan havia desordenado, quando lhe disse:

— Falaste com minha mãe hoje sobre certa proposta de Carlos?

— Sim — respondeu, prolongando sem me olhar a arrumação da caixinha.

— E o que te disse? Deixa isso de lado e conversemos.

Ainda procurou algo no chão e, tomando por último um

ar de afetada seriedade, que não excluía o vivo rubor de suas bochechas nem o mal velado brilho de seus olhos, respondeu:

— Muitas coisas.

— Quais?

— Essas que o senhor aprovou que ela me dissesse.

— Eu? E por que me tratas como "senhor" hoje?

— Não vê que é porque algumas vezes me esqueço...

— Dize as coisas que te falou minha mãe.

— Se ela não me mandou que as diga... Mas o que eu lhe respondi, sim, posso contar.

— Bem, e então?

— Disse-lhe que... Tampouco se podem dizer essas.

— Mas dirás em outra ocasião, não é verdade?

— Sim. Hoje não.

— Minha mãe me manifestou que estás animada a responder-lhe a ele o que deves, a fim de que compreenda que tens em alta conta o que ele te faz.

Olhou-me então fixamente, sem me responder.

— Assim deve ser — continuei.

Baixou os olhos e seguiu guardando silêncio, aparentemente distraída em cravar em ordem as agulhas em sua almofadinha.

— María, não me ouviste? — adicionei.

— Sim.

E voltou a buscar meu olhar, que me era impossível afastar de seu rosto. Vi então que em seus cílios brilhavam lágrimas.

— Mas por que choras? — perguntei-lhe.

— Não, se não choro... Por acaso chorei?

E, tomando meu lencinho, enxugou precipitadamente os olhos.

— Fizeram-te sofrer com isso, não é? Se ficares triste, não falemos mais disso.

— Não, não; falemos.

— É muito sacrifício decidires ouvir o que te dirá hoje Carlos?

— Tenho que agradar a mamãe, já. Mas ela me prometeu que me acompanhariam. Estarás lá, não é?

— E para que? Como é que ele vai te falar assim?

— Mas ficarás perto o quanto for possível.

E, pondo-se a escutar:

— É mamãe que está vindo — prosseguiu, colocando uma mão sua sobre a minha para deixar-me tocá-la com meus lábios, como costumava fazer quando queria tornar completa, ao nos separarmos, a felicidade de alguns minutos.

Entrou minha mãe e María, já em pé, disse-me:

— O banho?

— Sim, já repus.

— E as laranjas, quando estiveres lá?

— Sim.

Meus olhos deviam completar tão ternamente quanto meu coração desejava essas palavras, pois ela, satisfeita com meu disfarce, sorria ao ouvi-las.

Estava terminando de vestir-me à sombra das laranjeiras do banheiro quando dom Jerónimo e meu pai, que desejava mostrar-lhe o melhor adorno de seu jardim, chegaram. A água estava na borda, e nela eles podiam ver, flutuando ou vagando pelo fundo diáfano, as rosas que Estefana havia colocado na banheira.

Era Estefana uma negra de doze anos, filha de escravos nossos: sua índole e beleza tornavam-na simpática para todos. Tinha um carinho fanático por sua senhorita María, a quem se esmerava para vestir com elegância.

Chegou Estefana um pouco depois de meu pai e o sr. de M***; e, convencida de que ele já podia se aproximar, presenteou-me com um copo contendo uma laranjada preparada com vinho e açúcar.

— Homem, esse seu filho vive aqui como um rei! — disse dom Jerónimo a meu pai; esse lhe respondeu, enquanto davam volta nos laranjais para tomar o caminho de volta para casa:

— Seis anos viveu como estudante, e lhe faltam para viver assim outros cinco, pelo menos.

XXVIII

Naquela tarde, antes que se levantassem as senhoras para preparar o café, como sempre faziam quando havia estranhos em casa, trouxe o assunto da pesca das crianças e contei o motivo pelo qual me havia oferecido a elas para presenciar o posicionamento dos anzóis à beira do rio. Aceitou-se minha proposta de eleger esse lugar para o passeio. Somente María olhou para mim como se dissesse: "Então não há remédio?"

Já estávamos atravessando o pomar. Foi preciso esperar por María e também por minha irmã, que tinha ido averiguar a causa do seu atraso. Dava eu meu braço para minha mãe. Emma recusou-se cortesmente a apoiar-se em Carlos, sob o pretexto de pegar uma das crianças pela mão: María o aceitou quase tremendo e, ao colocar a mão nele, parou para me esperar; mal era possível indicar-lhe que era necessário não hesitar.

Havíamos chegado a um ponto da margem do rio onde, na fenda do vale, atapetada com grama fina, sobressaem-se de trechos em trechos pedras pretas, manchadas com musgos brancos.

A voz de Carlos assumia um tom confidencial: até então havia estado, sem dúvida, tomando coragem e começava a fazer um desvio para pegar a brisa. María tentou deter-se novamente: em seus olhares à minha mãe e a mim havia quase uma súplica; e não tive outro recurso senão tentar não encontrá-los. Viu em meu semblante algo que lhe mostrasse o tormento a que estava sujeita, pois em seu rosto pálido notei uma estranha feição de resolução. Pela postura de Carlos, convenci-me de que havia chegado o momento que eu queria ouvir. Ela começava a responder-lhe e, como sua voz, embora trêmula, era mais clara do que ele parecia desejar, chegaram aos meus ouvidos frases interrompidas.

— Teria sido melhor se o senhor tivesse conversado apenas com eles... Sei o valor do que o senhor... Esta negativa...

Carlos estava desconcertado: María lhe havia soltado o braço e, terminando de falar, brincava com o cabelo de Juan que, agarrando-a pela saia, mostrava as sementes penduradas na árvore próxima.

Duvido que a cena que acabei de descrever com a exatidão que me é possível fosse avaliada pelo que valia por dom Jerónimo, que, com as mãos nos bolsos da jaqueta azul, aproximava-se naquele momento com meu pai; para esse, tudo aconteceu como se tivesse ouvido.

María se juntou habilmente ao nosso grupo sob o pretexto de ajudar Juan a colher algumas amoras que ele não alcançava. Como eu já tinha pegado as frutas para dar à criança, ela me disse quando as recebeu:

— O que faço para não voltar com esse senhor?

— É inevitável — respondi-lhe.

E aproximei-me de Carlos, convidando-o a descer um pouco mais a vala para que víssemos um lindo remanso e insistia, com a maior naturalidade que me era possível fingir, que fôssemos tomar banho nele na manhã seguinte. Era pitoresco o lugar; mas, decididamente, Carlos viu neste, menos do que em quaisquer outros, a beleza das árvores e das vinhas floridas que se banharam na espuma, como guirlandas soltas pelo vento.

O Sol acabava de se pôr, tingindo as colinas, os bosques e as correntes com resplendores de cor topázio; com a luz pacífica e misteriosa que chamam os camponeses de "o sol dos cervos", sem dúvida porque saem esses habitantes dos matagais a procurar pasto nas pastagens das partes altas ou ao pé das árvores de *maguey* que crescem entre as gretas dos penhascos.

Ao nos unirmos, Carlos e eu, ao grupo que formaram os demais, já iam tomar o caminho de casa, e meu pai, com uma oportunidade perfeitamente explicável, disse a dom Jerônimo:

— Não devemos nos passar por valentões daqui em diante; regressemos acompanhados.

Dito isso, tomou a mão de María para colocá-la em seu braço, deixando o sr. de M*** levar minha mãe e Emma.

— Estiveram mais galantes do que nós — disse a Carlos, apontando-lhe meu pai e o seu.

E os seguimos, carregando, eu, Juan nos braços, o qual, abrindo os seus, apresentou-nos, dizendo:

— Me leva no colo? Tem espinhos e estou cansado.

Contou-me depois María que meu pai lhe havia perguntado, quando começavam a vencer o pequeno desafio da vala, o que Carlos lhe havia dito e, como gentilmente insistiu para que ela o contasse, pois ela guardava silêncio, resolveu-se por fim, assim encorajada, a contar-lhe o que havia respondido a Carlos.

— Então, quer dizer — perguntou-lhe meu pai quase rindo, ao ouvir a laboriosa relação que ela tinha acabado de lhe fazer —, quer dizer que tu não queres casar-te nunca?

Respondeu-lhe meneando a cabeça em sinal de negativa, sem atrever-se a encará-lo.

— Filha, terás já visto algum noivo? — continuou meu pai — Não dizes que não?

— Sim, digo — respondeu-lhe María, assustada.

— Será melhor que esse bom moço que desdenhaste? — E, ao dizer-lhe isso, meu pai lhe passou a mão direita pela frente para conseguir que o encarasse —. Crê que és demasiado bonita?

— Eu? Não, senhor.

— Sim; e alguém haverá dito a ti muitas vezes. Conta-me como é esse afortunado.

María estremeceu, sem ousar responder mais uma palavra, quando meu pai continuou, dizendo-lhe:

— Ele haverá de merecer; tu quererás que seja um homem de

bem... Vamos, confessa-me: não me disseste que me dirias tudo?

— Mas não há o que contar.

— Então tens segredos com teu papai? — disse-lhe, olhando-a carinhosamente e em tom de queixa; o qual animou María a responder-lhe:

— Mas não diz o senhor que lhe contaram tudo?

Meu pai ficou em silêncio por um tempo. Parecia que lhe pesava alguma memória. Subiam a escadaria do corredor do pomar quando ela o ouviu dizer:

— Pobre Salomão!

E passava, ao mesmo tempo, uma das mãos pelos cabelos da filha de seu amigo.

Naquela noite, no jantar, os olhares de María, ao me encontrar, começaram a me revelar o que entre meu pai e ela havia acontecido. Ficava às vezes pensativa, e julguei notar que seus lábios pronunciavam em silêncio algumas palavras, como distraída fazia isso com os versos que lhe agradavam.

Meu pai tratou, na medida do possível, de tornar menos difícil a situação do sr. de M*** e de seu filho, que, aparentemente, havia conversado com dom Jerónimo sobre o sucedido durante a tarde: todo o esforço foi inútil. Tendo dito de manhã o sr. de M*** que madrugaria no dia seguinte, insistiu que precisava estar muito cedo em sua propriedade e se retirou com Carlos às nove da noite, depois de se despedir da família no salão.

Acompanhei meu amigo até seu quarto. Todo o meu afeto a ele havia revivido nessas últimas horas de sua permanência em casa: a nobreza de seu caráter, essa nobreza da qual tantas provas me deu durante nossa vida de estudantes, ampliava de novo sua magnificência perante mim. Quase me parecia vituperável a reserva de que me vi forçado a usar em relação a ele. Se, quando tive notícia de suas pretensões, tivesse lhe confiado meu amor por María, e o que naqueles três meses ela se tornou para mim, ele, incapaz de arrostar as fatais previsões feitas pelo médico, teria desistido de seu intento; e eu, menos inconsequente e mais leal, nada teria o que lançar contra a minha cara. Muito em breve, se não as compreende agora, terá que conhecer as causas da minha reserva, na situação em que essa reserva lhe poderia ter causado tantos danos. Estas reflexões me entristeciam. As indicações recebidas de meu pai para tratar deste assunto foram tais que eu poderia muito bem não as manter em segredo. Mas não: o que de fato havia passado, o que tinha de acontecer e aconteceu, foi que aquele amor, que tomou conta de minha alma para sempre, tornou--a insensível a todos os outros sentimentos, cega para o que não viesse de María.

Assim que ficamos sozinhos em meu quarto, ele me disse, respirando todo o ar da franqueza estudantil, sem que em sua fisionomia desaparecesse por completo a contrariedade que denunciava:

— Devo desculpar-me contigo pela falta de confiança em tua lealdade.

Eu já desejava ouvir-lhe a confissão, tão temível para mim um dia antes.

— De que falta? — respondi-lhe. — Não havia notado.

— Como assim não a notaste?

— Não.

— Não sabes o objetivo com que meu pai e eu viemos?

— Sim.

— Estás a par do resultado de minha proposta?

— Não muito, mas...

— Mas adivinhas.

— É verdade.

— Bem. Então por que não falei contigo sobre o que pretendia, antes de fazê-lo com qualquer outro, antes de consultar meu pai?

— Uma delicadeza exagerada de tua parte...

— Não há tal delicadeza: o que houve foi torpeza, imprevisão, esquecimento... o que queiras. Mas isso não se chama como chamaste.

Passeou pelo quarto e, detendo-se a seguir diante da poltrona que eu ocupava:

— Ouve — disse ele — e admira-te de minha candidez. Cáspita!, eu não sei para que diabos serve alguém ter vivido vinte e quatro anos. Faz pouco mais de um ano desde que me separei de ti para vir para Cauca e oxalá te houvesse esperado como tanto desejaste. Desde minha chegada à casa fui objeto da mais gentil atenção de teu pai e toda a tua família: eles viam em mim um amigo teu, porque talvez eles lhes deste a conhecer o tipo de amizade que nos unia. Antes de chegares, vi duas ou três vezes a senhorita María e tua irmã, ora de visita em casa, ora aqui. Faz um mês que meu pai me contou sobre o prazer que lhe daria eu ao tomar uma das duas como esposa. Tua prima extinguiu em mim, sem ela saber, todas aquelas memórias de Bogotá que tanto me atormentavam, como te diziam minhas primeiras cartas. Combinei com meu pai que ele pedisse em meu nome a mão da senhorita María. Por que não procurei ver-te antes? É bem verdade que a prolongada enfermidade de minha mãe me manteve na cidade; mas por que não te escrevi? Sabes por quê...? Eu acreditava que confiar-te minhas pretensões era como exigir algo de ti em meu favor, e o orgulho me impediu de fazê-lo. Esqueci que eras meu amigo: tu tinhas direito, tens o direito, de esquecer isso também. Mas se tua prima tivesse me amado; se o que não fosse outra coisa senão as considerações a que tua amizade me dava direito, teria sido amor, terias consentido que ela fosse minha esposa estava sem...? Ora! Sou um tonto em te perguntar, e, tu, muito cortês em não me responder.

— Olha — acrescentou depois de um instante em que estava encostado na janela —: tu sabes que não sou homem daqueles que não se deixam morrer por essas coisas: recordarás que sempre ri da fé com que tu acreditavas nas grandes paixões daqueles dramas franceses que me faziam dormir quando tu os lias para mim nas noites de inverno. O que há é outra coisa: tenho que me casar; e fiquei lisonjeado com a ideia de entrar em tua casa, de quase ser teu irmão. Não aconteceu assim; mas, em vez disso, procurarei uma mulher que me ame sem me tornar merecedor de teu ódio e...

— De meu ódio! — exclamei, interrompendo-o.

— Sim, perdoa-me a franqueza. Que ninharia! Não: que imprudência teria sido colocar-me em semelhante situação! Belo resultado: pesares para tua família, arrependimento para mim e a perda de tua amizade.

— Muito deves amá-la — continuou após uma pausa —; muito, visto que poucas horas me bastaram para descobri-lo, apesar do que me estiveste tentando ocultar. Não é verdade que a amas assim como julgaste chegar a amar quando tinhas dezoito anos?

— Sim — respondi-lhe, seduzido por sua nobre franqueza.

— E teu pai não sabe?

— Não.

— Não? — perguntou, admirado.

Então contei-lhe sobre a conversa que havia tido dias antes com meu pai.

— Então enfrentas tudo, tudo? — interrogou-me, maravilhado, mal havia concluído meu relato —. E essa enfermidade que provavelmente é a de sua mãe...? Vais passar talvez a metade de tua vida sentado sobre um túmulo...?

Essas últimas palavras me fizeram estremecer de dor: elas, pronunciadas pela boca de um homem a quem nada além de sua afeição por mim poderia ditá-las; por Carlos, a quem nenhuma alucinação enganava, tinham uma terrível solenidade, ainda mais terrível que o sim com que acabei de dizer respondê-las.

Pus-me de pé e, ao oferecer meus braços a Carlos, abraçou-me quase com ternura entre os seus. Separei-me dele oprimido pela tristeza, mas já livre do remorso que me humilhava quando nossa conversa começou.

Voltei ao salão. Enquanto minha irmã ensaiava ao violão uma valsa nova, María me contou a conversa que, ao voltar da caminhada, teve com meu pai. Nunca havia se mostrado tão expansiva comigo: lembrando esse diálogo, o pudor velava-lhe frequentemente os olhos e o prazer brincava em seus lábios.

XXIX

A chegada dos correios e a visita dos senhores de M*** haviam aglomerado tarefas na mesa do meu pai. Trabalhamos o dia seguinte todo, quase sem interrupção; mas, nos momentos em que nos reuníamos com a família na sala de jantar, os sorrisos de María me faziam doces promessas para a hora de descanso: eles eram capazes de tornar leve para mim até o trabalho mais doloroso.

Às oito da noite acompanhei meu pai até seu quarto e, respondendo à minha despedida de costume, ele acrescentou:

— Fizemos algo bom, mas ainda nos falta muito. Por isso, até amanhã cedo.

Em dias como aquele, María me esperava sempre à noite no salão, conversando com Emma e minha mãe, lendo para essa algum capítulo de *Imitação da Virgem* ou ensinando orações para as crianças.

Parecia-lhe tão natural que fosse necessário eu passar a seu lado alguns momentos daquela hora, que me concedia como algo que não lhe era permitido me negar. Na sala de estar ou de jantar, reservava-me sempre um lugar ao lado do seu, e um tabuleiro de damas ou cartas serviam de pretexto para conversarmos a sós, menos com palavras do que com olhares e sorrisos. Então seus olhos, em languidez arrebatadora, não fugiam dos meus.

— Viste teu amigo esta manhã? — perguntou-me, procurando achar resposta em meu semblante.

— Sim. Por que me perguntas agora?

— Porque não pude fazê-lo antes.

— E que interesse tens em sabê-lo?

— Pediu-te que lhe pagasses a visita?

— Sim.

— Vais fazer isso, não?

— Seguramente.

— Ele te quer muito bem, não é assim?

— Assim creio, desde sempre.

— E segues crendo ainda?

— Por que não?

— Tu o queres como quando estáveis ambos no colégio?

— Sim, mas por que falas disso hoje?

— Porque eu queria tu fosses sempre seu amigo, e que ele seguisse sendo teu... Mas tu não lhe contaste nada.

— Nada do quê?

— Oras, disso.

— Mas disso o quê?

— Sabes do que falo... Não lhe contaste, certo?

Comprazia-me com a dificuldade que ela encontrava para me perguntar se eu havia falado sobre nosso amor a Carlos e respondi-lhe:

— É a primeira vez que não te entendo.

— Ave Maria! Como não hás de entender? Se lhe falaste do que...

E como eu ficasse olhando-a ao mesmo tempo que ela se ria de seu afã infantil, prosseguiu:

— Bem; não fales mais nada — e se pôs a fazer pequenas torres com as cartas do tabuleiro em que jogávamos.

— Se não me olhares — disse-lhe — não te confesso o que disse a Carlos.

— Pois bem... vamos, diz — respondeu-me, tratando de fazer o que eu lhe exigia.

— Contei tudo a ele.

— Oh, não! Tudo?

— Fiz mal?

— Assim devia ser... Mas, então, por que não lhe contaste antes de que viesse aqui?

— Meu pai se opôs a isso.

— Sim, mas ele não teria vindo... Não teria sido melhor?

— Sem dúvida, mas eu não deveria fazê-lo, e hoje ele está orgulhoso de mim.

— Continuará, pois, a ser teu amigo?

— Não há motivos para que deixe de sê-lo.

— Sim, pois não quero que por isso...

— Carlos te agradecerá tanto como eu esse desejo.

— Mas então te separaste dele como de costume? E ele partiu contente?

— Contente tanto quanto possível.

— Mas a culpa não é minha. Não?

— Não, María, nem ele te estima menos que antes pelo que fizeste.

— Se te quer bem deveras, assim deve ser. E sabes por quê tudo sucedeu assim com esse senhor?

— Por quê?

— Mas cuidado para não rires!

— Não irei rir.

— Mas se já estás rindo...

— Não é do que vais me dizer, e sim do que disseste, María.

— Isso porque rezei muito à Virgem para que fizesse tudo suceder assim, desde ontem quando mamãe me contou.

— E se a Virgem não tivesse te concedido o que lhe pedias?

— Isso era impossível: sempre me concede o que lhe peço e, como desta vez lhe roguei tanto, estava segura de que me ouviria. Mamãe está indo — agregou — e Emma está dormindo. Já, não?

— Queres ir embora?

— E o que vou fazer?... Escreverão muito amanhã, também?

— Parece que sim.

— E quando Tránsito vier?

— A que horas vem?

— Mandou dizer que às doze.

— A essa hora teremos concluído. Até amanhã.

Respondeu à minha despedida com as mesmas palavras, mas admirando-se de que eu guardasse o lenço que ela tinha na mão que me deu para cumprimentar. María não compreendia que esse lenço perfumado era um tesouro para uma de minhas noites. Depois, quase sempre se recusou a conceder-me tal bem, até que chegaram os dias em que tantas vezes nossas lágrimas se misturaram.

XXX

Na manhã seguinte, meu pai ditava e eu escrevia enquanto ele fazia a barba, operação que nunca interrompia os trabalhos iniciados, não obstante o esmero que gastava sempre com ela. Seus cabelos cacheados, abundantes mesmo na parte posterior da cabeça e que permitiam inferir quão belos eram os cabelos que teve em sua juventude, pareciam um pouco longos para ele. Entreabrindo a porta que dava para o corredor, chamou por minha irmã:

— Está na horta — respondeu-lhe María, da sala de costuras de minha mãe. — O senhor precisa de algo?

— Vem aqui, María — respondeu-lhe no momento em que eu lhe apresentava algumas cartas concluídas para serem assinadas —. Queres que baixemos amanhã? — perguntou-me, assinando a primeira.

— Como não?

— Será bom, porque há muito o que fazer: indo ambos, nos desocuparemos mais cedo. Pode ser que o senhor de A*** escreva algo sobre sua viagem nesta postagem: já está demorando para avisar quando deves estar pronto. Entra, filha — adicionou, voltando-se para María, a qual esperava de fora por haver encontrado a porta aberta.

Ela entrou nos dando bom dia. Seja por ter ouvido as últimas palavras do meu pai sobre minha viagem, seja por não poder prescindir de sua timidez geniosa diante dele, com maior razão porque ele lhe havia falado sobre nosso amor, ela ficou um pouco pálida. Enquanto terminava de assinar, o olhar de María passeava pelas imagens do quarto, depois de ter se encontrado furtivamente com o meu.

— Olha — disse-lhe meu pai sorrindo ao mostrar-lhe os cabelos — não te parece que tenho cabelo demais?

Ela também sorriu ao responder-lhe:

— Sim, senhor.

— Pois então corta-o um pouco. E pegou da tesoura de um estojo que estava aberto sobre uma das mesas para entregá-la a ela —. Vou me sentar para que possas cortá-lo melhor.

Dito isto, acomodou-se no meio do quarto, ficando de costas para a janela e para nós.

— Cuidado, filha, para não me tosquiar — disse-lhe quando ia começar —. Já começaste a outra carta? — acrescentou, dirigindo-se a mim.

— Sim, senhor.

Começou a ditar, conversando com María enquanto eu escrevia.

— Então achas engraçado se te pergunto se tenho muitos cabelos?

— Não, senhor — respondeu-lhe, consultando-me se estava fazendo a operação corretamente.

— Pois assim como os vês — continuou meu pai — eram tão negros e abundantes como outros que conheço.

María soltou os que tinha nesse momento entre as mãos.

— O que foi? — perguntou-lhe, voltando a cabeça para vê-la.

— Vou penteá-los para cortar melhor.

— Sabes por que caíram e ficaram grisalhos tão rápido? — perguntou-lhe, após ditar-me uma frase.

— Não, senhor.

— Cuidado, menino, para não errares.

María corou, olhando-me com toda a dissimulação que era necessária para que me pai não notasse pelo espelho da mesa de toalete, que estava à sua frente.

— Pois quando eu tinha vinte anos — prosseguiu — quer dizer, quando me casei, tinha o costume de banhar-me a cabeça todos os dias com água de colônia. Que disparate, não?

— E até hoje — observou ela.

Meu pai riu-se com aquela risada harmoniosa e sonora com que estava acostumado.

Li o final da frase escrita e ele, tendo ditado outra, continuou seu diálogo com María:

— Já terminaste?

— Creio que sim; não? — acrescentou, consultando-me.

Quando María se inclinou para sacudir as mechas de cabelo que haviam caído sobre o pescoço do meu pai, a rosa que ela levava em uma das tranças caiu aos pés dele. Ela ia recolhê-la, mas meu pai já a tinha pegado. María voltou a tomar seu lugar atrás da poltrona, e ele lhe disse, depois de olhar-se no espelho detidamente:

— Vou colocá-la onde estava, para recompensar-te o bem que me fizeste — e, aproximando-se dela, adicionou, posicionando a flor com tanta graça como o havia podido Emma — Ainda é possível sentir inveja de mim.

Deteve María, que se mostrava desejosa de retirar-se por temor do que ele poderia acrescentar; beijou-lhe a fronte e lhe disse, em voz baixa:

— Hoje não será como ontem; acabaremos cedo.

XXXI

Seriam onze horas. Terminado o trabalho, estava eu recostado na janela de meu quarto.

Aqueles momentos de esquecimento de mim mesmo, em que meu pensamento pairava por regiões que quase me eram desconhecidas; momentos em que as pombas que estavam à sombra das laranjeiras agoniadas por seus racimos de ouro arrulhavam amorosamente; em que a voz de María, canção mais doce ainda, chegava a meus ouvidos, tinha um encanto inefável.

A infância que, em sua insaciável curiosidade, se espanta com quanto a natureza, divina ensinadora, oferece novidades a seus olhares; a adolescência que, adivinhando tudo, deleita-se involuntariamente com castas visões de amor... pressentimento de uma felicidade tantas vezes esperada em vão; só elas sabem trazer aquelas horas não-medidas em que a alma parece esforçar-se para retornar às delícias de um Éden — sonho ou realidade — que ainda não foi esquecido.

Não eram os ramos das roseiras, dos quais as ninfas do arroio arrancavam pétalas claras para se ornar, fugitivas; nem o voo majestoso das águias negras nos picos próximos: não foi isso o que viam meus olhos; era o que já não mais verei; o que meu espírito, quebrantado por tristes realidades, não busca nem admira unicamente em seus sonhos: o mundo que, extasiado, contemplei no primeiro alvorecer da vida.

Divisei, no caminho negro e sinuoso da serra, Tránsito e seu pai, que vieram em cumprimento do que haviam prometido a María. Eu atravessei o pomar e subi a primeira colina para aguardá-los na ponte da cachoeira, visível do salão de casa.

Como estávamos ao raso, ainda não ficavam quietos diante de mim os montanheses; disseram-me todas aquelas coisas que costumavam, passando alguns dias sem nos vermos.

Perguntei por Braulio a Tránsito:

— Não veio; ficou aproveitando o bom sol para a *revuelta*[35]. E a Virgem da Poltrona?

Tránsito me perguntava assim sobre María desde que percebeu a notável semelhança entre o rosto de sua futura madrinha e o de uma bela Madonna do oratório da minha mãe.

— A viva está bem e te esperando — respondi-lhe — e, a pintada, cheia de flores e iluminada para te fazer muito feliz.

Assim que nos aproximamos da casa, María e Emma saíram a receber Tránsito, à qual disseram, entre outras elogios, que se via muito remoçada; e era certo, porque a felicidade a embelezava.

José recebeu, de chapéu na mão, as mais carinhosas saudações das suas senhoritas e, tirando a sacola que trazia nas costas cheia de legumes de presente, entrou conosco, instigado por mim, no quarto de minha mãe. A seu passo pelo salão, Mayo, que dormia debaixo de uma das mesas, rosnou para ele, e o montanhês disse-lhe, rindo:

— Olá, vovô! Não me queres bem ainda? Deve ser porque sou tão velho quanto tu.

— E Lúcia? — perguntou María a Tránsito. Por que não quis te acompanhar?

— É preguiçosa que só ela, e tão tímida.

— Mas Efraín diz que com ele não é assim — observou Emma.

---

35 REVUELTA: Revolver a colheita, mexer a terra e limpar o terreno.

Trânsito riu antes de responder:

— Com o senhor é menos tímida porque, como vai sempre lá, foi perdendo o medo aos poucos.

Tratamos de saber o dia em que haveria de efetuar-se o casamento. José, para tirar dos apuros a filha, respondeu:

— Queremos que seja de hoje daqui a oito dias. Sim, está bem pensado, faremos assim: em casa levantaremos bem cedo e, sem parar, chegaremos ao povoado ao nascer do sol; saindo os senhores daqui às cinco, nos alcançarão chegando; e, como o senhor padre terá tudo pronto, nos despacharemos mais cedo. Luísa é inimiga das festas e as moças não dançam: passaremos, pois, o domingo como todos, com a diferença de que os senhores nos farão uma visita; e, na segunda-feira, cada qual em seu ofício. O que acha? — concluiu, dirigindo-se a mim.

— Sim, mas irá Trânsito a pé ao povoado?

— Eh! — exclamou José.

— Pois como? — perguntou ela, admirada.

— A cavalo. Não estão os meus aí?

— Sim, mas prefiro andar a pé; quanto a Lúcia não é só isso: ela tem medo de animais ferozes.

— Mas por quê? — perguntou Emma.

— Na Província somente os brancos andam a cavalo; Não é assim, pai?

— Sim; e os que não são brancos, quando já estão velhos.

— Quem te disse que não és branca? — perguntei a Trânsito —; e branca como poucas.

A moça ficou corada como a framboesa ao me responder:

— As que eu falo são as pessoas ricas, as senhoras.

José, depois de ter ido cumprimentar meu pai, despediu-se prometendo-nos voltar à tarde, apesar de nossos pedidos para que ficasse para almoçar conosco.

Às cinco, como a família saísse para acompanhar Trânsito até ao sopé da montanha, María, que ia ao meu lado, dizia-me:

— Se tivesses visto minha afilhada com o traje de noiva que lhe fiz, e os brincos e a gargantilha que lhe presentearam Emma e mamãe, tenho certeza de que te pareceria muito linda.

— E por que não me chamaste?

— Porque Tránsito se opôs. Temos que perguntar a mamãe o que dizem e fazem os padrinhos na cerimônia.

— De fato, e os afilhados nos ensinarão o que devem responder os que se casam, caso os convidemos a ser os nossos padrinhos.

Nem os olhares nem os lábios de María responderam a esta alusão à nossa futura felicidade, e permaneceu pensativa enquanto percorríamos o curto trecho que nos faltava para chegarmos ao sopé da montanha.

Ali estava Braulio esperando sua noiva e se adiantou, sorridente e respeitoso ao cumprimentar-nos.

— Vai ficar tarde para voltarem — disse-nos Tránsito.

Despediram carinhosamente de nós, os montanheses. Haviam penetrado algum espaço da selva quando ouvimos a bela voz de Braulio, que cantava *vueltas* antioquenhas[36].

Depois de nosso diálogo, María não tinha voltado a sorrir. Inutilmente tentei ocultar de mim mesmo a causa. Bem a conhecia por conta de meu mal: ela pensava, ao ver a felicidade de Tránsito e Braulio, que em breve iríamos nos separar, que talvez não voltaríamos a nos ver... talvez na enfermidade de que sua mãe havia morrido. E não me atrevi a perturbar seu silêncio.

Descendo as últimas colinas, Juan, a quem ela levava pela mão, disse-me:

— María quer que eu seja bonito para caminhar, e ela está cansada.

Ofereci-lhe então meu braço para que se apoiasse, o que não havia podido fazer antes por dar atenção a Emma e à minha mãe.

Estávamos já a pouca distância da casa. Iam-se apagando os arrebois que, ao ocultar-se, o Sol havia deixado sobre as serras do ocidente: a Lua, levantando-se por trás de nós sobre as montanhas de que nos afastávamos, projetava as inquietas

---

36 VUELTAS ANTIOQUENHAS: Canções populares tradicionais da região de Antioquia, na Colômbia, associadas ao folclore camponês e à vida dos arrieros.

sombras dos sauces e as trepadeiras do jardim nos muros palidamente iluminados.

Eu espiava o rosto de María, sem que ela notasse, buscando os sintomas de seu mal, aos quais precedia sempre aquela melancolia que, de súbito, havia se apoderado dela.

— Por que estás triste? — perguntei-lhe por fim.

— Mas não estou como sempre? — respondeu-me como se despertasse de um sono ligeiro —. E tu?

— É porque estás assim.

— Mas não poderia eu me alegrar?

— Volta então a ficar alegre.

— Alegre? — perguntou, como que admirada —; tu também ficarás?

— Sim, sim.

— Olha: estou como queres — disse-me sorridente —; nada mais exiges...?

— Nada mais... ah, sim! Aquilo que me prometeste e não me deste.

— O que será? Crerás que não me recordo?

— Não? E os cabelos?

— E se notam ao me pentear?

— Dirás que cortaste uma mecha.

— É isto? — disse, depois de ter buscado sob o xale, mostrando-me algo que lhe enegrecia a mão e que esta ocultou-me ao cerrar-se.

— Sim, isto. Podes me dar agora?

— É uma mecha — respondeu, voltando a guardar o que me havia mostrado.

— Bem, não te vou mais exigi-la.

— Muito bem! E então por que a cortei? Falta arrumar bem... e amanhã, precisamente...

— Esta noite.

— Também; esta noite.

Meu braço gentilmente apertou o dela, descoberto da musselina e dos encaixes da manga; sua mão rolou pouco a pouco até encontrar a minha; deixou-a levantar-se da mesma forma até meus lábios e, apoiando-se com mais força em mim para subir a escada do corredor, dizia-me com voz lenta e de vibrações silenciadas:

— Agora, sim, estás contente? Não vamos mais ficar tristes.

Quis meu pai naquela noite que se lesse após o jantar algo do último número de *O Dia*. Terminada a leitura, retirou-se, e eu passei para a sala.

Juan se aproximou de mim e pôs a cabeça sobre meu joelho.

— Não dormes esta noite? — perguntei, acariciando-o.

— Quero que me coloques para dormir — respondeu-me aquela língua de que poucos podiam entender.

— E por que não María?

— Estou muito bravo com ela — respondeu, acomodando-se melhor.

— Com ela? E o que terás feito?

— É ela quem não me quer esta noite!

— Conta-me o porquê.

— Eu lhe pedi que me contasse a história da Chapeuzinho Vermelho e ela não quis; pedi-lhe beijos e ela não fez caso.

As queixas de Juan me fizeram temer que a tristeza de María tivesse continuado.

— E se esta noite tiveres sonhos medrosos — disse ao menino — ela não se levantará para acompanhar-te, como me contaste que costuma fazer?

— Então, amanhã não a ajudarei a colher flores para teu quarto nem levarei seus pentes ao banho.

— Não digas isso; ela te ama muito; vai e dize-lhe que te dê os beijos que pediste e te faça dormir ouvindo a historinha.

— Não — disse, ficando de pé como entusiasmado por uma boa ideia —: vou trazê-la para que ela te dê uma bronca.

— Em mim?

— Vou trazê-la.

E, dizendo isso, saiu à sua procura. Pouco depois apareceu, fingindo que a trazia pelas mãos à força. Ela, sorrindo, perguntava-lhe:

— Aonde estás me levando?

— Aqui — respondeu Juan, obrigando-a a sentar-se ao meu lado. Contei a María tudo o que havia dito seu garoto mimado. Ela, tomando a cabeça de Juan entre as mãos e tocando-lhe a testa com a sua, disse-lhe:

— Ah, ingrato! Dorme então com ele.

Juan começou a chorar me estendendo os bracinhos para que o pegasse.

— Não, meu amo; não, meu senhor — dizia-lhe ela —: é brincadeira de tua *Mimiya*. E o acariciava.

Mas o menino insistia em que eu o pegasse.

— É isso o que fazes comigo, Juan? — continuou María, queixando-se —. Muito bem: o senhor já é adulto: esta noite farei com que te levem a cama ao quarto de teu irmão. Ele não precisa mais de mim. Eu ficarei sozinha chorando porque não me queres mais.

Ela cobriu os olhos com uma das mãos para fazê-lo crer que chorava: Juan esperou um instante; mas, como ela insistia em fingir que chorava, ele se afastou pouco a pouco de meus joelhos, e se aproximou dela tentando ver seu rosto. Encontrando os lábios de María sorrindo e seus olhos amorosos, riu também e, abraçando-a pela cintura, deitou a cabeça em seu colo, dizendo:

— Te amo como aos meus olhinhos, te amo como ao meu coração. Não estou bravo nem bobo. Esta noite vou rezar o Bendito muito formal para que me faças outras meias.

— Mostra-me as meias que te fazem — disse-lhe.

Juan levantou-se no sofá, entre mim e María, para me fazer admirar suas primeiras meias.

— Que lindas! — Exclamei, abraçando-o —. Se me queres bastante e és formal, conseguirei que te façam muitas, e comprarei sela, calças, esporas...

— E um cavalinho negro — me interrompeu.

— Sim.

Abraçou-me, dando-me um beijo longo e, pendurado no pescoço de María que, virando o rosto para esquivar seus lábios dos dele, forçou-se a receber o mesmo entretenimento. Ele se ajoelhou havia estado de pé e, com as mãos postas orou, devotamente o Bendito e se apoiou sonolento na saia que ela lhe oferecia.

Notei que a mão esquerda de María brincava com alguma coisa sobre o cabelo do menino, ao passo que um sorriso malicioso apareceu em seus lábios. Com um rápido olhar me mostrou entre os cabelos de Juan um cacho que me havia prometido; e eu já me apressava para pegá-los quando ela, segurando-os, disse:

— E para mim...? Talvez seja mau exigi-lo.

— Os meus? — perguntei-lhe.

Indicou-me que sim, agregando:

— Não ficariam bem no mesmo camafeu em que guardo os de minha mãe?

XXXII

Na manhã seguinte, tive de fazer um esforço para que meu pai não compreendesse quão penoso era para mim acompanhá-lo em sua visita às fazendas de baixo. Ele, como fazia sempre quando ia empreender viagem, por mais curta que fosse, intervinha no arranjo de tudo, ainda que não fosse necessário, e repetia suas ordens mais do que de costume. Como era necessário levar algumas provisões delicadas para semana em que permaneceríamos longe de casa, provisões essas às quais meu pai tinha grande predileção, rindo-se ele ao ver as que Emma e María, na sala de jantar, acomodavam dentro dos baús que Juan Ángel deveria levar penduradas na base da sela, disse:

— Valha-me Deus, filhas! Caberá tudo isso aí?

— Sim, senhor — respondeu María.

— Mas isso é para um banquete! Ahá! És tu a mais empenhada em que não passemos mal.

María, que estava de joelhos acomodando as provisões, e que dava as costas para meu pai, voltou-se para dizer-lhe timidamente no momento em que eu chegava:

— Mas, como vão ficar fora tantos dias...

— Não muitos, menina — replicou-lhe, rindo. — Por mim não o digo: tudo agradeço-te; mas este rapaz se põe tão guloso lá... Olha — agregou, dirigindo-se a mim.

— O que?

— Pois é tudo isso o que põem. Com tal aviamento pode até suceder que me resolva a ficar por quinze dias.

— Mas foi mamãe quem ordenou — observou María.

— Não faças caso, judia — assim costumava chamá-la algumas vezes quando se burlava dela — Está tudo bem, mas não vejo aqui vinho da última leva que eu trouxe, e lá não há; é necessário levar.

— Mas já não cabe — respondeu María, sorrindo.

— Veremos já.

E dirigiu-se pessoalmente à adega buscar o vinho que indicava: e, ao regressar com Juan Ángel, também carregado com algumas latas de salmão, repetiu — Agora veremos.

— Isso também?! — exclamou ela, vendo as latas.

Como meu pai tratava de tirar do baú uma caixa já guardada, María, alarmando-se, observou-lhe:

— Isso não pode ficar.

— Por que não, filha?

— Porque são as pastas de que mais gostam... e as preparei eu.

— E também são para mim? — perguntou-lhe meu pai, em voz baixa.

— Mas se já estão acomodadas!

— Digo que...

— Já volto — interrompeu ela, pondo-se de pé. Aqui faltam uns lencinhos.

E despareceu, para regressar um momento depois.

Meu pai, que era tenaz quando se burlava, disse-lhe novamente, no mesmo tom de antes, inclinando-se a colocar algo perto dela:

— Lá trocaremos pastas por vinho.

Ela mal se atrevia a olhá-lo; e, notando que o almoço estava servido, disse, levantando-se:

— Está a mesa posta, senhor; e, dirigindo-se a Emma: deixemos a Estefana o que falta; ela fará bem.

Quando eu me dirigia à sala de jantar, María saía dos aposentos de minha mãe, e a detive ali:

— Corta agora — disse-lhe eu — a mecha que quiseres.

— Ai, não! Eu não.

— Dize de onde, então.

— De onde não se note. E me entregou a tesoura.

Havia aberto o camafeu que levava suspendido no pescoço. Apresentando-me a caixinha vazia, disse-me:

— Põe aqui.

— E a de tua mãe?

— Vou colocá-la em cima para que não se veja a tua.

Assim fez, dizendo-me:

— Parece-me que hoje vais contente.

— Não, não. É para não desagradar meu pai: é tão justo que eu lhe manifeste desejo de ajudá-lo em seus trabalhos, e que o ajude.

— Certo; assim deve ser. E eu procurarei também manifestar que não estou triste para que mamãe e Emma não se ressintam de mim.

— Pensa em mim, muito — disse-lhe, beijando a mecha de sua mãe e a mão com que a acomodava.

— Ah! Muito, muito! — respondeu-me, olhando para mim com aquela ternura e inocência que tão bem sabiam irmanar-se em seus olhos.

Separamo-nos para chegar à sala de jantar por diferentes entradas.

XXXIII

Os sóis de sete dias haviam se apagado sobre nós, e as altas horas de suas noites nos surpreenderam trabalhando. Na última, ditava meu pai recostado em um catre, e eu escrevia. O relógio da sala bateu as dez horas; repeti-lhe a palavra final da frase que acabava de escrever. Não ditou mais nada; voltei-me, então, acreditando que não tinha me ouvido e estava dormindo profundamente. Era ele um homem infatigável; mas daquela vez o trabalho havia sido excessivo. Diminuí a luz do quarto, fechei janelas e portas e esperei que acordasse, andando pelo corredor espaçoso à extremidade do qual ficava a escrivaninha.

Estava a noite serena e silenciosa: a abóbada do céu, azul e transparente, luzia todo o brilho de sua roupagem noturna de verão; na folhagem negra das fileiras de ceibas que, partindo das laterais do edifício, fechavam o pátio; nos galhos das laranjeiras que permaneciam ao fundo, tremulavam velinhas sem número, e só de vez em quando se percebia o farfalhar dos galhos entrelaçados, o bater das asas de alguma ave assustada ou os suspiros do vento.

O pórtico branco, que na frente do edifício dava acesso ao pátio, destacava-se na escuridão da planície, projetando seus capitéis na massa informe das cordilheiras distantes, cujas cristas apareciam iluminadas às vezes por clarões de tempestades do Pacífico.

María, dizia a mim mesmo, atento aos silenciosos sussurros, sopros daquela natureza em seu sono, María terá adormecido sorrindo ao pensar que, amanhã, estarei ao seu lado novamente... Mas depois! Esse "depois" era terrível; era minha viagem.

Pareceu-me ouvir o galope de um cavalo que atravessava a planície; supus que seria um criado que havíamos enviado à cidade havia quatro dias e que esperávamos impacientemente, porque devia trazer uma correspondência importante. Logo ele se aproximou da casa.

— Camilo? — perguntei.

— Sim, meu amo — respondeu, entregando-me um pacote de cartas depois de louvar a Deus.

O ruído das esporas de apear despertou meu pai.

— Que é isso, homem? — interrogou ao recém-chegado.

— Me despacharam às doze, meu amo, e como a cheia do Cauca chega ao Guayabo, tive de me esperar muito para fazer o caminho.

— Bem; dize a Feliciana que te dê de comer e cuida deste cavalo.

Havia meu pai revisado as assinaturas de algumas cartas contidas no pacote e, encontrando enfim a que desejava, disse-me:

— Começa por esta.

Li em voz alta algumas frases e, ao chegar a certo ponto, detive-me involuntariamente.

Ele tomou a carta e, com lábios contraídos, enquanto devorava o conteúdo com os olhos, concluiu a leitura e jogou o papel sobre a mesa, dizendo:

— Esse homem me matou! Lê esta carta: ao fim e ao cabo sucedeu o que tua mãe temia.

Peguei a carta para me convencer de que era certo o que já estava a imaginar.

— Lê alto — acrescentou meu pai, caminhando pelo quarto e enxugando o suor que lhe umedecia o rosto.

— Isso não tem mais remédio — disse eu, concluindo —. Que soma e que circunstâncias...! Não sou o único culpado.

Interrompi-o para lhe manifestar os meios que pensei que poderíamos usar para tornar menos grave a perda.

— É verdade — observou, ouvindo-me já com alguma calma —; faremos assim. Mas quem teria temido isso! Morrerei sem ter aprendido a desconfiar dos homens.

E dizia a verdade: já muitas vezes em sua vida empresarial havia recebido as mesmas lições. Uma noite, estando ele na cidade sem a família, apareceu em seu quarto um funcionário que havia enviado ao Chocoes para fazer a troca de uma quantidade considerável de dinheiro por ouro, que precisava ser enviado com urgência aos credores estrangeiros. O agente lhe disse:

— Venho para que o senhor me dê dinheiro para pagar o frete de uma mula — e um tiro —: Joguei e perdi tudo o que o senhor me entregou.

— Tudo, tudo se perdeu? — perguntou-lhe meu pai.

— Sim, senhor.

— Pegue desta gaveta o dinheiro que necessita.

E, chamando um de seus pajens, acrescentou:

— O senhor acaba de chegar: avisa lá dentro para que lhe sirvam.

Mas aqueles eram outros tempos. Golpes de sorte há que se sofrem na juventude com indiferença, sem reclamar: então se confia no futuro. Os que são recebidos na velhice parecem assestados por um inimigo covarde: já é pequeno o trecho que falta para chegar ao túmulo... E quão raros são os amigos do que morre que saibam sê-lo de sua viúva e de seus filhos! Quantos são os que espiam o último suspiro daquele cujas mãos, já congeladas, estão abraçando, para se tornarem depois algozes de órfãos...!

Três horas haviam passado desde que a cena que acabo de descrever conforme a lembrança que me resta daquela noite fatal, a que tantas outras haviam de parecer anos depois.

Meu pai, na hora de dormirmos, contou-me, de sua cama, a pouca distância da minha:

— É preciso ocultar de sua mãe o quanto possível do que aconteceu; e será necessário também demorar um dia a mais nosso regresso.

Embora eu sempre tivesse ouvido-o dizer que seu sono tranquilo lhe servia de alívio em todos os infortúnios da vida, quando, pouco depois de me haver falado, convenci-me de que ele já dormia, vi em seu repouso uma resignação tão denodada, havia tal valor em sua calma, que não pude deixar de permanecer por muito tempo o contemplando.

Ainda não havia amanhecido e tive que sair em busca de ar melhor para acalmar a espécie de febre que me havia atormentado durante a insônia da noite. Só o canto do príncipe e dos aracuãs das matas vizinhas anunciavam a aurora: a natureza parecia espreguiçar-se ao despertar de seu sono. À primeira luz do dia, começaram a esvoaçar, entre os plátanos e os arbustos, *asomas* e *tiês*; pares de pombos empreendiam viagem para os campos vizinhos; o gralhar dos bandos de papagaios imitava o ruído de uma ravina agitada; e das copas floridas do cacau, levantavam-se as garças em leve e lento voo.

Já não voltarei a admirar aqueles cantos, respirar aqueles aromas, contemplar aquelas paisagens cheias de luz, como nos dias alegres de minha infância e nos formosos de minha adolescência: estranhos habitam hoje a casa de meus pais!

Apagava-se a tarde do dia seguinte quando meu pai e eu subíamos o verde e estendido gramado para chegar à casa da serra. Os garanhões que pastavam no caminho e suas margens davam-nos passo, bufando assustados, e os quero-quero levantavam das margens das torrentes para nos ameaçar com seu canto e seu voo.

Podíamos já ver de perto o corredor ocidental, onde estava a família nos esperando; e ali voltou meu pai a me recomendar que escondesse a causa de nossa demora e procurasse parecer calmo.

XXXIV

Nem todas as pessoas que nos aguardavam estavam no corredor: não descobri, entre elas, María. Algumas quadras antes de chegar à porta do pátio, à nossa esquerda e sobre uma das grandes pedras de onde se domina melhor o vale, estava ela de pé e Emma a encorajava a descer. Nós nos aproximamos. A cabeleira de María, solta em cachos longos e brilhantes, enegrecia na musselina do seu traje verde musgo: sentou-se para evitar o que o vento lhe agitasse a saia, dizendo à minha irmã, que ria da sua ânsia:

— Não vês que não posso?

— Menina — disse-lhe meu pai, entre surpreendido e risonho — como conseguiste subir aí?

Ela, envergonhada pela travessura, acabava de corresponder à nossa saudação, e respondeu:

— Como estávamos sozinhas...

— Quer dizer — interrompeu-a meu pai — que devemos ir embora para que possas descer. E como desceu Emma?

— Que graça! Fui eu quem ajudou.

— É que eu não tinha medo.

— Vamos, então — concluiu meu pai, dirigindo-se a mim — Mas cuidado...

Bem sabia ele que eu ficaria. María acabava de me dizer com os olhos: "não te vás". Meu pai voltou a montar o cavalo e foi para casa; meu cavalo seguiu pouco a pouco o mesmo caminho.

— Por aqui foi por onde subimos — disse-me María, mostrando-me umas gretas e covas na rocha.

Ao acabar minha manobra de subida, estendeu-me a mão demasiado trêmula para me ajudar, mas muito ansiosa para que eu não me apressasse a segurá-la entre as minhas. Sentei-me aos seus pés e ela me disse:

— Não vês que trabalho? Que terá dito papai? Vai crer que estamos loucas.

Eu a olhava sem responder-lhe; a luz de seus olhos, covardes ante os meus, e a suave palidez de suas bochechas me diziam, como em outros momentos, que naquele ela era tão feliz quanto eu.

— Vou embora sozinha — repetiu Emma, a quem mal havíamos ouvido sua primeira ameaça; e se afastou alguns passos para nos fazer crer que iria cumpri-la.

— Não, não; espera-nos só mais um instante — María lhe suplicou, pondo-se de pé.

Vendo que eu não me movia, disse-me:

— O que é?

— É que aqui estamos bem.

— Sim, mas Emma quer ir embora e mamãe estará esperando-te: ajuda-me a descer, que agora não tenho medo. Passa-me teu lenço.

Torceu-o, acrescentando:

— Segura-o por esta ponta, e quando não puderes mais dar-me tua mão, vou pegá-lo.

Persuadida de que poderia arriscar-se a descer sem ser vista, ela o fez como tinha planejado, já dizendo-me ao pé do penhasco:

— E tu, agora?

Procurando a parte menos alta da pedra, pulei na grama e ofereci-lhe o braço para que nos dirigíssemos a casa.

— Se não tivesse chegado, o que terias feito para descer, louquinha?

— Bom, eu teria descido sozinha: estava a descer quando chegaste; mas tive medo de cair porque estava ventando muito. Ontem também subimos ali e eu desci bem. Por que demoraram tanto?

— Para deixar resolvidos alguns negócios que não poderiam ser concluídos aqui. O que fizeste por esses dias?

— Desejar que passassem.

— Nada mais?

— Costurei e pensei muito.

— Em que?

— Em muitas coisas que são pensadas e não ditas.

— Nem a mim?

— Para ti, menos.

— Está bem.

— Porque tu sabes.

— Não leste?

— Não, porque fico triste de ler sozinha, e não gosto mais das histórias das *Veladas da Quinta*[37], nem as *Tardes da Granja*[38]. Eu ia voltar a ler a *Atala*, mas como disseste que tem um trecho não sei como...

E, dirigindo-se à minha irmã, que à nossa frente nos precedia:

— Oh, Emma... Por que ir tão rápido?

Emma se deteve, sorriu e continuou andando.

— O que estavas fazendo ontem à noite, às dez?

— Ontem à noite? Ah! — respondeu, detendo-se —. Por que me perguntas?

— A essa hora eu estava muito triste pensando nessas coisas que são pensadas e não são ditas.

— Não, não; tu, sim.

— Sim, o quê?

— Sim, tu podes dizê-las.

---

37 **VELADAS DA QUINTA:** Coletânea de narrativas morais e recreativas escritas originalmente em francês pela Marquise de Genlis (1746-1830), publicadas em espanhol no fim do século XVIII como leituras instrutivas para mães e filhos.

38 **TARDES DA GRANJA:** Romance do francês François Guillaume Ducray Duminil (1761-1819), que narra cenas bucólicas e lições de vida na fazenda. No Brasil, foi publicado com o título *As lições do pai*.

— Conta-me o que fazias e eu te direi.

— Me dá medo.

— Medo?

— Talvez seja bobagem. Estava sentada com a mamãe no corredor deste lado, fazendo-lhe companhia, porque me disse que não tinha sono: ouvimos como soavam as folhas da janela de teu quarto, e eu, temendo que a tivesse deixado aberta, peguei uma luz do salão para ver o que havia... Que bobagem! Me assusto de novo quando lembro do que sucedeu.

— Termina, então.

— Abrimos a porta, e vimos, pousada em uma das folhas da janela que o vento agitava, uma ave preta, do tamanho de uma pomba muito grande. Fez um barulho que eu nunca tinha ouvido antes; parecia estar deslumbrada no momento com a luz que eu tinha na mão, e a apagou passando sobre nossas cabeças no instante em que íamos fugir de medo. Essa noite eu sonhei... Mas, por que ficaste assim?

— Como? — respondi-lhe, escondendo a impressão que aquele relato me causava.

O que ela me contava havia sucedido ao mesmo tempo em que meu pai e eu líamos aquela carta malfadada; e a ave preta era a mesma que me havia atingido as têmporas durante a tempestade da noite em que se repetiu o ataque de María; a mesma que, sobrecarregada, havia eu ouvido algumas vezes zumbindo sobre minha cabeça ao pôr-do-sol.

— Como? — replicou María —. Vejo que fiz mal ao te dizer isso.

— É isso que te parece?

— Se não é o que imagino.

— Com o que sonhaste?

— Não devo contar-te.

— Nem mais tarde?

— Ah, talvez nunca.

Emma abria já a porta do pátio.

— Espera-nos — disse-lhe María —; ei, agora é de verdade.

Nós nos reunimos a ela, e as duas fizeram de mãos dadas

o caminho que nos faltava para chegar ao corredor. Sentia--me dominado por um pavor indefinível; tinha medo de algo, embora não me fosse possível adivinhar o quê; mas, cumprindo a advertência de meu pai, tentei me controlar e fiquei o mais calmo que me foi possível, até que me retirei para o meu quarto sob o pretexto de mudar o traje de viagem.

XXXV

No dia seguinte, doze de dezembro, devia acontecer o casamento de Tránsito. Após nossa chegada, mandou dizer a José que estaríamos entre sete e oito na paróquia. Estava decidido que minha mãe, María, Felipe e eu seguiríamos antes, porque minha irmã deveria ficar arrumando não sei que presentes a serem enviados bem cedo pela manhã para a montanha, para que lá os noivos os encontrassem ao retornar.

Naquela noite, depois do jantar, minha irmã tocava o violão sentada em um dos sofás do corredor de meu quarto, e María e eu conversávamos recostados no corrimão.

— Você tem – me dizia – algo que te incomoda, e não consigo adivinhar.

— Mas o que poderia ser? Não me viste feliz? Não estava como esperavas que eu estivesse ao voltar para junto de ti?

— Não; fizeste esforço para te mostrares assim; e, ainda assim, descobri o que nunca imaginei em ti: que estavas fingindo.

— Mas contigo?

— Sim.

— Tens razão; vejo-me forçado a viver fingindo.

— Não, senhor, não estou dizendo sempre, mas esta noite.

— Sempre.

— Não; foi hoje.

— Já faz quatro meses que vivo enganando…

— A mim também?… A mim? Enganar a mim?

E tratava de ver meus olhos para confirmar por eles o que temia; mas como eu risse de sua ansiedade, disse-me como que envergonhada:

— Explica-me isso.

— Mas não há explicação.

— Por Deus, pelo... pelo que mais queiras, explica-me.

— Tudo é verdade.

— Não é!

— Mas deixa-me concluir: para vingar-me do que acabas de pensar, não te contarei se me rogas pelo que sabes que eu mais quero.

— Não sei o que será.

— Pois então, convence-te de que te enganei.

— Não, não; já vou te contar; mas como te posso contar?

— Pensa.

— Já pensei — disse María após um momento de pausa.

— Dize, então.

— Pelo que mais ames, depois de Deus e de teu… que eu desejo que seja meu.

— Não; não é assim.

— E como, então? Ah, é que o que dizes é verdade.

— Dize de outra forma.

— Vou ver; mas se não queres dessa vez...

— Que?

— Nada. Oras, não me olhes assim.

— Não estou te olhando.

Ela então decidiu dizer em voz muito baixa:

— Por María, que te…

— Ama tanto — concluí, tomando suas mãos entre as minhas que, com seu gesto, confirmavam sua inocente súplica.

— Dize-me agora — insistiu.

— Tenho te enganado, porque não me atrevi a confessar-te o quanto te amo, na verdade.

— Mas, oras! E por que não disseste?

— Porque tive medo…

— Medo de quê?

— De que me ames menos, menos do que eu.

— Por isso? Então o enganado és tu.

— Se eu tivesse te contado…

— E os olhos não dizem essas coisas sem querer?

— Crês que seja assim?

— Porque os teus me ensinaram. Dize-me agora a razão por que estiveste assim esta noite. Não viste o doutor esses dias?

— Sim.

— O que ele te disse sobre mim?

— O mesmo de antes: que terás novidades; não fales disso.

— Uma palavra e nada mais: o que mais ele disse? Ele acredita que minha enfermidade

é a mesma de minha mãe... e talvez tenha razão.

— Oh! Não, ele nunca disse isso. E já não estás bem?

— Sim; e apesar disso muitas vezes... muitas vezes pensei com horror nesse mal. Mas tenho fé que Deus me ouviu: pedi-lhe com tanto fervor que não me volte a suceder...

— Talvez não tanto quanto eu.

— Pede sempre a ele.

— Sempre, María. Olha: sim, é verdade que há uma razão para que eu parecesse ter me esforçado esta noite para ficar calmo; mas já vês que me fizeste esquecer faz muito tempo.

Contei a ela a notícia que tínhamos recebido havia dois dias.

— E essa ave preta! — ela disse assim que terminei; e voltava seu olhar com terror para meu quarto.

— Como podes te preocupar tanto com uma coincidência?

— O que sonhei essa noite é o que me preocupa.

— Insistes em não me contar?

— Hoje não; algum dia. Conversemos um pouco com Emma antes de ir embora: é tão boa para conosco…

Em meia hora nos separamos, prometendo acordar bem cedo para empreendermos nossa viagem à paróquia.

Antes das cinco, Juan Ángel bateu à minha porta. Felipe e ele fizeram tanto barulho no corredor para providenciar arreios de montar e preparar os cavalos, que antes do que esperavam fui em sua ajuda.

Com tudo preparado, María abriu a porta do salão; estendendo-me uma xícara de café, de duas que Estefana levava, deu-me bom dia, e chamou Felipe em seguida para receber a outra.

— Hoje, sim — disse, sorrindo maliciosamente. O que é o medo; e o retinto está furioso.

Ela estava tão encantadora quanto meus olhos aparentavam ter dito: um gracioso chapéu de veludo preto, adornado com fitas escocesas e preso ao seu queixo com outras semelhantes, que na aba deixavam ver, meio escondida por uma fita azul, uma rosa ainda salpicada de orvalho, que repousava sobre as espessas e brilhantes tranças cujas extremidades ela escondia: com uma das mãos, ajeitava a saia preta, que apertava sob um corpete da mesma cor um cinto azul com um broche de brilhantes, e uma larga capa se desprendia de seus ombros em numerosas dobras.

— Em qual cavalo queres ir? — perguntei-lhe.

— No retinto.

— Mas não pode ser! — respondi, surpreso.

— Por quê? Temes que me derrube?

— Claro que sim.

— Mas, se já montei nele uma vez! Por acaso sou como antes? Pergunta a Emma se não é verdade que sou mais ousada que ela. Verás que mansinho é comigo.

— Mas, e se ele não deixar que o toquem? E, como faz tanto tempo que não o monta, ele pode se assustar com a saia.

— Prometo não lhe mostrar nem o chicote.

Felipe, cavaleiro já no Chivo (que era o nome de seu cavalinho castanho), fustigava-o com suas esporas novas, andando pelo pátio.

Minha mãe também estava pronta para partir; coloquei-a em seu corcel favorito, o único que, segundo ela, não era uma fera. Não estava muito tranquilo quando fiz María montar o retinto: ela, antes de saltar da escadinha para a sela, acariciou o pescoço do cavalo, até então inquieto: este ficou imóvel, esperando sua carga, e mordia o freio, atento ao menor ruído da roupagem.

— Vês? — disse-me María, já sobre o animal —; ele me conhece: quando papai o comprou para ti, tinha esta pata doente e eu fazia com que Juan Ángel tratasse bem todas as tardes.

O cavalo espirrava inquieto outra vez, porque certamente conhecia aquela voz carinhosa.

Partimos, e Juan Ángel nos seguiu, levando sobre a cabeça da sela o fio que continha os vestidos de que as senhoras precisavam na cidade.

O cavalo de María, orgulhoso de seu peso, parecia querer mostrar o passo mais suave e arejado: sua crina azeviche tremia sobre o pescoço arqueado e, caindo pelo meio das orelhas curtas e inquietas, vendava-lhe, inoportuna, os olhos brilhantes. Nele ia María com o mesmo ar de natural abandono do que quando estava descansando em uma poltrona macia.

Depois de caminhar algumas quadras, pareceu-lhe ter perdido completamente o medo do cavalo; e, notando que eu estava inquieto pelo brio do animal, dizia-me, de modo que minha mãe não conseguisse ouvi-la:

— Vou dar-lhe um golpe, só um.

— Cuidado ao fazer isso.

— É só um, para que vejas que não faz nada. Tu és um ingrato com o retinto, pois amas mais a este ruço em que estás montado.

— Agora que este te conhece tanto, não será mais assim.

— Ias neste, na noite em que foste chamar o doutor.

— Ah, sim! É um excelente animal.

— E, ao final de tudo, não o estima tanto quanto ele merece.

— Tu menos ainda, porque queres mortificá-lo inutilmente.

— Verás que ele não faz nada.

— Cuidado, cuidado, María! Faze-me o favor de dar-me o arreio.

— Deixaremos para depois, quando chegarmos à planície.

Ela ria da ansiedade que tal ameaça me causava.

— O que está acontecendo? — perguntou minha mãe, que ia já ao nosso lado, pois eu havia encurtado o passo para esse fim.

— Nada, senhora — respondeu María —: Efraín está convencido de que o cavalo vai me derrubar.

— Mas se tu... — comecei a responder-lhe, e ela, após colocar dissimuladamente a pontinha do látigo nos lábios em um gesto de silêncio, entregou-mo.

— E por que estás tão corajoso hoje? — perguntou-lhe minha mãe. — Na outra vez em que montaste esse cavalo, tiveste medo dele.

— E ele teve de ser mudado — acrescentou Felipe.

— Vós estais a me deixar muito mal — respondeu María, olhando corada para mim —: O senhor estava já convencido de que eu era muitíssimo experiente.

— Então não tens medo hoje? — insistiu minha mãe.

— Sim, tenho — respondeu-lhe —; mas nem tanto, porque o cavalo está manso; e, como há quem o repreenda se ficar irritado...

Quando chegamos aos pampas, o sol, rasgadas já as brumas que cobriam as montanhas atrás de nós, envolvia em brilho metálico as florestas que, em faixas tortuosas ou em grupos isolados, interrompiam a planície de quando em quando: as linfas dos riachos que vadeávamos, iluminadas por aquela luz, corriam a perder-se nas sombras, e as ondas distantes do Sabaletas pareciam de prata líquida e cercadas por florestas azuis.

María deixou então cair o véu sobre seu rosto e, através da inquieta gaze da cor do céu, buscava algumas vezes meus olhos com os seus, ante os quais todo o esplendor da natureza que nos rodeava me era quase indiferente.

Ao entrarmos nos grandes bosques, atravessada a planície, fazia muito tempo que María e eu guardávamos silêncio; somente Felipe não havia interrompido a conversa, fazendo mil perguntas a minha mãe sobre tudo o que via.

No momento em que María esteve perto de mim, disse-me:

— No que pensas tanto? Voltaste a estar como ontem à

noite, e faz um tempo que não estavas assim. É, enfim, tão grande essa desgraça que aconteceu?

— Eu não pensava nela; tu me fizeste esquecê-la.

— É tão irremediável essa perda?

— Talvez não. O que tenho pensado é na felicidade de Braulio.

— Na dele, apenas?

— Para mim é mais fácil imaginar a de Braulio. Ele será a partir de hoje completamente feliz; e eu vou ausentar-me, vou te deixar por muitos anos.

Ela havia me ouvido sem me olhar e, erguendo por fim os olhos, nos quais não havia se apagado o brilho de felicidade com que aquela manhã os iluminara, respondeu-me, levantando o véu:

— Essa perda não é, pois, muito grande?

— E por que insistes em falar dela?

— Não adivinhas? Somente eu pensei assim, e isso me convence de que não devo confiar-te meu pensamento. Prefiro que não fiques contente por me teres visto alegre hoje depois do que me contaste à noite.

— E essa notícia te deixou feliz?

— Tristeza quando me disseste; mas, mais tarde…

— Mais tarde o quê?

— Pensei o contrário.

— O que te fez passar da tristeza à alegria.

— Nem tanto, mas…

— Estar como estás hoje.

— Não estou dizendo? Eu sabia que não gostarias de me ver assim, e não quero que creias que eu seja capaz de algo estúpido.

— Tu? E imaginas que isso possa vir a acontecer?

— Por que não? Sou uma moça capaz, como qualquer outra, de não ver coisas sérias como deveriam ser vistas.

— Não; tu não és assim.

— Sim, senhor, sim; pelo menos até eu me desculpar. Mas falemos um pouco com mamãe, para não achar estranho que converses muito comigo, e enquanto isso eu resolverei te contar tudo.

Assim o fizemos; mas, depois de um quarto de hora, meu cavalo e o de María voltaram a parear-se. Saímos novamente para o campo e vimos branquear-se a torre paroquial e colorirem-se os telhados das casas no meio da folhagem dos pomares.

— Fala, María — disse-lhe então.

— Já vês que tu mesmo estás disposto a desculpar-me. E se o motivo que te vou dizer que não é suficiente? Melhor teria sido melhor não ficar contente; mas, como não quiseste ensinar-me a fingir...

— Como ensinar-te o que não sei?

— Que boa memória! Esqueceste o que me dizias ontem à noite? Vou me aproveitar dessa lição.

— A partir de hoje?

— De agora em diante não — respondeu ela, sorrindo da gravidade que eu estava tentando fingir —. Olha, então: não tenho conseguido não ficar contente hoje, porque, depois que nos separamos ontem à noite, pensei que dessa perda sofrida por papai pode resultar... E o que pensaria ele de mim se soubesse disso?

— Explica-te e eu te direi o que pensaria.

— Se essa soma que foi perdida é tanta — resolveu-se a me contar então, penteando a crina do cavalo com o cabo do látigo, que já lhe havia devolvido — papai precisará mais de ti... ele consentirá que os ajudes a partir de agora...

— Sim, sim — respondi-lhe, dominado por seu olhar tímido e ansioso ao confessar-me o que ela tanto temia que poderia mostrá-la culpada.

— Então é verdade que sim?

— Aliviarei meu pai da promessa que me fez de enviar-me à Europa para terminar meus estudos; prometer-lhe-ei lutar a seu lado até o fim para salvar seu crédito, e ele consentirá; deve consentir... assim não nos separaremos tu e eu nunca... nos separarão. E então em breve...

Sem levantar os olhos, indicou-me que sim e, oculta pelos

cabelos, aos quais a brisa agitava, sua modéstia era a modéstia de um anjo.

Quando chegamos à cidade, veio Braulio nos cumprimentar e nos contar que o padre nos estava esperando. Minha mãe e María haviam trocado de vestido, e saímos.

O velho padre, ao ver-nos aproximar-nos de sua casinha situada ao lado da igreja, veio ao nosso encontro, convidando-nos para almoçar com ele, pelo que nos desculpamos quando finalmente conseguimos.

Quando a cerimônia começou, o rosto de Braulio, ainda que um tanto pálido, denunciava sua felicidade. Tránsito olhava tenazmente para o chão, e respondeu com voz alterada quando chegou a sua vez; José, posicionado ao lado do padre, segurava com mão trêmula uma das velas; e seus olhos, que passavam constantemente do rosto do sacerdote para o da filha, não se podia dizer que estavam chorosos, e sim que haviam chorado.

Enquanto o ministro abençoava as mãos enlaçadas dos noivos, Tránsito se atreveu a olhar para seu marido: naquele olhar havia amor, humildade e inocência. Era a única promessa que podia fazer ao homem que amava, depois da que acabara de pronunciar diante de Deus.

Ouvimos todos a missa e, ao sairmos da igreja, nos disse Braulio que, enquanto montávamos nossos cavalos, eles iriam sair do povoado; mas não os alcançaríamos muito depois.

Após meia hora alcançamos o lindo casal e José, que estava à frente com a velha mula ruça que ele havia carregado com os presentes para o padre, legumes para o mercado e roupas de gala para as crianças. Tránsito já estava indo somente com seu vestido de domingo; o da noiva não lhe assentava bem: chapeuzinho de jipijapa, por baixo do qual as tranças caíam sobre o lenço preto de um detalhe vermelho do traje: a saia de algodão rosa com muitos boleros e ligeiramente encolhida para protegê-la do orvalho das pastagens, às vezes deixava à mostra seus lindos pés, e a cintura, quando descuidada, a camisa bordada de seda branca preto e vermelho.

Diminuímos o ritmo para acompanhá-los um pouco e esperar minha mãe. Tránsito vai ao lado de María, tirando de sua saia os fiapos que a grama havia colado nela; falava pouco, e em seu porte e rosto se descobria um tal conjunto de modéstia, reconhecimento e prazer que é difícil imaginar.

Quando nos despedimos deles, prometendo-lhes naquela tarde ir à montanha, Tránsito sorriu para María com uma doçura quase fraternal: essa segurou entre as suas a mão que a afilhada lhe oferecia timidamente, dizendo:

— Me deixa triste pensar que farás todo o trajeto a pé.

— Por que, senhorita?

— Madrinha, não?

— Sim, sim.

— Bem. Iremos de pouco em pouco; certo? — disse ela, dirigindo-se aos montanheses.

— Sim — respondeu Braulio —; e, se hoje não te envergonha apoiar-se em mim para subir as encostas, não chegarás tão cansada.

Minha mãe, que com Felipe nos alcançou nesse momento, instou a José a levar a família no dia seguinte para comer conosco, e ele se comprometeu a trabalhar duro para que isso acontecesse.

A conversa se generalizou durante o retorno, com o que María e eu tentamos distrair minha mãe, a qual reclamava do cansaço, como sempre quando andava a cavalo. Somente ao nos aproximarmos de casa, disse-me María numa voz que só eu conseguia ouvir:

— Dirás isso ao papai hoje?

— Sim.

— Não lhe contes hoje.

— Por que?

— Porque não.

— Quando queres que eu lhe diga?

— Se, passados estes oito dias, ele nada lhe falar sobre a viagem, procure uma oportunidade para lhe dizer. E, sabes o que será o melhor? Um dia depois que tiverdes trabalhado muito juntos: bem capaz de que ele esteja muito agradecido pelo quanto o ajudas.

— Mas, enquanto isso, não poderei suportar a impaciência em que me terá o não saber se me permite.

— E se não lhe convier?

— Tens medo disso?

— Sim.

— E o que faremos então?

— Tu, obedecê-lo.

— E tu?

— Ah! Quem sabe.

— Deves acreditar que aceitará, María.

— Não, não; porque, se me tiver enganado, sei que esse engano me causaria um mal muito grande. Mas faze como te digo: assim pode ser que tudo acabe bem.

XXXVI

Havíamos chegado. Achei estranho ver fechadas as janelas do aposento da minha mãe. Eu a havia ajudado a apear e estava fazendo o mesmo com María quando Heloísa veio nos receber, insinuando-nos com gestos que não deveríamos fazer barulho.

— Papai — disse ela — foi para a cama de novo, porque está doente.

Somente María e eu pudemos adivinhar a causa e nossos olhares se encontraram para revelá-la. Ela e minha mãe entraram imediatamente para ver meu pai; eu as segui. Como ele sabia que estávamos preocupados, disse-nos em voz alta, gaguejando de frio:

— Não é nada; talvez eu tenha me levantado sem cautela e me um resfriei.

Suas mãos e pés estavam rígidos e sua testa, quente.

Depois de meia hora, María e minha mãe já se achavam com as roupas de casa. Foi servido o almoço, mas elas não compareceram à sala de jantar. Ao me levantar da mesa, chegou Emma para me dizer que meu pai estava me chamando.

A febre havia aumentado. María estava de pé e encostada em uma das cabeceiras da cama; Emma ao seu lado e minha mãe na outra cabeceira.

— Apague algumas dessas luzes — meu pai disse quando entrei.

Havia apenas uma, e estava sobre a mesa que lhe ocultavam as cortinas.

— Aqui está Efraín — disse-lhe minha mãe.

Pareceu-nos que não havia ouvido. Passado um momento, disse como para si mesmo:

— Isso só tem um remédio. Por que não vem Efraín a despachar tudo de uma vez?

Avisei a ele que estava presente.

— Bem — continuou —, Traga-as para eu assinar.

Minha mãe apoiava a testa em uma das mãos. María e Emma tratavam de saber, olhando para mim, se realmente existiam tais cartas.

— Assim que o senhor estiver mais descansado, tudo se despachará melhor.

— Que homem! Que homem! — murmurou; e, em seguida, ficou entorpecido.

Chamou-me no salão minha mãe e me disse:

— Parece-me que devíamos chamar o doutor: o que me dizes?

— Creio que deve ser chamado; porque, mesmo que a febre passe, nada se perde com fazer com que venha, e se...

— Não, não — interrompeu ela —: sempre que alguma enfermidade começa assim, é grave.

Depois de enviar um pajem em busca do médico, voltei para junto de meu pai, que me chamava outra vez.

— A que horas voltaram? — perguntou.

— Há mais de uma hora.

— Onde está tua mãe?

— Vou chamá-la.

— Que não saiba de nada.

— Sim, senhor; fique tranquilo.

— Colocaste este pós-escrito à carta?

— Sim, senhor.

— Tiraste do armário aquela correspondência e os recibos?

Certamente o dominava a ideia de remediar a perda que havia sofrido. Havia minha mãe ouvido esse último diálogo e, como ele parecesse ter dormido, perguntou-me:

— Teu pai sentiu algum desconforto esses dias? Recebeu alguma notícia má? O que não quer que eu saiba?

— Nada aconteceu, nada que esteja escondido da senhora — respondi, fingindo a maior naturalidade que me foi possível.

— Então, o que significa esse delírio? Quem é o homem de quem parece reclamar...? De que cartas fala tanto?

— Não consigo adivinhar, senhora.

Ela não ficou satisfeita com minhas respostas; mas eu não devia dar-lhe outras.

Às quatro da tarde chegou o médico. A febre não havia cedido, e o paciente continuava a delirar às vezes e ficava letárgico em outras. Todos os remédios caseiros que lhe foram aplicados para o suposto resfriado haviam sido até então ineficazes.

Tendo o médico indicado que preparassem um banho e o necessário para aplicar ventosas em meu pai, foi comigo para o meu quarto. Enquanto preparava uma poção, tratei de saber seu conceito sobre a enfermidade.

— É, provavelmente, uma febre cerebral — ele me disse.

— E essa dor de que reclama na região do fígado?

— Não tem nada a ver uma com a outra, mas não é desprezível.

— Parece-lhe muito grave o mal?

— Assim costumam começar essas febres, mas, se atacadas a tempo, consegue-se muitas vezes vencê-las. Seu pai tem estado muito cansado esses dias?

— Sim, senhor. Estivemos até ontem nas fazendas de abaixo e ele teve muito o que fazer.

— Teve algum contratempo, algum desgosto grave?

— Creio que devo falar-lhe com a franqueza que circunstâncias exigem. Há três dias recebeu a notícia de que um negócio, cujo sucesso precisava contar, não obteve êxito.

— E isso lhe causou uma grande impressão? Perdoe-me o senhor se lhe falo desta maneira; creio que é indispensável fazê-lo. Terá o senhor oportunidades durante seus estudos, e mais frequentemente na prática, para se convencer de que existem enfermidades que, provenientes de sofrimentos do espírito, são disfarçadas com sintomas de outras, ou se confundem com outras, mais conhecidas pela ciência.

— Pode o senhor ficar seguro de que esse infortúnio de que lhe falei foi a principal causa da enfermidade. E, sim, é indispensável adverti-lo de que minha mãe ignora o ocorrido, pois meu pai queria que assim fosse para evitar-lhe o pesar que lhe era consequente.

— Está bem: o senhor agiu perfeitamente em falar comigo desse modo: fique certo de que saberei guardar prudentemente o segredo. Quanto sinto tudo isso! Agora iremos por um caminho mais seguro. Vamos — acrescentou, ficando de pé e pegando o copo onde havia misturado as drogas —: creio que isso terá um efeito muito bom.

Já eram duas da manhã. A febre não havia cedido nem um pouco.

O doutor, depois de vigiar até aquela hora, retirou-se, suplicando que o chamássemos se se apresentasse algum sintoma alarmante.

A alcova, escassamente iluminada, estava em profundo silêncio.

Permanecia minha mãe numa poltrona perto da cabeceira: pelo movimento de seus lábios e pela direção de seus olhares, fixados em um *Ecce Homo* pendurado sobre a porta que dava entrada da sala para o aposento, via-se que orava. Mas, pelas palavras que do delírio de meu pai eu havia entendido, nada do que aconteceu lhe era ocultado. Ao pé da cama, ajoelhada num sofá e meio escondida pelas cortinas, tentava María devolver o calor aos pés do adoentado, que novamente havia se queixado de frio. Aproximei-me dela para lhe dizer, muito calmo:

— Pode ir descansar um pouco.

— Por que? — respondeu-me, erguendo a cabeça, que havia apoiado em um dos braços; cabeça tão bela no desalinho do fim da noite como quando estava primorosamente adornada no passeio da manhã anterior.

— Porque vai te fazer mal ficar acordada a noite toda.

— Não acredites nisso; que horas são?

— Devem ser três.

— Não estou cansada; logo amanhecerá. Dorme tu enquanto isso, e se necessário te irei chamar.

— Como estão os pés?

— Ah! Muito frios.

— Deixa eu te substituir por um tempo, e depois me retirarei.

— Está bem — respondeu ela, levantando-se com cuidado para não fazer o menor barulho.

Ela me entregou a escova, sorrindo enquanto me mostrava como esfregar a planta dos pés. Depois que ocupei seu lugar, disse-me:

— É só um momento, enquanto vou ver o que tem Juan e volto.

O pequenino havia despertado e a chamava, sentindo falta de vê-la por perto. Ouviu-se depois a voz calma de María, que falava com ternura a Juan, para garantir que não se levantasse, e o ruído dos beijos com que o acariciava. Não demorou muito para o relógio bater as três: María voltou para reclamar o seu lugar.

— Está na hora da bebida?

— Creio que sim.

— Pergunta à minha mãe.

Levando ela a poção e eu, a luz, nos acercamos do leito. Aos nossos apelos, meu pai abriu os olhos, nobremente injetados, e procurou fazer-lhes sombra com uma das mãos, incomodado pela luz. Foi instado a tomar a bebida. Sentou-se, voltando a reclamar da dor no lado direito das costas, e, após examinar tudo ao seu redor com um olhar incerto, disse algumas palavras, das quais se ouviu "sede".

— Isso vai acalmá-la — observou minha mãe, entregando-lhe o copo.

Deixou-se cair de costas nos travesseiros, dizendo ao levar ambas as mãos ao cérebro:

— Aqui!

Conseguimos, de novo, que fizesse um esforço para se levantar; mas inutilmente.

O semblante de minha mãe dava a saber o que aquela prostração lhe recordava.

Sentando-se María à beira da cama e apoiada nos travesseiros, disse ao doente com sua voz mais carinhosa:

— Papai, tente se levantar para pegar isso. Eu vou ajudar o senhor.

— Vejamos, filha — respondeu, com voz fraca.

Ela conseguiu deitá-lo sobre seu peito, enquanto o sustentava pelas costas com o braço esquerdo. As negras tranças de María sombrearam aquela cabeça grisalha e venerável a que tão ternamente oferecia ela seu seio como almofada.

Depois de ele tomar a poção, minha mãe me entregou o copo e María voltou a colocar meu pai suavemente sobre os travesseiros.

— Ah! Jesus! Como está prostrado! — disse-me em voz muito baixa, depois que nos encontramos junto à mesa onde ela colocava a lamparina.

— Essa bebida é entorpecente — falei, para ela se acalmar.

— Mas o delírio já não é tão constante. O que te disse o doutor?

— Que é preciso esperar um pouco para tomar remédios mais fortes.

— Vai para a cama, que nós daremos conta: olha, são três e meia. Vou acordar Emma para vir comigo e tu farás mamãe descansar também por algum tempo.

— Estás pálida; isso vai te fazer muitíssimo mal.

Ela estava diante do espelho da penteadeira de minha mãe e olhou para si mesma, passando as mãos pelas têmporas para arrumar os cabelos ao me responder:

— Nem tanto: tu verás como não aparece nada.

— Se descansares um pouco agora, pode ser que não. Eu te chamo quando for dia.

Consegui que as três me deixassem só e sentei-me na cabeceira.

O sono do adoentado continuou intranquilo e, às vezes, se lhe ouviam palavras mal articuladas pelo delírio...

Durante uma hora desfilaram em minha imaginação todas as imagens horríveis que viriam depois de um infortúnio, no qual eu não conseguia parar de pensar sem que meu coração se apertasse dolorosamente.

Começava a amanhecer: algumas linhas luminosas entravam pelas frestas das portas e janelas; a luz da lâmpada foi ficando cada vez mais pálida; ouviam-se já os cantos das curicacas e das aves domésticas.

Entrou o doutor.

— Elas o chamaram?

— Não; é que preciso estar aqui agora. Como tem estado?

Indiquei-lhe o que havia observado; tomou-lhe o pulso, olhando ao mesmo tempo seu relógio.

— Absolutamente nada — disse, como para si mesmo —. A bebida? — acrescentou.

— Tomou-a mais uma vez.

— Vamos lhe dar outra dose; e, para não o incomodar novamente, vamos lhe fazer compressas.

Fizemos tudo, ajudados por Emma.

O médico estava visivelmente preocupado.

XXXVII

Depois de três dias, a febre ainda resistia a todos os esforços do médico para combatê-la: os sintomas eram tão alarmantes que nem ele próprio conseguia ocultar em certos momentos a angústia que o dominava.

Eram doze da noite. O médico me chamou disfarçadamente ao salão para me dizer:

— O senhor não ignora o perigo em que se encontra seu pai: não me resta mais outra esperança além daquela que tenho nos efeitos de uma copiosa sangria que vou fazer-lhe, para a qual está preparado convenientemente. Se ela e os medicamentos que tomou esta tarde não produzirem de agora até o amanhecer uma excitação e um delírio crescentes, será mais difícil agenciar uma crise. É hora de confidenciar ao senhor — continuou depois de alguma pausa — que, se ao começo do dia lhe sobrevier uma crise, não me restará mais nada a fazer. Por enquanto faça com que a senhora se retire, porque, aconteça ou não o que desejo, ela não deve estar no quarto: já passa da meia-noite, e essa é uma boa desculpa para lhe suplicar que descanse um pouco. Se julgar apropriado, peça também às senhoritas que nos deixem a sós.

Observei-lhe que estava certo de que elas resistiriam e que, se eu conseguisse, isso poderia deixar minha mãe ainda mais desconsolada.

— Vejo que o senhor assume o controle do que está ocorrendo sem perder a coragem que o caso exige — disse-me ele, examinando escrupulosamente, à luz da vela mais próxima, as lancetas do seu estojo de bolso —. Não há necessidade de se desesperar ainda.

Saímos do salão para colocar em prática o que ele considerava ser o último recurso.

Meu pai estava dominado pela mesma sonolência: durante o dia e boa parte da noite, não havia cessado o delírio. Sua imobilidade tinha algo da que produz o esgotamento das últimas forças: quase surdo a todo chamado, somente os olhos, que abria com dificuldade algumas vezes, permitiam-lhe saber que estava ouvindo, e sua respiração era sofrida.

Minha mãe soluçava, sentada à cabeceira da cama, apoiando a testa nos travesseiros e segurando uma das mãos do meu pai. Emma e María, ajudadas por Luísa, que naquela noite veio para substituir as filhas, preparavam os suprimentos para o banho em que se daria a sangria.

Mayn pediu luz; María a aproximou-a da cama: pelo rosto lhe rolavam como se fossem algumas lágrimas, enquanto o médico fazia o exame que desejava.

Naquele momento, terminado tudo que o médico considerava como último recurso, disse-nos:

— Quando o relógio bater duas e meia, devo estar aqui; mas, se o sono me vencer, mandem me chamar.

Apontando em seguida para o doente, acrescentou:

— Ele deve ficar em absoluta calma.

E retirou-se, depois de ter contado, quase sorrindo, alguma anedota às moças sobre a necessidade que os idosos têm de dormir na hora certa: jovialidade digna de gratidão, pois não tinha outro objetivo senão tranquilizá-las.

Minha mãe voltou para ver se o que o médico vinha fazendo havia uma hora produziu algum efeito consolador; mas conseguimos convencê-la de que ele estava cheio de esperança para o dia seguinte; e oprimida pelo cansaço, foi dormir no aposento de Emma, onde ficou Luísa para lhe fazer companhia.

O relógio bateu duas horas.

María e Emma já sabiam que o doutor esperava a manifestação de certos sintomas, e observaram por muito tempo com grande curiosidade o sono de meu pai. O doente parecia mais tranquilo, e havia pedido água uma vez, embora com voz muito fraca, bastante inteligível, o que lhes deu esperança de que a sangria produziria bons resultados.

Emma, após inúteis esforços para evitá-lo, adormeceu na poltrona que estava junto à cabeceira da cama. María, reclinada a princípio em um dos braços do pequeno sofá que ocupávamos, havia deixado cair sobre ele, rendida por fim, a cabeça, cujo perfil se destacava no damasco cor de púrpura dos travesseiros; tendo descoberto o lenço de seda que usava, de sombras e rodando sobre o nevado linho da saia que, com os boleros gastos, parecia, em favor da sombra, feita de espumas. No meio do silêncio ao nosso redor percebia-se sua respiração, suave como a de uma criança que dormisse em nossos braços.

Tocou três horas. O ruído do relógio fez com que María fizesse um leve movimento como para se recompor; mas foi outra vez mais poderoso o sono do que sua vontade. Afundada a cintura nas roupas que dela desciam até o tapete, ficava visível um pé quase infantil, calçado com uma sandália vermelha pontilhado de lantejoulas.

Contemplava-a com uma indescritível ternura, e, meus olhos, por vezes voltados para o leito de meu pai, tornaram a procurá-la, porque minha alma estava ali, acariciando aquela testa, ouvindo as batidas daquele coração, esperando para ouvir a cada instante alguma palavra que me revelasse um de seus sonhos, pois seus lábios pareciam tentar gaguejá-lo.

Um gemido doloroso do paciente interrompeu aquela alienação aliviadora do meu espírito e a realidade reapareceu tão assustadora quanto era.

Aproximei-me do leito: meu pai, que se apoiava em um dos braços, olhou-me com tenaz fixidez, dizendo-me por fim:

— Traz-me roupas, que é muito tarde agora.

— Já é noite, senhor — respondi.

— Como assim é noite? Quero me levantar.

— É impossível — observei-lhe suavemente —; Não vê o senhor que isso lhe causaria muito dano?

Deixou cair a cabeça nos travesseiros e pronunciava em voz baixa palavras que não entendi, enquanto movia as mãos pálidas e enfraquecidas, como se estivesse fazendo uma conta. Ao vê-lo procurar algo ao seu lado, apresentei-lhe meu lenço.

— Obrigado — ele me disse, como se estivesse conversando com um estranho; e, depois de enxugar os lábios com ele, procurou na colcha que o cobria um bolso para guardá-lo.

Adormeceu novamente por alguns momentos. Aproximava-me da mesa para saber a hora em que o delírio havia começado, quando ele, sentado na cama e descerrando as cortinas que lhe escondiam a luz, deixou ver a cabeça lívida e de assombrado olhar, dizendo-me:

— Quem está aí...? Olá, Olá!

Vencido por certo espanto invencível, apesar do que prometia um delírio tão parecido com a loucura, tentei convencê-lo a ficar deitado. Pregando em mim um olhar quase terrível, perguntou-me:

— Não estava ele aqui? Neste momento havia se levantado da cadeira.

— Quem?

Pronunciou o nome que eu temia.

Depois de um quarto de hora, recompôs-se outra vez, dizendo-me já com voz mais vigorosa:

— Não permitas que ele entre. Que espere por mim. Dá-me a roupa.

Supliquei-lhe que não insistisse em se levantar, mas em tom imperativo ele replicou:

— Oh, que tolice...! A roupa!

Ocorreu-me que María, que havia exercido sobre ele, em momentos semelhantes, uma influência tão poderosa, poderia me ajudar; mas decidi não me afastar de seu leito, com medo de que meu pai se levantasse. O real estado de fraqueza em que se encontrava impedia-o de permanecer muito tempo sentado, e ele voltou a reclinou-se, aparentemente calmo. Então me aproximei de María e, tomando-lhe a mão que pendia sobre a saia, chamei-a bem baixinho. Ela, sem afastar a mão da minha, voltou a recompor sem abrir os olhos; mas, assim que me viu, se apressou em cobrir os ombros com o lenço e, levantando--se, disse-me:

— Ah! Precisa de algo?

— Sim — respondi-lhe — pois o delírio começou, e desejo que me acompanhes caso o ataque seja muito forte.

— Quanto tempo faz?

— Vai para uma hora.

Ela se aproximou do leito quase feliz com a boa notícia que lhe dava, e, afastando-se na pontinha dos pés, veio me dizer:

— Mas ele está dormindo outra vez.

— Verás que isso dura pouco.

— E por que não me acordaste antes?

— Dormias tão profundamente que meu deu pena fazer isso.

— E Emma também? É culpa dela eu ter adormecido.

Ela se aproximou de Emma e disse:

— Olha, como está linda! Coitadinha, vamos acordá-la?

— Podes ver — respondi — que dá pena acordar alguém que dorme assim.

Tomou minha irmã pelo lábio inferior e, segurando-a depois com ambas as mãos pela cabeça, ela a chamou, curvando-se até que se tocassem as suas testas. Emma despertou quase assustada, mas, sorrindo logo depois, tomou, entre as suas, as mãos com que María acariciava as têmporas.

Meu pai acabava de sentar-se com facilidade maior do que até então havia tido. Permaneceu por alguns momentos em silêncio, como se espiasse os ângulos escuros do aposento. As moças olharam para ele, aterrorizadas.

— Estou indo para lá! — finalmente irrompeu —; estou indo agora mesmo!

Procurou alguma coisa sobre a cama e, voltando-se de novo para quem julgava esperá-lo, acrescentou:

— Desculpe-me por fazer o senhor esperar um momento.

E, dirigindo-se a mim:

— Minha roupa… o que é isso!? A roupa!

María e Emma permaneciam imóveis.

— É que não está aqui — respondi —; foram trazê-la.

— Por que eles a levaram?

— Devem ter ido trocar por outra.

— Mas que demora é essa? — disse ele, enxugando o suor da testa —. Os cavalos estão prontos? — continuou.

— Sim, senhor.

— Vá avisar Efraín que espero por ele para montarmos antes que se faça tarde. Mova-se, homem! Juan Ángel, o café. Não, não… isso é intolerável!

E se aproximava da beira da cama para pular no chão. María chegou junto dele, dizendo:

— Não, papai, não faça isso.

— Não o quê? — respondeu-lhe asperamente.

— Se o senhor se levantar, o doutor ficará impaciente, porque lhe fará mal.

— Que doutor?

— Ora, o doutor que veio vê-lo, pois o senhor está doente.

— Eu me sinto bem, ouviu? Bem! E quero me levantar. Aquela criança onde está, que não aparece?

— É necessário que eu chame Mayn — disse, no ouvido de María.

— Não, não — respondeu-me, detendo-me com uma mão e escondendo com seu corpo aquele gesto a meu pai.

— Mas é essencial.

— Você não deve nos deixar sozinhos. Diga a Emma para acordar Luísa para que eu possa chamá-lo.

Fiz isso, e Emma saiu.

Meu pai insistia, já irritado, em se levantar. Tive que dar a ele as roupas que pedia e decidi ajudá-lo a vestir-se, fechando antes as cortinas. Ele pulou da cama assim que pensou estar vestido. Estava lívido, com a testa contraída; um tremor constante movia seus lábios como se ele estivesse possuído de raiva, e seus olhos tinham um brilho sinistro enquanto giravam nas órbitas procurando por algo em todas as partes. O pé sangrando impedia-o de andar bem, apesar de ter aceitado meu braço para se apoiar. María, em pé, com as mãos cruzadas sobre a saia e deixando conhecer em seu rosto a ansiedade e a dor que a angustiavam, não se atrevia a dar um passo em nossa direção.

— Abra essa porta — disse meu pai, aproximando-se da que conduzia ao oratório.

Eu o obedeci. O oratório estava sem luz. María apressou-se em nos preceder com uma e, colocando-a perto daquela bela imagem da Virgem que tanto lhe assemelhava, pronunciou algumas palavras que não ouvi, e seus olhos suplicantes fixaram-se, arrasados em lágrimas, no rosto da imagem. Meu pai deteve-se na soleira. Seu olhar ficou menos ansioso e ele se apoiou com mais firmeza em meu braço.

— O senhor deseja se sentar? — perguntei.

— Sim... bem... vamos — respondeu com voz quase suave.

Voltei a acomodá-lo na cama quando entrou o doutor; contei-lhe o que havia acontecido e ele pareceu feliz após aferir a pressão de meu pai.

Depois de meia hora, Mayn aproximou-se para examinar o paciente, que dormia profundamente; preparou uma poção e deu-a a María, dizendo:

— A senhorita vai dar isso a ele, instando-o a aceitar com esse doce que temos.

Ela pegou a xícara com certo receio e nos aproximamos da cama, levando eu a luz. O doutor escondeu-se atrás das cortinas para observar o paciente sem ser visto.

María chamou meu pai com o mais suave tom de voz. Ele, assim que despertou, levou a mão ao dorso, reclamando ao mesmo tempo; concentrou o olhar em em María, que o incentivava a tomar a poção, e disse:

— De colherada; não consigo me levantar.

Ela começou a dar-lhe assim a bebida.

— Está doce? — perguntou.

— Sim, mas não aguento mais.

— Está com muito sono?

— Sim. Que horas são?

— Vai amanhecer.

— Tua mãe?

— Descansando um pouco. Tome mais algumas colheradas disso, e dormirá muito bem.

Ele balançou a cabeça negativamente. María buscou os olhos do doutor para consultá-lo, e ele fez sinal para que lhe desse mais da bebida. O paciente resistia e ela lhe disse, fazendo um gesto de provar o conteúdo da xícara:

— Sim, é muito bom. Mais uma colherada, mais uma e só.

Os lábios do meu pai se contraíram e, tentando sorrir, receberam o líquido. María enxugou-os com seu lenço, dizendo-lhe com a mesma ternura com que costumava se despedir de Juan após deixá-lo na cama:

— Muito bem; agora durma bastante.

E cerrou as cortinas.

— Com uma enfermeira como a senhorita — observou o doutor no momento em que ela colocava a luz na mesa — nenhum dos meus pacientes morreria...

— Quer dizer que já...? Ela o interrompeu.

— Respondo por tudo.

XXXVIII

Passados dez dias, meu pai estava convalescente e a alegria tinha voltado à nossa casa. Quando uma enfermidade nos faz temer a perda de uma pessoa amada, esse medo acelera nossos mais doces afetos por ela, e há, no cuidado que lhe dispensamos, já afastado o perigo, uma ternura capaz de desarmar a própria morte.

O doutor havia recomendado que fosse dado ao espírito do doente a maior tranquilidade possível. Evitava-se cuidadosamente falar com ele sobre negócios. Depois que conseguiu levantar-se, incentivamo-lo a escolher um livro para ler de vez em quando e ele escolheu o *Diário de Napoleão em Santa Helena*, leitura que sempre o comovia profundamente.

Reunidos na sala de costura de minha mãe, Emma, María e eu nos revezávamos para ler; e, se alguma vez o notávamos dominado pela tristeza, Emma tocava o violão para distraí-lo. Outras vezes ele nos contava sobre os dias de sua infância, de seus pais e irmãos, ou nos referia com entusiasmo as viagens que havia feito em sua juventude. Às vezes, brincava com minha mãe criticando os costumes de Chocó, por rir ao ouvi-la defender sua terra natal.

— Quantos anos eu tinha quando nos casamos? — perguntou uma vez a ela, depois de terem conversado sobre os primeiros dias de seu casamento e de um incêndio que os deixou completamente arruinados dois meses depois de ocorrido aquele.

— Vinte e um — respondeu.

— Não, querida, tinha vinte anos. Eu enganei a senhora (era assim que ela chamava sua sogra) com medo de que pensasse que eu era muito jovem. Como as mulheres, quando seus maridos começam a envelhecer, nunca se lembram bem de quantos anos têm, fácil foi para mim retificar a conta mais tarde.

— Vinte anos, não mais? — Emma perguntou com admiração.

— Ouviste bem — minha mãe respondeu.

— E quantos tinha senhora, mamãe?

— Eu tinha dezesseis: um ano mais velha que você.

— Mas diga-lhe que conte — meu pai disse — a importância que dava a mim desde os quinze anos, que foi então quando decidi me casar com ela e me tornar cristão.

— Conte, mamãe — disse María.

— Pergunte primeiro a ele — respondeu minha mãe — o que ele decidiu por isso que ele chama de importância eu que lhe dava.

Todos nos voltamos para meu pai; e ele disse:

— A de me casar.

Essa conversa foi interrompida pela chegada de Juan Ángel, que vinha do povoado trazendo a correspondência. Entregou alguns jornais e duas cartas, ambos assinados pelo Sr. A***, e uma delas de data bem anterior.

Depois de ver as assinaturas, passei-as ao meu pai.

— Ah, sim — disse ele, devolvendo-me —; Eu estava esperando cartas dele.

A primeira se resumiu a anunciar que não poderia empreender viagem à Europa a não ser depois de quatro meses, o que nos avisava para que não apressássemos os preparativos para a minha. Não me atrevi a lançar um único olhar para María, com medo provocar uma emoção maior do que aquela que me dominava; mas veio em meu auxílio a reflexão que fiz instantaneamente de que, caso minha viagem não fosse frustrada, iam me faltar mais ainda do que três meses de felicidade. María estava pálida e deu desculpas de procurar algo na caixinha de costura que ela tinha sobre os joelhos. Meu pai, completamente calmo, esperou que eu terminasse de ler a primeira carta para dizer:

— O que se pode fazer? Passemos para a outra.

Li as primeiras linhas e, percebendo que seria impossível esconder o constrangimento, aproximei-me da janela como se quisesse ver melhor e poder assim virar as costas para aqueles que ouviam. A carta dizia isso, literalmente, em sua parte principal:

"Há quinze dias escrevi para o senhor informando que era obrigado a atrasar por mais quatro meses minha viagem; mas, tendo sido obrigado a reagir quando e como eu não esperava aos transtornos que surgiram, apressei-me em enviar-lhe esta carta para anunciar que no próximo dia 30 de janeiro estarei em Cali, onde espero encontrar Efraín para que possamos dar início à jornada em direção ao porto no dia 2 de fevereiro.

"Embora eu lamentasse saber que uma grave enfermidade o havia prostrado na cama, logo depois recebi a agradável notícia de que o senhor já estava fora perigo. Dou-lhe os parabéns ao senhor e à sua família pela rápida recuperação de sua saúde.

"Espero, pois, que não haja inconveniente algum para que o senhor me proporcione o prazer de levar a grata companhia de Efraim, por quem, como o senhor sabe, tive sempre tão particular carinho. Peço-lhe que mostre esta parte de minha carta".

Quando voltei a procurar meu assento, encontrei o olhar de meu pai fixo em mim. María e minha irmã iam naquele momento para o salão, e ocupei a poltrona que a primeira acabava de sair, por estar este assento mais à sombra.

— Quantos temos hoje? — perguntou meu pai.

— Vinte e seis — respondi-lhe.

— Só nos resta um mês; é necessário não adormecer.

Havia no tom com que ele pronunciou essas palavras e em seu semblante toda a tranquilidade que revela uma decisão imutável.

Um pajem entrou para me avisar que estava pronto o cavalo que uma hora antes havia sido preparado para ele.

— Quando voltares do passeio — meu pai me disse — responderemos essa carta, e tu mesmo a levarás para o povoado, visto que amanhã você teria de todo modo dar uma volta nas fazendas.

— Não vou demorar — disse, saindo.

Precisava esconder o que sofria, chamar na solidão aquela doce esperança que me havia envaidecido para em seguida deixar-me sozinho diante da realidade da temida jornada. Precisava chorar sozinho, para que María não visse minhas lágrimas... Ah! Se ela tivesse podido saber quantas fluíram do meu coração naquele momento, tampouco teria esperado mais.

Desci até as largas vaus do rio, onde aproximar-se das *llanuras* é menos impetuoso: formando majestosas curvas, passa inicialmente por entre colinas belamente atapetadas, das que rolam torrentes espumosas e continuam logo a acariciar a folhagem dos chapins e goiabeiras das margens; esconde-se mais tarde sob as últimas faixas montanhosas, onde parece dar, em murmúrios, seus últimos adeuses à solidão, e por fim perde-se na lonjura, muito longe nos pampas azuis, onde naquele momento o sol, ao se esconder, resplendia seu fluxo em cor lilás e dourada.

Quando regressei, subindo pelos sinuosos caminhos da ribeira, a noite estava já enfeitada com todos os esplendores do verão. As alvas espumas do rio passavam resplandecentes, e as ondas balançavam os canaviais como se contassem segredos às auras que vinham pentear-lhes a plumagem. Os não sombreados remansos refletiam em suas profundezas as trêmulas estrelas; e, onde as ramagens da selva de uma e outra margem se enlaçavam formando pavilhões misteriosos, brilhava a luz fosfórica dos vagalumes errantes. Só o grilar dos insetos noturnos perturbava aquele silêncio dos bosques; mas, de tempos em tempos, o bugio, guardião dos negros matagais, voava ao meu redor fazendo-me ouvir seu assobio sinistro.

A casa, embora já iluminada, estava silenciosa quando entreguei na estrebaria o cavalo a Juan Ángel.

Meu pai me esperava passeando pelo salão; a família se achava reunida no oratório.

— Estás atrasado — meu pai me disse —: queres que escrevamos essas cartas?

— Gostaria que primeiro falássemos algo sobre minha viagem.

— Pois não — ele me respondeu, sentando-se em um sofá.

Fiquei parado perto de uma mesa, de costas para a vela que nos iluminava.

— Depois da desgraça ocorrida — eu lhe disse —, depois dessa perda, cujo valor posso calcular, considero indispensável participar-lhe que não o julgo forçado a fazer o sacrifício que lhe exige a conclusão de meus estudos. Antes que os negócios da casa sofressem esse desfalque, indiquei ao senhor que me seria muito gratificante ajudá-lo em seu trabalho dali em diante; e à sua negativa de então nada pude replicar. Hoje as circunstâncias são muito diferentes: tudo me faz ter esperança de que o senhor aceite minha oferta; e de bom grado renuncio ao bem que o senhor me quer fazer mandando-me concluir a carreira, porque é um dever meu livrá-lo dessa espécie de compromisso que para comigo o senhor contratou.

— Tudo isto — respondeu ele — é até certo ponto criteriosamente pensado. Embora haja motivos pelos quais esta viagem te seja mais temível que antes, não posso deixar de saber que, apesar de tudo, o que te dominam ao falar assim nobres sentimentos. Mas devo te advertir que minha resolução é irrevogável. Os gastos que o restante de tua educação me causa não irão de forma alguma piorar minha situação e, uma vez concluída tua carreira, a família colherá frutos abundantes da semente que vou plantar. Ademais — acrescentou após uma breve pausa, durante a qual voltou a caminhar pelo salão —, creio que tens o nobre orgulho necessário para não tentares lamentavelmente interromper o que tão bem começaste.

— Farei tudo o que estiver ao meu alcance — respondi-lhe, já completamente desesperançado —, farei tudo o que puder para corresponder ao que o senhor espera de mim.

— Assim deve ser. Podes ir tranquilo. Tenho certeza de que, quando de teu regresso, já terei conseguido com sorte levar a cabo os projetos para pagar o que devo. Tua posição, pois, será muito boa dentro de quatro anos, e María então será tua esposa.

Permaneceu em silêncio outra vez por alguns momentos e detendo-se por fim na minha frente, disse:

— Vamos, então, escrever: traze aqui o que necessário, para que não me faça mal ir ao escritório.

Havia acabado de ditar uma longa e afetuosa carta ao Sr. A***, e queria minha mãe, que apareceu naquele momento no salão, ouvir sua leitura. Isso era o que eu estava lendo no momento em que María chegou trazendo o serviço de chá para meu pai, ajudada por Estefana:

"Efraín estará pronto para partir para Cali no dia 30 de janeiro; ele encontrará o senhor ali, e poderão seguir para Buenaventura em 2 de fevereiro, conforme o senhor desejar."

Seguiram-se as fórmulas de estilo.

María, a quem eu dava as costas, colocou sobre a mesa e ao alcance de meu pai o prato e a xícara que carregava. Fazendo isso, foi completamente iluminada pela luz da mesa: estava quase lívida; ao receber o bule que Estefana lhe presenteou, apoiou-se com a mão esquerda no encosto da cadeira que eu ocupava e teve de sentar-se no sofá próximo enquanto meu pai se servia de açúcar. Ele lhe estendeu a xícara e ela se levantou para enchê-la, mas sua mão tremia de tal maneira que, vendo meu pai que o chá estava derramando, olhou para María, dizendo:

— Chega... chega, filha.

A causa dessa perturbação não lhe era ocultada. Seguindo María com o olhar enquanto ela se dirigia apressadamente para a sala de jantar e, em seguida fixando-o em minha mãe, fez-lhe esta pergunta, que seus lábios não tinham necessidade de pronunciar:

— Estás vendo isso?

Todos permanecemos em silêncio; e logo saí a pretexto de levar para o escritório os objetos que havia trazido.

XXXIX

Às oito soou a campainha da sala de jantar; mas eu não considerei ter a serenidade necessária para estar perto de María depois do ocorrido.

Minha mãe bateu à porta de meu quarto.

— É possível — disse-me ela ao entrar — que tu te deixes dominar assim por esse pesar? Não poderás, pois, fazer-te tão forte quanto em outras ocasiões foste capaz? Assim há de ser, não só porque teu pai ficará desgostoso, mas também porque tu és chamado para dar ânimo a María.

Em sua voz havia, ao falar-me assim, havia um doce tom de protesto irmanado com a mais musical das ternuras.

Continuou fazendo-me a relação de todas as vantagens que me traria aquela viagem, sem dissimular as dores que teria de passar, e terminou me dizendo:

— Eu, nestes quatro anos em não estarás ao meu lado, verei em María não apenas uma filha querida, mas a mulher destinada a fazer-te feliz e que tanto soube merecer o amor que lhe tens; irei falar constantemente de ti e procurarei fazê-la esperar teu regresso como recompensa pela tua obediência e pela dela.

Levantei então a cabeça, que estava apoiada em minhas mãos sobre a mesa, e nossos olhos arrasados de lágrimas se procuraram e prometeram um ao outro o que os lábios não souberam dizer.

— Vai, então, para a sala de jantar — disse-me antes de sair — e dissimule o quanto te seja possível. Teu pai e eu temos conversado muito sobre ti, e é muito provável que ele decida fazer o que pode ser mais reconfortante para ti.

Somente Emma e María estavam na sala de jantar. Sempre que meu pai deixava de ir à mesa, eu ocupava a cabeceira. Sentadas em cada lado dela, ambas estavam esperando por mim. Algum tempo passou sem que falássemos. Suas fisionomias, ambas tão belas, denunciavam uma pena maior do que poderiam expressar; mas menos pálido estava o rosto de minha irmã e seus olhares não tinham aquela languidez brilhante de olhos formosos que haviam chorado. Esta me disse:

— Irás por fim para a fazenda amanhã?

— Sim, mas não ficarei aí por mais de dois dias.

— Levarás Juan Ángel para ver sua mãe; talvez ela tenha piorado.

— Eu o levarei. Higinio escreve que Feliciana está pior e que o doutor Mayn, que lhe prescrevia remédios, deixou de fazê-lo desde ontem, por ter seguido para Cali, onde era chamado com urgência.

— Dize à Feliciana muitas coisas afetuosas em nosso nome — disse-me María —; que, se ainda estiver doente, imploraremos à mamãe que nos leve para vê-la.

Emma mais uma vez interrompeu o silêncio que havia se seguido ao diálogo anterior para me dizer:

— Tránsito, Lucía e Braulio estiveram aqui esta tarde e lamentaram muito não te encontrar; deixaram-te muitas saudações. Nós tínhamos pensado em ir vê-las no próximo domingo; comportaram-se tão bem durante a doença de papai.

— Iremos na segunda-feira, já estarei aqui — respondi.

— Se tivesses visto como se entristeceram quando lhes falei sobre tua viagem para a Europa...

María me ocultou o rosto, virando-se como se procurasse alguma coisa ao lado da mesa, mas eu já tinha visto brilhar as lágrimas que ela tentava nos esconder.

Estefana veio naquele momento avisar-lhe que minha mãe a chamava.

Eu andava pela sala de jantar na esperança de poder falar com María antes de que se retirasse. Emma falava às vezes comigo como se quisesse me distrair das reflexões dolorosas que sabia estarem me atormentando.

A noite continuava serena; as roseiras estavam imóveis; nas copas das árvores próximas não se ouvia um sussurro; e apenas os soluços do rio perturbaram aquela calma e silêncio imponentes. Sobre a roupagem turquesa das montanhas, embranqueciam algumas nuvens desgarradas, como xales de gaze nevada que o vento fizesse esvoaçar sobre a saia azul de uma odalisca; e a abóbada diáfana do céu arqueado sobre aqueles picos sem nome, semelhante a uma urna convexa de cristal azulado incrustada com diamantes.

María já estava atrasada. Minha mãe se aproximou para indicar-me que fosse ao salão: supus que desejava aliviar-me com suas doces promessas.

Meu pai estava sentado em um sofá; tinha María a seu lado, cujos olhos não se levantaram para me ver. Ele me apontou um lugar desocupado perto dela. Minha mãe se sentou numa poltrona ao lado daquela ocupada por meu pai.

— Bem, minha filha — disse ele a María, a qual, com os olhos ainda baixos, brincava com um dos cachinhos de seu cabelo — queres que eu repita a pergunta que fiz quando tua mãe saiu, para que me respondas diante de Efraín?

Meu pai sorria e ela lentamente meneou a cabeça em sinal negativo.

— E, então, como faremos? — insistiu.

María se atreveu a olhar para mim um momento; e aquele olhar me revelou tudo: ainda não haviam passado todos os nossos dias de felicidade!

— Não é verdade — voltou a perguntar-lhe meu pai — que prometes a Efraín ser sua esposa quando ele regressar da Europa?

Ela voltou, depois de alguns momentos de silêncio, a

examinar meus olhos com os dela e, escondendo de mim novamente seu olhar negro e modesto, respondeu:

— Se ele quer assim…

— Não sabes se quer? — replicou-lhe meu pai, quase rindo.

María calou-se, corando, e as tintas vivas que em suas bochechas aquele rubor mostrava não desapareceram delas naquela noite. Minha mãe olhava para ela da maneira mais terna que os olhos de uma mãe poderiam ver. Pensei por um instante que estava fruindo de um daqueles sonhos em que María falava comigo com aquele tom que acabava de lhe ouvir, e em que seus olhares tinham a umidade brilhante que eu estava espiando neles.

— Tu sabes que eu quero isso, não é? — disse-lhe.

— Sim, eu sei — respondeu, com voz apagada.

— Dize agora a Efraín — meu pai lhe disse sem sorrir — as condições com que tu e eu lhe fazemos essa promessa.

— Com a condição — disse María — de que ele vá feliz… tanto quanto possível.

— Qual outra, filha?

— A outra é que estude muito para voltar logo… certo?

— Sim — respondeu meu pai, beijando-lhe a testa —; e para merecer-te. As demais, tu as definirás. Então, te agradam? — ele acrescentou, virando-se para mim e pondo-se de pé.

Não tive palavras para lhe responder; e eu segurei com força entre as minhas a mão que ele me estendia quando me disse:

— Até segunda-feira, então. Presta muita atenção às minhas instruções e leia muitas vezes os termos.

Minha mãe se aproximou de nós e abraçou nossas cabeças, juntando-as, de modo que meus lábios tocaram involuntariamente a bochecha de María, e saiu, deixando-nos sozinhos no salão.

Deve ter passado muito tempo desde que minha mão agarrou a de María no sofá e nossos olhos se encontraram para não parar de olhar um para o outro, até que seus lábios pronunciaram estas palavras:

— Papai é tão bom, não é?

Eu indiquei que sim, sem que meus lábios pudessem balbuciar uma sílaba.

— Por que não falas comigo? Parecem boas as condições que estabelece?

— Sim, María. E quais são as tuas em pagamento por tanto bem?

— Apenas uma.

— Dize.

— Tu a conheces.

— Sim, sim; mas hoje, sim, deverias dizê-la.

— Que me ames sempre assim — respondeu, e estreitou sua mão com mais força à minha.

XL

Quando cheguei às fazendas na manhã do dia seguinte, encontrei na casa principal o médico que substituía Mayn nos cuidados de Feliciana. Ele, por seu porte e fisionomia, parecia mais um capitão aposentado do que aquilo que afirmava ser. Fez-me saber que havia perdido toda a esperança de salvar a paciente, porque estava atacada por uma hepatite que, no último instante, resistia a todo tipo de aplicações e concluiu, manifestando-me ser de opinião, que se chamasse um sacerdote.

Entrei no aposento onde se achava Feliciana. Lá já estava Juan Ángel, e se admirava ao ver que sua mãe não lhe respondia quando louvava a Deus. Ao encontrar Feliciana num estado tão desesperador, não pude deixar de me comover.

Dei ordens para aumentar o número de escravas que a serviam; fiz com que a colocassem num quarto mais confortável, ao que ela humildemente se opôs, e ordenou-se que o sacerdote fosse trazido do povoado.

Aquela mulher que iria morrer longe de sua pátria; aquela mulher que tão doce afeto me havia dado desde que veio para nossa casa; em cujos braços María dormiu tantas vezes quando criança... Mas aqui está a sua história, que referida por Feliciana com linguagem rústica e patética, divertiu algumas de minhas noites de infância.

Desde a adolescência, Magmahú foi um dos chefes mais ilustres dos exércitos de Ashanti[39], nação poderosa da África Ocidental. A ousadia e habilidade que ele havia demonstrado nas frequentes guerras que o rei Say Tuto Kuamina travou contra os achimis até a morte de Orsué, seu líder; a vitória completa que alcançou sobre as tribos do litoral revoltadas contra o rei por Carlos Macharty, ao qual o próprio Magmahú matou no campo de batalha, fizeram o monarca cobri-lo de honras e riquezas, confiando-lhe ao mesmo tempo o comando de todas as suas tropas, apesar dos emuladores do afortunado guerreiro, os quais nunca o perdoaram por ter merecido tamanho favor.

Passada a curta paz alcançada com a vitória de Macharty, pois os ingleses, já com seu próprio exército, ameaçavam os achantis, todas as forças do reino saíram em campanha.

Travou-se a batalha, e poucas horas foram suficientes para convencer os ingleses da insuficiência de suas armas mortíferas contra a coragem dos africanos. Indecisa ainda a vitória, Magmahú, resplandecente de ouro e terrível em sua fúria, passeava pelas hostes encorajando-as com seu destemor, e sua voz dominava o estrondo das baterias inimigas. Mas em vão ele enviou repetidas ordens aos chefes das reservas para que entrassem em combate atacando o flanco mais enfraquecido dos invasores. A noite interrompeu a luta; e, quando à primeira luz do dia seguinte, Magmahú passou em revista as suas tropas, dizimadas pela morte e pela deserção e acovardadas pelos líderes que impediram a vitória, entendeu que seria derrotado e preparou-se para lutar e morrer. O rei, que veio em tão terríveis momentos ao campo de suas hostes, viu-as e pediu a paz. Os ingleses a concederam e celebraram tratados com Say Tuto Kuamina. Desde aquele dia perdeu Magmahú o favor de seu rei.

---

39 **ASHANTI:** Poderosa civilização africana que surgiu no século XVII na região onde hoje é Gana, com capital em Kumasi. Conhecido por sua riqueza em ouro e forte organização política, resistiu bravamente ao domínio britânico até ser anexado no início do século XX.

O corajoso líder irritou-se com o comportamento injusto do monarca e, não querendo dar aos seus emuladores o prazer de vê-lo humilhado, decidiu expatriar-se. Antes de partir, decidiu jogar o sangue e as cabeças de seus mais belos escravos nas correntes do Tando[40], como oferenda ao seu Deus. Sinar era o mais jovem e bonito entre eles. Esse filho de Orsué, o infeliz líder dos achimis, caiu prisioneiro lutando bravamente no dia sangrento em que seu pai foi derrotado e morto; mas, temendo Sinar e seus companheiros escravos a crueldade implacável dos ashantis, esconderam deles a linhagem nobre do prisioneiro que tinham.

Somente Nay, filha única de Magmahú, conhecia esse segredo. Sendo menina ainda quando Sinar chegou como servo à casa do vencedor de Orsué, cativou-a primeiro a mansidão digna do jovem guerreiro, e mais tarde sua inteligência e beleza. Ele ensinava-lhe as danças de sua terra natal, os amorosos e sentidos cantares do país Bambuk; contava-lhe as maravilhosas lendas com que sua mãe o havia divertido na infância e, se algumas lágrimas rolassem então por causa da tez de uva das bochechas do escravo, Nay costumava dizer-lhe:

— Pedirei a meu pai a tua liberdade para que possas retornar ao teu país, visto que tu estás tão infeliz aqui.

E Sinar não respondia; mas seus grandes olhos paravam de chorar e ele olhava para sua jovem senhora de maneira que naquele momento ela parecesse a escrava.

Um dia, quando Nay, acompanhada por seus servos, havia saído para passear pelas vizinhanças de Cumasia, Sinar, que guiava o belo avestruz em que ele estava montada sua senhora como se em almofadas macias de Bornú, fez a ave andar tão apressadamente, que logo se encontraram a uma grande distância da comitiva. Sinar, detendo-se, com os olhos brilhando e um sorriso de triunfo nos lábios, disse a Nay, apontando para o vale que tinham a seus pés:

---

40 **TANDO:** Também conhecido como Tano, trata-se de um rio que nasce em Gana e percorre parte da fronteira com a Costa do Marfim. É considerado sagrado pela população Ashanti.

— Nay, eis aí o caminho que conduz ao meu país: vou fugir de meus inimigos, mas tu irás comigo: serás a rainha dos achimis e minha única esposa; te amarei mais do que a mãe desventurada que chora minha morte, e nossos descendentes serão invencíveis carregando em suas veias meu sangue e o teu. Olha e venha: quem se atreverá a ficar em meu caminho?

Ao dizer estas últimas palavras, ergueu o amplo manto de pele de pantera que lhe caía dos ombros; abaixo dele, brilhavam as coronhas de duas pistolas e a bainha de um sabre turco cingida com um xale vermelho de Zerbi.

Sinar, de joelhos, cobriu de beijos os pés de Nay pendentes da fornida plumagem do avestruz, e esse puxava carinhosamente com o bico as roupas vistosas de sua senhora.

Muda e absorta ao ouvir as palavras amorosas e tremendas do escravo, por fim reclinou em seu regaço a linda cabeça de Sinar, dizendo-lhe:

— Tu não queres ser ingrato comigo, e dizes que me amas e que me levas para ser rainha em teu país; mas não devo ser ingrata com meu pai, que me amou antes do que tu, e a quem minha fuga causaria o desespero e a morte. Espere e partiremos juntos com seu consentimento; espere, Sinar, pois eu te amo...

E Sinar estremeceu ao sentir em sua testa os ardentes lábios de Nay.

Dias e dias se passaram e Sinar esperava, porque em sua escravidão era feliz.

Saiu Magmahú em campanha contra as tribos revoltadas por Macharty, e Sinar não acompanhou seu mestre à guerra como os outros escravos. Ele tinha dito a Nay:

— Prefiro a morte a lutar contra povos que foram aliados de meu pai.

Ela, às vésperas da marcha da tropa, deu a seu amante, sem que ele o deixasse de ver, uma bebida na qual havia derramado o líquido de uma planta soporífica; e o filho de Orsué, portanto, ficou impedido de partir, pois permaneceu por vários dias dominado por um sono invencível, o qual Nay interrompia à vontade, derramando em seus lábios um óleo aromático e vivificante.

Mas, depois de declarada a guerra pelos ingleses a Say Tuto Kuamina, Sinar apresentou-se a Magmahú para dizer-lhe:

— Leva-me contigo às batalhas: eu combaterei a teu lado contra os brancos; te prometo que merecerei comer corações seus assados pelos sacerdotes, e que levarei no pescoço colares dos dentes dos homens loiros.

Nay lhe deu bálsamos preciosos para curar feridas; e, colocando plumas sagradas no penacho de seu amante, borrifou de lágrimas o ébano daquele peito que ela acabara de ungir com óleo perfumado e pó de ouro.

Na sangrenta jornada em que os chefes ashantis, invejosos da glória de Magmahú, impediram-no de obter a vitória sobre os ingleses, uma bala de fuzil rompeu o braço esquerdo de Sinar.

Terminada a guerra e a paz alcançada, o intrépido capitão dos ashantis voltou humilhado para casa; e Nay, durante alguns dias, só deixou de enxugar as lágrimas que a ira arrancava a seu pai para ir secretamente dar alívio a Sinar curando-lhe amorosamente a ferida.

Assim que Magmahú tomou a decisão de deixar a pátria e oferecer aquele sangrento sacrifício ao rio Tando, falou assim à sua filha:

— Vamos, Nay, procurar terra menos ingrata que esta para meus netos. Os mais belos e famosos chefes da Gâmbia, país que visitei em minha juventude, terão orgulho de me dar asilo em seus lares e de preferir-te às suas mulheres mais bonitas. Estes braços ainda estão fortes para combater e possuo suficientes riquezas para ser poderoso onde quer que um teto nos cubra... Mas, antes de partir, é necessário apaziguarmos a cólera do Tando, cruel contra mim por meu amor à glória, e que sacrifiquemos os melhores de nossos escravos; Sinar o primeiro entre eles...

Nay caiu sem sentidos ao ouvir aquela terrível sentença, deixando escapar de seus lábios o nome de Sinar. Ampararam-na suas escravas e Magmahú ficou fora de si; fez Sinar vir à sua presença. Desembainhando seu sabre, ele disse gaguejando de raiva:

— Escravo! Colocaste teus olhos em minha filha; como punição farei com que se cerrem para sempre.

— Tu o podes — respondeu sereno o jovem — não será o meu o primeiro sangue dos reis dos achimis com que teu sabre se tinge de vermelho.

Magmahú ficou desconcertado ao ouvir tais palavras, e o tremor de sua destra fazia ressoar sobre o pavimento o cutelo torto que segurava.

Nay, livrando-se de suas escravas, que aterrorizadas a mantinham, entrou no salão onde estavam Sinar e Magmahú, e abraçando-o pelos joelhos, banhava os pés com lágrimas, exclamando:

— Perdoa-nos, senhor, ou mate a ambos!

O velho guerreiro, jogando longe a arma temível, deixou-se cair em um divã e murmurou ao esconder o rosto com as mãos:

— E ela o ama!... Orsué, Orsué! Já te vingaram.

Sentada Nay sobre os joelhos de seu pai, segurava-o nos braços e, cobrindo-lhe os cabelos grisalhos de beijos, disse aos soluços:

— Terás dois filhos em vez de um: aliviaremos tua velhice, e seu braço te defenderá nos combates.

Levantou Magmahú a cabeça e, gesticulando para que Sinar se aproximasse, disse-lhe com voz e semblante terríveis, estendendo-lhe a mão direita:

— Esta mão matou teu pai; com ela arranquei de seu peito o coração... e meus olhos se alegraram em sua agonia...

Nay selou os lábios de Magmahú com os seus e, virando--se apressadamente para Sinar, estendeu suas lindas mãos em sua direção, dizendo em tom amoroso:

— Estas curaram tuas feridas, e esses olhos choraram por ti.

Sinar caiu de joelhos ante sua amada e seu senhor, e esse, depois de alguns momentos, disse-lhe, abraçando a filha:

— Eis aqui o que te darei como prova da minha amizade no dia em que tiver certeza da tua.

— Juro por meus deuses e pelo teu — respondeu o filho de Orsué — que a minha será eterna.

Passados dois dias, Nai, Sinar e Magmahú saíram de Cumasia com o favor da escuridão da noite, levando trinta escravos de ambos os sexos, camelos e avestruzes para montar, e outros carregados com as mais preciosas joias e louças que eles possuíam; grande quantidade de ouro em pó e búzios, alimentos e água, como para uma longa viagem.

Muitos dias gastaram naquela perigosa peregrinação. A caravana teve a sorte de levar um bom tempo e não tropeçar com bandidos. Durante a jornada, Sinar e Nay dissiparam a tristeza do coração de Magmahú entoando em dueto canções felizes, e, nas noites serenas, à luz da lua e ao lado da tenda da caravana, ensaiavam os felizes namorados graciosas danças ao som das trombetas de marfim e das liras dos escravos.

Por fim chegaram ao país dos kombu-manez, às margens do rio Gâmbia[41]; e aquela tribo celebrou com suntuosas festas e sacrifícios a chegada de tão ilustres hóspedes.

Desde tempos imemoriais, travam o kombu-manez e o cambez uma guerra cruel, uma guerra alimentada em ambos os povos não apenas pelo ódio que professaram, mas ainda pela ganância criminosa. Uns e outros trocavam com os traficantes europeus escravos por prisioneiros que faziam em combate, armas, pólvora, sal, ferro e licor; e, na ausência de inimigos para vender, os chefes vendiam seus súditos e, muitas vezes, esses a seus filhos.

O valor e a habilidade militar de Magmahú e Sinar foram por algum tempo de grande benefício para os kombu-manez na guerra com seus vizinhos, já que lutaram contra eles repetidos combates, nos quais obtiveram um êxito até então não alcançado. Magmahú, forçado a escolher entre cortar a garganta dos prisioneiros ou vendê-los aos europeus, teve de consentir com este último, obtendo a vantagem de que o chefe kombu-manez impusesse penalidades temidas àqueles de seus súditos que alienassem seus dependentes ou suas crianças.

---

41 **RIO GÂMBIA:** O rio nasce na Guiné, atravessa o Senegal e cruza todo o território da Gâmbia até desaguar no oceano Atlântico. Foi uma via histórica de comércio e colonização, com forte presença de povos africanos e europeus ao longo de suas margens.

Uma tarde, quando Nay foi com algumas de suas escravas banhar-se nas margens do Gâmbia e Sinar, à sombra de um gigantesco *moabab*, local onde ficavam sempre isolados por algumas horas nos dias de paz, esperava por ela com amorosa impaciência, dois pescadores amarraram sua canoa na mesma margem onde estava Sinar, e vinham dois europeus nela: um se pôs com dificuldade em terra firme e, ajoelhando-se na praia, rezou por alguns momentos: os pálidos raios do sol poente, passando pela folhagem, iluminavam seu rosto bronzeado pelo sol e ornado por uma espessa barba, quase branca. Como, ao ajoelhar-se, havia colocado na areia o largo chapéu de junco que estava usando, as brisas do Gâmbia brincavam com seus longos e emaranhados cabelos. Vestia uma roupa de cor preta, lamacento e esfarrapado, e um crucifixo de cobre brilhava em seu peito.

Assim o encontrou Nay quando em busca de seu ser amado. Os dois pescadores trouxeram à tona o cadáver de outro europeu, que estava vestido da mesma forma que seu companheiro.

Os pescadores contaram a Sinar como haviam encontrado os dois homens brancos sob uma cabana de palmeiras a duas léguas acima do Gâmbia, expirando o jovem e ungindo-o o velho enquanto pronunciava orações em língua estranha.

O velho sacerdote permaneceu por algum tempo abstraído de tudo o que o rodeava. Depois que se pôs de pé, levando Nay pela mão, assustada com aquele estrangeiro com um traje e uma figura tão estranhos, perguntou-lhe de onde vinha, que objetivo tinha sua viagem e de que país era; e ele ficou surpreso ao ouvi-lo responder, embora com alguma dificuldade, na língua dos achimis:

— Venho de teu país: vejo pintada em teu peito a serpente vermelha dos nobres achimis, e falas seu idioma. Minha missão é de paz e de amor: nasci em França. As leis deste país não permitem dar sepultura ao cadáver do estrangeiro? Teus compatriotas choraram sobre os de outros dois de meus irmãos, colocaram cruzes em seus túmulos e muitos as usam feitas de ouro penduradas no pescoço. Tu me permitirás, pois, enterrar o estrangeiro?

Sinar respondeu-lhe:

— Parece que dizes a verdade e não deves ser mal como os brancos, ainda que parecidos contigo; mas há quem mande mais do que eu entre os kombu-manez. Vem conosco: te apresentarei ao seu chefe e levaremos o cadáver de teu amigo para saber se permite que o enterres em seus domínios.

Enquanto caminhavam a curta distância até a cidade, Sinar falava com o missionário e Nay teve dificuldade para entender o que diziam; seguiam-nos os dois pescadores carregando numa manta o cadáver do jovem sacerdote.

Durante o diálogo, Sinar convenceu-se de que o estranho era sincero pelo modo como respondeu às perguntas que lhe fez sobre o país dos achimis: aí reinou irmão seu, e acreditava-se que Sinar estava morto. Explicou-lhe o missionário os meios que se havia utilizado para conquistar o afeto de algumas tribos achimis; afeto que teve sua origem no sucesso com que havia curado alguns doentes, e a circunstância de um deles ter sido a escrava preferida do rei. Os achimis lhe deram uma caravana e provisões para se dirigir à costa com o único de seus companheiros que sobreviveu; mas, surpreendidos durante a jornada por um grupo inimigo, alguns de seus guardas os abandonaram e outros foram mortos. Os vencedores contentaram-se em deixar sem guias no deserto os sacerdotes, temerosos talvez de que os derrotados voltassem à batalha. Muitos dias viajaram sem outro guia além do sol e sem mais comida além das frutas que achavam nos oásis, e assim haviam chegado às margens do Gâmbia, onde, devorado pela febre, acabava de falecer o jovem quando os pescadores os encontraram.

Magmahú e Sinar levaram o sacerdote à presença do chefe dos kombu-manez, e o segundo lhe disse:

— Eis aqui um estrangeiro que implora que permitas enterrar em seus domínios o cadáver de seu irmão e descansar para poder seguir viagem a seu país. Em troca disso, ele promete curar teu filho.

Naquela noite, Sinar e dois de seus escravos ajudaram o missionário a sepultar o cadáver. Ajoelhado o ancião ao redor dos ossos que os escravos iam velando, entoou um canto profundamente triste, e a lua fazia brilhar lágrimas na barba branca do ministro que rolavam a umedecer a terra estrangeira que ocultava seu denodado amigo.

XLI

Pouco menos de duas semanas passaram-se desde a chegada do sacerdote francês ao país dos kombu-manez. Ou porque apenas Sinar poderia entendê-lo ou porque este gostasse do trato do europeu, faziam juntos diariamente longos passeios, dos quais Nay percebeu que seu amado voltava preocupado e melancólico. Supôs ela que as notícias que dava a Sinar sobre seu país estrangeiro deviam ser tristes; mas, depois, julgou ter compreendido a causa daquela melancolia, imaginando que as memórias da pátria, avivadas pela relação com o sacerdote, fizeram com que o filho de Orsué desejasse novamente se ver em sua terra natal. Mas, à medida que a ternura amorosa de Sinar por ela aumentava em vez de se diminuir, procurou aproveitar uma oportunidade para confiar-lhe sua ansiedade.

Ao final de uma tarde quente, Sinar, sentado à margem do rio, parecia dominado pela tristeza que nos últimos dias de sua escravidão tanto comovera Nay. Ela o viu e se aproximou dele com silenciosos passos. Com a curta e pulcra saia carmesim pontilhada de estrelas prateadas; o amplo xale da cor do céu, que depois de ocultar-lhe o seio, cruzando-o, caía pendurado pela cintura; turbante vermelho cravejado de agulhas de ouro e colares e pulseiras de ágata, devia ser mais sedutora do que nunca. Sentou-se ao lado de seu amado; mas ele continuava meditabundo. Finalmente ela disse a ele:

— Nunca julguei que, ao se aproximar a hora tão desejada por ti em que meu pai deve tornar-me tua esposa, haverias de estar como te vejo. Ama-te ele já menos do que antes? Sou por acaso menos terna contigo ou não te pareço tão bela como no dia em que mereci que me confessasses teu amor por mim?

Sinar, fixando os olhos nas ondas fugitivas do Gâmbia, parecia não ter ouvido. Nay contemplou-o em silêncio por alguns momentos com os olhos cheios de lágrimas, e deixou de seu peito escapar finalmente um soluço. Quando Sinar ouviu-o, voltou-se rapidamente em direção a ela e, vendo aquelas lágrimas, beijou-a ternamente, dizendo-lhe:

— Choras! Assim recebes a felicidade que tanto esperamos e que, por fim, chega?

— Ai de mim! Jamais havias sido surdo à minha voz; jamais te haviam buscado mais meus olhos sem que os teus se mostrassem lisonjeiros; por isso choram.

— Quando, dize, o mais suave tom de tua voz não perturbou o mais profundo do meus sonhos; quando, ainda que não te esperasse ou te visse, deixei de te sentir quando chegavas perto de mim?

— Há pouco; e tua inocência, Sinar, confirma teu desdém e minha desventura.

— Perdão, Nay, perdão, pois pensava em ti.

— O que te disse aquele estrangeiro? — perguntou-lhe Nay, já enxugando as lágrimas e brincando com os corais e dentes dos colares do guerreiro. — Por que buscas com ele a solidão que tantas vezes me disseste era odiosa para ti sem mim? Disse-te que as mulheres do seu país são brancas como o marfim e que seus olhos têm o azul profundo das ondas do Tando? Minha mãe me disse e eu havia esquecido de te contar... falou muito sobre o país dos brancos com ela. Um estrangeiro semelhante àquele que amas, conforme o modo como ela o amou; mas, desde que partiu de Cumasia aquele homem, minha mãe tornou-se odiosa para Magmahú: ela adorava a outro Deus, e meu pai... meu pai deu-lhe a morte.

Nay calou-se por longo tempo, e Sinar mostrava-se mais uma vez dominado por tristes pensamentos. Despertando subitamente dessa espécie de intoxicação, toma pelas mãos a sua amada, sobe com ela até o topo de um penhasco, de onde podia ver o deserto sem limites e fundo de um lugar para outro o poderoso rio, e lhe diz:

— O Gâmbia, tal como o Tando, nasce no seio das montanhas. A mãe não é nunca a feitora de seu filho. Sabes tu quem fez as montanhas?

— Não.

— Um Deus as fez. Viste o Tando retroceder em seu curso?

— Não.

— O Tando flui como uma lágrima que se perde num mar imenso, ante cujo rugido o rumor de um rio é como tua voz comparada ao do furacão que durante as tempestades sacode estes bosques gigantescos como se fossem juncos fracos. Sabes tu quem fez o mar?

— Não.

— O raio que rasga as nuvens e cai sobre a copa do moabab o rasga, como tua planta desfaz uma de suas flores secas; as estrelas que, como o ouro, e as pérolas que bordam teus mantos de caulim pontilham o céu; a lua, que te agrada contemplar na solidão deixando-te aprisionar em meus braços; o sol que poliu tua tez azeviche e dá luz aos teus olhos, sol ante qual o fogo de nossos sacrifícios é menor que o brilho de um vaga-lume: são todos obras de um só Deus. Ele não quer que eu ame outra mulher além de ti; ele manda que eu te ame como a mim mesmo; ele quer que eu ria se rires, que eu chore se chorares e que, em troca de tuas carícias, te defenda como à minha própria vida; que, se morreres, eu chore sobre tua sepultura até que eu vá me juntar a ti além das estrelas, onde me esperarás.

Nay, com as duas mãos cruzadas sobre o ombro de Sinar, contemplava-o apaixonada e absorta, porque nunca o tinha visto tão bonito. Ele a estreitou contra seu coração, beijou-lhe os lábios com ardor e continuou:

— Foi o que me disse o estrangeiro para que eu pudesse te ensinar: o seu Deus deve ser nosso Deus.

— Sim, sim — replicou Nay, envolvendo-o com os braços — e, depois dele, eu, teu único amor.

XLII

Ao amanhecer do dia em que o chefe dos kombu-manez havia ordenado que se desse início às pomposas festas que se faziam em comemoração ao esponsório de Sinar, este, Nay e o missionário desceram furtivamente às margens do Gâmbia e, procurando ali o lugar mais recôndito, o missionário parou e lhes falou assim:

— O Deus que vos fiz amar, o Deus que adorarão vossos filhos, não desdenha como templo os pavilhões de palmeiras que nos ocultam; e, neste momento, Ele os está vendo. Peçamos a Ele que vos abençoe.

Avançando com eles para a costa, disse lentamente e com voz solene uma oração que os amantes repetiram ajoelhados um de cada lado do padre. Em seguida, derramou água sobre suas cabeças, pronunciando as palavras do batismo.

O ministro permaneceu orando sozinho por algum tempo e, aproximando-se novamente de Nay e Shinar, fez com que eles dessem as mãos e, antes de abençoá-las, disse a um e a outro palavras que Nay jamais esqueceu.

Era já a última noite que os nobres da tribo passavam na casa de Magmahú em danças e festas. Formosas mulheres os cercavam, e elas e eles exibiam suas mais belas joias e vestidos. Magmahú, devido à sua gigantesca estatura e o luxuoso traje que usava, destacava-se entre os guerreiros, assim como Nay havia, com seus ornamentos e encantos, humilhado durante seis dias as mais belas esposas e escravas dos kombu-manez. Fachos de resinas aromáticas, apoiados por crânios perfurados por cambez, mortos nos combates por Magmahú, iluminaram os espaçosos aposentos. Se às vezes o cessavam as músicas marciais, eram substituídas pela suave e voluptuosa das liras. Os convidados tomavam bebidas excessivamente caras e enervantes, e todos iam rendendo-se lentamente ao sono. Sinar, fugindo da agitação do festival, descansava em um leito de seus quartos enquanto Nay resfriava o rosto com um leque de penas perfumadas.

De repente, foram ouvidos alguns tiros na floresta vizinha, seguidos por outros e outros que se aproximavam da morada de Magmahú. Ele chamou com voz estrondosa a Sinar, que, empunhando um sabre, correu a seu encontro. Nay estava abraçada ao esposo quando Magmahú dizia a ele:

— Os cambez…! São eles…! Morrerão degolados! — acrescentava, chamando inutilmente os bravos homens que jazem inertes nos sofás e nos pavimentos.

Alguns se esforçavam para se levantar; mas, para a maioria, foi impossível.

O rugido das armas e os gritos de guerra se aproximavam. Incendiadas as casas da cidade mais próxima da ribeira, um brilho avermelhado iluminava o combate, e os feridos nele relampeavam os sabres dos combatentes.

Magmahú e Sinar, surdos aos gritos das mulheres, surdos aos lamentos de Nay, correram em direção ao local onde a luta era mais acirrada, ao mesmo tempo que uma massa compacta e desordenada de soldados dirigia-se à casa do chefe ashanti, chamando-o a ele e a Sinar com vozes roucas. Tentaram abrigar-se nos quartos de Magmahú; mas tudo foi inútil, e já era tardia a coragem com que os chefes estrangeiros combatiam e animavam os guerreiros kombu-manez.

Perfurado no coração por uma bala, Magmahú caiu. Poucos dos seus companheiros deixaram de sofrer o mesmo destino.

Sinar lutou até o fim, defendendo corpo-a-corpo Nay e sua vida, até que um capitão dos cambez, de cuja mão direita pendia ensanguentada a cabeça do missionário francês, gritou-lhe:

— Rende-te e eu te darei a vida.

Nay então apresentou as mãos para que as amarrasse aquele homem. Ela sabia o destino que a esperava e, prostrando-se diante dele, disse:

— Não mate Sinar; eu sou tua escrava.

Sinar acabava de cair ferido por um golpe na cabeça e já o estavam amarrando como a ela.

Os ferozes vencedores percorreram os aposentos, saciando sua sede de sangue primeiro, e depois saqueando-os e amarrando prisioneiros.

Os valentes kombu-manez adormeceram durante uma festa e não despertaram... ou despertaram como escravos.

Quando senhores e servos, não mais vencedores e vencidos, chegaram às margens do Gâmbia, cujas ondas avermelhavam as últimas chamas do incêndio, os cambez fizeram embarcar a toda pressa, em canoas que os esperavam, os numerosos prisioneiros que conduziam; mas, assim que desataram essas para abandonarem-se às correntes, uma grande saraivada de fuzis, feita por alguns kombu-manez, que tarde retornava do combate, surpreendeu os navegantes que últimos haviam deixado a ribeira e os corpos de muitos deles flutuaram sobre a superfície das águas.

Amanhecia quando os vencedores atracaram as canoas na margem direita do rio e, deixando alguns de seus soldados nelas, continuaram os outros a marcha por terra guardando o comboio de prisioneiros, e encontrando de trecho em trecho massas de combatentes que haviam batido em retirada pelo meio dos bosques.

Durante as longas horas de viagem até chegar às imediações da costa, os condutores não permitiram a Nay que se aproximasse de Sinar, e este viu lágrimas rolando incessantemente por seu rosto.

Dois dias depois, uma manhã antes do sol afugentar as últimas sombras da noite, conduziram Nay e outros prisioneiros para a beira do mar. Desde o dia anterior ela havia sido separada do esposo. Algumas canoas aguardavam os prisioneiros encalhadas nas areias, e a muita distância sobre o mar que o bom vento ondulava branqueava as velas de um bergantim.

— Onde está Sinar, que não vem conosco? — perguntou Nay a um dos chefes companheiros de prisão ao pular na canoa.

— Desde ontem o embarcaram — respondeu ele —; estará no buque.

Já nele, Nay procura Sinar entre os prisioneiros amontoados no porão. Chama-o e ninguém responde. Seus olhares perdidos o procuram novamente. Um soluço e o nome de seu amado saíram ao mesmo tempo de seu peito, e caiu como morta.

Quando despertou desse sono devastador e espantoso, viu-se coberta e só conseguia ver ao seu redor o nebuloso horizonte do mar. Nay não disse nem um adeus às montanhas do seu país.

Os gritos de desespero que deu ao convencer-se da realidade de sua desgraça foram interrompidos por ameaças de um branco da tripulação e, como ela lhe dirigisse palavras ameaçadoras que devido aos seus gestos ele tenha entendido, ergueu sobre Nay o chicote que empunhava e... tornou-a de novo insensível ao seu infortúnio.

Certa manhã, depois de muitos dias de navegação, Nay com outros escravos estava no convés. Por ocasião da epidemia que havia atacado os prisioneiros, era permitido respirar ao ar livre, temeroso, sem dúvida, o capitão do buque que alguns morressem. Ouviu-se o grito de "terra!" dado pelos marinheiros.

Levantou ela os joelhos e viu uma linha azul mais escura do que aquela que cercava constantemente o horizonte. Algumas horas depois entrou o bergantim em um porto de Cuba onde deveriam desembarcar alguns negros. As mulheres dentre esses, que estavam prestes a se separar da filha de Magmahú, abraçaram-lhe os joelhos e soluçaram, e os varões se despediram dela, dobrando os seus diante dela sem tentar esconder as lágrimas que derramavam. Quase se consideraram felizes os poucos que permaneceram ao lado de Nay.

O bergantim, após receber nova carga, zarpou no dia seguinte; e a navegação que se seguiu foi mais penosa devido ao mau tempo. Oito dias teriam passado e, quando uma noite o capitão visitou o porão, encontrou mortos dois escravos dos seis que, escolhidos entre os mais bonitos e robustos, reservava. Um se havia dado a morte e estava banhado em sangue de uma ferida larga que tinha no peito e na qual se via cravada uma adaga de marinheiro que o infeliz provavelmente havia pego no convés; o outro havia sucumbido à febre. Os dois foram despojados das algemas que em uma única barra os prendiam a ambos, e pouco depois Nay viu os corpos serem levados para serem atirados ao mar.

Uma das escravas de Nay e três dos chefes kombu-manez eram os últimos companheiros que restavam e, destes, outro sucumbiu na mesma manhã em que o navio deveria se aproximar de uma costa que Nay entendia chamar-se Darién. Favorecido por um forte vento norte e pelo mar agitado, o bergantim entrou no golfo e posicionou-se cautelosamente a uma curta distância de Pisisí.

Tarde da noite, o capitão mandou colocar Nay em uma lancha com os três restantes escravos e, embarcando a si mesmo, deu ordem aos marinheiros para guiá-la a fim de que se dirigissem a um certo ponto luminoso que indicou na costa. Logo estavam em terra. Os escravos foram amarrados com cordas antes de desembarcar e, guiando um dos marinheiros, seguiram por pouco tempo uma senda montanhosa. Ao chegar a certo ponto, o capitão deu um sinal particular com um assobio, e continuaram avançando. Repetido o sinal, foi respondido por outro semelhante quando já viam meio escondida entre a folhagem de árvores frondosas uma casa, em cujo corredor viu-se em seguida um homem branco que, com uma lamparina em uma mão, protegia os olhos com a outra, tentando distinguir os recém-chegados que se aproximavam. Mas os latidos ameaçadores de alguns cães enormes impediam que os viajantes avançassem. Acalmados aqueles pelas vozes de seu senhor e de alguns servos, o capitão conseguiu subir as escadas da casa, construída sobre pequena elevação e, depois de abraçar o dono, travaram um diálogo, durante o qual o capitão sem dúvida falava dos escravos, pois os apontava frequentemente. Deram ordem para que esses subissem e, nesse momento, saiu ao corredor uma mulher jovem, branca e bastante bela, a quem cumprimentou cordialmente o marinheiro. O dono da casa não pareceu satisfeito após o exame que fez dos três companheiros de Nay; mas, prestando atenção nela, deteve-se, falando com a mulher branca em um idioma mais doce do que havia usado até então; e esse pareceu mais musical quando ela respondeu, deixando Nay ver em seus olhos uma compaixão a que se mostrou agradecida.

Era o dono da casa um irlandês chamado William Sardick, estabelecido havia dois anos no Golfo de Urabá[42], não muito longe de Turbo, e sua esposa, que Nay ouviu chamar de Gabriela, uma mestiça de Cartagena por nascimento.

---

42 GOLFO DE URABÁ: Localizado no noroeste da Colômbia, na região do Caribe, entre os departamentos de Antioquia e Chocó. É a entrada natural do mar do Caribe para o istmo do Panamá e uma zona estratégica para o comércio e a biodiversidade.

XLIII

Exploravam-se naquele tempo muitas minas de ouro em Chocó; e, tendo em conta o rudimentar sistema empregado para elaborá-las, bem merecem ser qualificados seus produtos como "consideráveis". Os donos empregavam enormes grupos de escravos em tais empregos. Introduziam-se pelo Atrato a maior parte das mercadorias estrangeiras que eram consumidas no Cauca e, naturalmente, as destinadas a serem vendidas em Chocó. Os mercados de Kingston e Cartagena eram os mais frequentados pelos comerciantes importadores. Existia em Turbo uma venda.

Isto indicado, é fácil estimar quão taticamente havia Sardick estabelecido sua residência: as comissões de muitos negociantes; a compra de ouro e frequente mudança que com os cunas ribeirinhos fazia de *carey*, *tagua*, peles, cacau e borracha por sais, licores, pólvora, armas e bugigangas, eram, sem contar seus lucros como agricultor, especulações bastante lucrativas para mantê-lo satisfeito e avivar-lhe a sorridente esperança de regressar rico a seu país, de onde tinha vindo miserável. Servia-lhe como poderoso assistente seu irmão Thomas, radicado em Cuba e capitão do navio negreiro em que havia seguido em sua viagem. Descarregado o navio dos bens que transportava naquela ocasião e os que, à sua chegada ao porto de Havana, recebeu, e ocupado com produções indígenas, guardadas por William durante alguns meses, tudo isso executado em duas noites e com o maior sigilo pelos serventes dos contrabandistas, o capitão preparou-se para zarpar.

Aquele homem que tão impiedosamente havia tratado os companheiros de Nay, desde o dia em que ao levantar um chicote sobre ela e a viu desmaiar inerte a seus pés, dispensou-a de toda a consideração que sua forte índole era capaz. Nay, percebendo que o capitão iria embarcar, não conseguiu reprimir seus soluços e lamentos, presumindo que o homem logo voltaria a ver as costas da África de onde a havia arrebatado. Aproximou-se dele e pediu-lhe de joelhos e com gestos para que não a abandonasse; beijou-lhe os pés e, imaginando em sua dor que poderia entendê-la, disse-lhe:

— Leva-me contigo. Serei tua escrava; procuraremos Sinar, e assim terás dois escravos em vez de uma... Tu, que és branco e cruzas os mares, saberás onde está e poderemos encontrá-lo... Nós adoramos ao mesmo Deus que tu e te seremos fiéis desde que nunca nos separes.

Devia estar bela em seu doloroso frenesi. O marinheiro olhou-a em silêncio: curvaram-se seus lábios em um sorriso estranho, que a espessa e loira barba que acariciava não conseguiu ocultar; passou por sua testa uma sombra vermelha e seus olhos deixavam ver a mansidão dos chacais quando acariciados pela fêmea. Por fim, pegando-a pela mão e segurando-a contra o peito, deu-lhe a entender que, se prometia amá-lo, partiriam juntos. Nay, altiva como uma rainha, levantou-se, deu as costas ao irlandês e entrou no aposento ao lado. Aí recebeu-a Gabriela, que, depois de pedir-lhe com medo para que permanecesse em silêncio, indicou-lhe que havia se saído bem e prometeu amá-la muito. Como, depois de apontar-lhe o céu, mostrou-lhe um crucifixo, ficou assombrada ao ver Nay cair de joelhos diante dele e rezar soluçando como se pedisse a Deus o que os homens lhe negavam.

Transcorridos seis meses, Nay se fazia entender já em castelhano, graças à perseverança com que insistia Gabriela em ensinar-lhe sua língua. Esta sabia já como a africana se convertera; e o que havia conseguido compreender de sua história interessava-a cada vez mais e mais em seu favor. Mas em quase nenhum momento estavam sem lágrimas os olhos da filha de Magmahú: o canto de alguma ave americana que lhe lembrava as de seu país ou a visão de flores semelhantes às dos bosques da Gâmbia alimentava sua dor e a fazia gemer. Como durante as curtas viagens do irlandês permitia-lhe Gabriela que dormisse em seu aposento, tinha-a ouvido chamar muitas vezes em seus sonhos o pai e o marido.

As despedidas dos companheiros de infortúnio vinham quebrantando o coração da escrava, e por fim chegou o dia em que se despediu do último. Ela não havia sido vendida e era tratada com menos crueldade, não tanto porque a amparasse o afeto de sua ama, mas sim porque a desventurada ia ser mãe, e seu senhor esperava fazer algo melhor quando o manumisso[43] nascesse. Aquele avarento fazia contrabando do sangue de reis.

Nay havia resolvido que o filho de Sinar não seria escravo.

Em uma ocasião em que Gabriela lhe falava do céu, usou de toda a sua selvagem franqueza para lhe perguntar:

— Os filhos dos escravos, caso morram batizados, podem ser anjos?

A mestiça adivinhou o pensamento criminoso que Nay acalentava e decidiu que lhe daria a saber que no país em que estava seu filho seria livre quando atingisse dezoito anos.

Nay apenas respondeu, em tom de pesar:

— Dezoito anos!

Dois meses depois, deu à luz um menino e se empenhou para que fosse batizado imediatamente. Assim que acariciou o filho com o primeiro beijo, compreendeu que Deus lhe enviava por ele um consolo e, orgulhosa de ser mãe do filho de Sinar, voltaram aos seus lábios os sorrisos que pareciam ter fugido deles para sempre.

---

43 **MANUMISSO:** Escravo alforriado; liberto.

Um jovem inglês que regressava das Antilhas para o interior de Nova Granada descansou por acaso naqueles meses na casa de Sardick antes empreender a penosa navegação do Atrato. Trazia consigo uma linda menina de três anos, a quem ele parecia amar ternamente.

Eram eles meu pai e Ester, que estava começando a se acostumar a responder pelo seu novo nome, María.

Nay supôs que a menina era órfã de mãe e dedicou-lhe particular carinho. Meu pai temia confiá-la a ela, embora María não estivesse contente senão nos braços da escrava ou brincando com o filho dela; mas Gabriela o tranquilizou contando-lhe o que ela sabia sobre a história da filha de Magmahú, relação que comoveu o estrangeiro. Esse compreendeu a imprudência cometida pela esposa de Sardick, ao torná-lo ciente da data em que a africana havia sido trazida para terra granadina, já que as leis do país proibiam desde 1821 a importação de escravos; e, dessa forma, Nay e seu filho eram livres. Mas teve cuidado o suficiente para informar Gabriela do erro cometido e esperou por uma oportunidade favorável para propor que William a vendesse para Nay.

Um norte-americano que regressava a seu país depois de ter realizado em Citará um carregamento de farinha se deteve na casa de Sardick, esperando para continuar sua viagem à chegada a Pisisí dos barcos que vinham de Cartagena trazendo a mercadoria que meu pai importava. O ianque viu Nay e, pago por sua gentileza, falou com William durante a refeição sobre seu desejo de levar uma escrava de belas condições, pois a solicitava para presenteá-la a sua esposa. Nay foi oferecida a ele, e o norte-americano, depois de regatear o preço durante uma hora, pesou ao irlandês cento e cinquenta castelhanos de ouro em pagamento da escrava.

Nay soube em seguida por Gabriela, quando ela lhe contou que havia sido vendida, que aquela pequena porção de ouro, pesada pelos brancos à sua vista, era o preço pelo qual a estimavam; e sorriu amargamente ao pensar que eles a estavam trocando por um punhado de ouro maciço. Gabriela não lhe ocultou que, no país aonde a levavam, o filho de Sinar seria um escravo.

Nay se mostrou indiferente a tudo; mas à tarde, ao pôr-do-sol, quando passeava meu pai à beira-mar, segurando María pela mão, ela se aproximou com o filho nos braços: na fisionomia da escrava aparecia uma tal mistura de dor e ira selvagem, que surpreendeu meu pai. Caindo de joelhos aos seus pés, disse-lhe em mal castelhano:

— Eu sei que nesse país aonde me levam, meu filho será escravo: se não queres que eu o afogue esta noite, compra-me; irei me dedicar a servir e amar tua filha.

Meu pai resolveu tudo com dinheiro. Assinado pelo norte-americano o novo documento de venda com todas as formalidades desejáveis, meu pai escreveu então escreveu um bilhete nele e passou a folha para Gabriela para que Nay pudesse ouvi-la ler. Nessas linhas, renunciava a quaisquer direitos de propriedade que pudesse ter sobre ela e seu filho.

O ianque, impressionado com o que o inglês acabara de fazer, disse admirado:

— Não consigo explicar o seu comportamento. O que ganha essa negra sendo livre?

— É — respondeu meu pai — que não preciso de uma escrava, e sim de uma aia que ame muito a esta garota.

E, sentando María sobre a mesa onde acabara de escrever, fez com que ela entregasse o papel a Nay, dizendo ele ao mesmo tempo para a esposa de Sinar estas palavras:

— Guarde bem isso. Estás livre para ficar ou habitar com minha esposa e meus filhos no belo país onde vivem.

Ela recebeu a carta de alforria das mãos de María e, pegando a menina em seus braços, cobriu-a de beijos. Então, segurando a mão de meu pai, tocou-a com os lábios, e aproximou-a chorando às do filho.

Assim foram habitar na casa dos meus pais Feliciana e Juan Ángel.

Após três meses, Feliciana, linda outra vez e conformada com seu infortúnio na medida do possível, vivia conosco a amada por minha mãe, que a distinguiu sempre com afeto e consideração especiais.

Nos últimos tempos, devido à sua enfermidade e, mais ainda, por ser evidente a ele, cuidava em Santa R. da horta e da leiteria; mas o principal objeto de sua permanência ali era receber-nos a meu pai e a mim quando descíamos da serra.

Crianças, María e eu, nos momentos em que Feliciana era mais complacente conosco, costumávamos agradá-la chamando-a de Nay; mas logo percebemos que ficava triste se lhe dávamos esse nome. Certa vez, quando, sentada à cabeceira de minha cama no começo da noite, entretinha-me com uma de suas histórias fantásticas, ficou em silêncio depois de terminar; e pensei ter notado que ela estava chorando.

— Por que choras? — Eu perguntei.

— Quando fores homem — ela me respondeu no seu tom de voz mais carinhoso — farás viagens e levarás a Juan Ángel e a mim, não é verdade?

— Sim, sim — respondi-lhe entusiasmado — iremos para a terra dessas lindas princesas de suas histórias... tu me mostrarás... Como se chama?

— África — respondeu ela.

Sonhei naquela noite com palácios de ouro e ouvindo músicas deliciosas.

XLIV

O padre havia administrado os sacramentos à enferma. Deixando o médico à cabeceira, montei o cavalo para ir à cidade preparar o necessário para o enterro e coloquei no correio aquela carta fatal endereçada ao Sr. A***.

Quando regressei, Feliciana parecia menos abalada e o médico tinha concebido uma ligeira esperança. Ela me perguntou sobre cada um dos da família e, ao mencionar María, disse:

— Quem poderia vê-la antes de morrer! Eu a teria recomendado a meu filho!

E então, como que para me satisfazer pela preferência que manifestava por ela, acrescentou:

— Se não fosse pela menina, o que seria dele e de mim?

A noite foi muito ruim para a enferma. No dia seguinte, sábado, às três da tarde, o médico entrou em meu quarto dizendo-me:

— Morrerá hoje. Como se chamava o marido de Feliciana?

— Sinar — respondi-lhe.

— Sinar! E o que aconteceu com ele? No delírio, ela pronuncia esse nome.

Não tive a condescendência de tentar emocionar o médico contando-lhe as aventuras de Nay, e fui para o quarto dela.

O médico dizia a verdade: ia morrer e seus lábios pronunciavam apenas esse nome cuja eloquência não conseguiam medir as escravas que a rodeavam, nem mesmo seu filho.

Aproximei-me para dizer-lhe, de modo que pudesse me ouvir:

— Nay! Nay…!

Abriu os olhos já turvos.

— Não me conheces?

Ela acenou com a cabeça afirmativamente.

— Quer que eu te leia algumas orações?

Fez o mesmo sinal.

Eram cinco da tarde quando fiz com que afastassem Juan Ángel do leito de sua mãe. Aqueles olhos que tão belos haviam sido giravam amarelados e agora sem luz nas órbitas ocas: o nariz se lhe havia afilado: os lábios, graciosos embora ligeiramente grossos, afinados agora pela febre, deixavam ver dentes que já não umedeciam: com as mãos crispadas segurava no peito um crucifixo e se esforçava em vão para pronunciar o nome de Jesus, que eu lhe repetia; nome do único que podia devolvê-la a seu esposo.

Havia anoitecido quando expirou.

Assim que as escravas a vestiram e a colocaram num ataúde, coberta desde a garganta até os pés de um linho branco, foi colocada sobre uma mesa de luto, cujos quatro cantos havia velas acesas. Juan Ángel, à cabeceira da mesa, derramava lágrimas sobre a testa de sua mãe e de seu peito rouco pelos soluços saíram gemidos lastimosos.

Mandei ordens ao capitão do grupo de escravos para que naquela noite os trouxesse para orar em casa. Foram chegando silenciosos, ocupando os homens e as crianças toda a extensão do corredor oeste; as mulheres se ajoelharam em círculo ao redor do féretro; e como as janelas da sala mortuária davam para o corredor, ambos os grupos rezavam ao mesmo tempo.

Terminado o rosário, uma escrava entoou a primeira estrofe de um daqueles hinos cheios da dolorosa melancolia e das desgarradas lamentações de algum coração escravo que orava. O grupo repetia em coro cada estrofe cantada, harmonizando-se as vozes profundas dos homens com as vozes puras e doces de mulheres e crianças. Estes são os versos daquele hino que guardei na memória:

Em escuro calabouço
Cuja grade ao sol ocultam
Muros negros e elevados
Que as prisões circunvalam;

Em que somente as correntes
Que arrasto, o silêncio turva
Desta solidão eterna
Onde nem se ouve o vento...

Morro sem ver as montanhas
Oh, pátria! Onde meu berço
Balouçou sob as florestas
Distantes de minha tumba.

Enquanto soava o canto, as luzes do féretro faziam brilhar as lágrimas que rolavam nos rostos meio embaçados das escravas, e eu procurava inutilmente ocultar-lhes as minhas.

O grupo se retirou e restaram apenas algumas mulheres que deviam revezar-se para orar a noite toda, e dois homens para preparar a maca em que a falecida devia ser levada para o povoado.

Já era tarde da noite quando consegui fazer Juan Ángel dormir, rendido pela dor. Então me retirei para o meu quarto; mas o murmúrio das vozes das mulheres que rezavam e o golpe dos facões dos escravos que preparavam a maca de vime despertavam-me toda vez que conseguia adormecer.

Às quatro, Juan Ángel ainda dormia. Os oito escravos que conduziam o cadáver e eu nos pusemos em marcha. Havia dado ordem ao mordomo Higinio para que fizesse o negrinho me esperar em casa, para evitar o terrível lance de dizer adeus à sua mãe.

Nenhum dos que acompanhávamos Feliciana pronunciou uma só palavra durante a viagem. Os camponeses que, trazendo suprimentos para o mercado, nos puderam alcançar sentiam falta daquele silêncio, por ser costume entre os aldeões do país entregar-se a uma repugnante orgia nas noites que eles chamam de velório, noites em que os familiares e vizinhos do falecido reúnem-se na casa dos enlutados, sob o pretexto de rezar pelos falecidos.

Terminadas as orações e a missa mortuária, seguimos com o cadáver para o cemitério. A cova já estava terminada. Ao passar com ele sob o portal do campo santo, Juan Ángel, que havia escapado da vigilância de Higinio, ao correr em busca de sua mãe, nos alcançou.

Colocado o ataúde à beira da sepultura, ele o abraçou como para impedir que o ocultassem. Foi necessário aproximar-me dele e lhe dizer, enquanto o acariciava, enxugando-lhe as lágrimas:

— Não é tua mãe que essa que vês aí; ela está no céu, e Deus não pode perdoar esse desespero.

— Me deixou sozinho! Me deixou sozinho! — repetia o infeliz.

— Não, não — respondi-lhe —: Aqui estou eu, que te quis bem e sempre te quererá. Tens ainda María, minha mãe, Emma... e todas te servirão de mães.

O ataúde estava já no fundo da cova; um dos escravos despejou a primeira pá de terra. Juan Ángel, avançando quase com raiva em sua direção, tomou-lhe a pá com as duas mãos, um movimento que nos encheu de doloroso espanto.

Às três da tarde do mesmo dia, deixando uma cruz no túmulo de Nay, nos dirigimos, seu filho e eu, para a fazenda nas montanhas.

XLV

Passados alguns dias, começou a acalmar-se a tristeza que a morte de Feliciana havia causado na alma de minha mãe, Emma e María, sem por isso deixar de ser o tema frequente das nossas conversas. Todos tentávamos aliviar Juan Ángel com nossos cuidados e carinho, sendo essa a melhor coisa que poderíamos fazer pela mãe dele. Meu pai lhe fez saber que estava completamente livre, embora a lei o tivesse colocado sob seus cuidados por alguns anos, e que, de agora em diante, ele seria considerado apenas um criado de nossa casa. O negrinho, que já tinha notícias de minha próxima viagem, disse que a única coisa que desejava era poder me acompanhar, e meu pai lhe deu alguma esperança de comprazê-lo.

Apesar do que havia sucedido na noite anterior à minha partida para Santa R., María continuava sendo para mim apenas o que era até então: aquele casto mistério que havia velado nosso amor, ainda o velava. Nós mal tomávamos a liberdade de passear sozinhos às vezes no jardim e no pomar. Esquecidos então de minha viagem, ela brincava ao meu redor, colhendo flores que colocava no avental para vir mais tarde me mostrar, deixando-me escolher as mais belas para meu quarto, e disputando algumas que fingia querer reservar para o oratório. Ajudava-a a regar suas plantas favoritas, para as quais levantava as mangas mostrando os braços, sem perceber o quão formosos me pareciam. Sentávamo-nos à beira do regato, coroada de madressilvas, de onde víamos as correntes fervendo e serpenteando no fundo profundo e montanhoso das vagas. Outras vezes, tentava me fazer distinguir entre os lampejos de ouro que o sol deixava ao se pôr, leões adormecidos, cavalos gigantes, ruínas de castelos de jaspe e lápis-lazúli e tudo o que tinha prazer em forjar com entusiasmo infantil.

Mas, se a mais leve circunstância nos fazia pensar na temida viagem, seu braço não se desprendia do meu e, detendo-se em certos lugares, procuravam-me seus olhares úmidos, depois de espiar neles algo invisível para mim.

Uma tarde, linda tarde que sempre viverá na minha memória!, a luz dos arrebóis moribundos do ocaso se confundia sob um céu lilás com os raios da lua nascente, esbranquiçados como os de uma lâmpada ao cruzar um globo de alabastro. Os ventos baixavam das montanhas para as planícies; as aves buscavam apressadamente seus ninhos na folhagem dos arbustos. Os laços dos cabelos de María, que caminhava lentamente pelo jardim segurando meu braço com ambas as mãos, haviam me acariciado a testa mais de uma vez; ela havia tentado apoiar a têmpora sobre meu ombro; não dissemos nada um ao outro... De repente, deteve-se no final de uma rua cheia de roseiras; olhou por alguns momentos para a janela de meu quarto, voltou os olhos para mim e disse:

— Foi aqui; eu estava assim vestida... lembras?

— Sempre, María, sempre...! — respondi, cobrindo-lhe as mãos de beijos.

— Veja: naquela noite acordei tremendo, porque sonhei que fazias isso que estás fazendo agora... Vês esta roseira recém-plantada? Se me esqueceres, ela não florescerá; mas se continuares sendo como és, dará as mais belas rosas, e eu as terei prometidas à Virgem contanto que ela deixe saber por elas se és bom sempre.

Sorri, enternecido por tamanha inocência.

— Não crês que será assim? — ela me perguntou, séria.

— Creio que a Virgem não precisará de tantas rosas.

Ela fez com que nos aproximássemos da janela de meu quarto. Uma vez lá, soltou seu braço do meu; dirigiu-se ao arroio, a poucos passos de distância, amarrando na cintura o avental, e, trazendo água nas mãos unidas, ajoelhou-se a meus pés para deixá-la cair em gotas sobre uma cebolinha germinada, dizendo:

— É um bosque de açucenas da montanha.

— E as plantaste aí?

— Porque aqui…

— Eu sei, mas esperava que tivesses esquecido.

— Esquecer? Como é tão fácil esquecer! — disse-me, sem se levantar nem olhar para mim.

Seu cabelo rolava solto até o chão, e o vento fazia alguns de seus fios tocarem as roseiras brancas de uma roseira contígua.

— Mas não sabes por que encontraste o buquê de lírios aqui?

— Como não hei de saber? Porque nesse dia houve quem presumisse que eu não queria mais colocar flores em sua mesa.

— Olha para mim, María.

— Para quê? — respondeu, sem levantar os olhos do arbusto, que parecia examinar com muito cuidado.

— Cada lírio que nascer aqui será um castigo cruel por um único momento de dúvida. Eu sabia se era digno...? Vamos plantar tuas açucenas longe deste lugar.

Dobrei um joelho em frente a ela.

— Não, senhor! — respondeu-me, alarmada e encobrindo o arbusto com ambas as mãos.

Eu tornei a ficar de pé; e, cruzando os braços, esperava que ela terminasse o que estava fazendo ou fingindo fazer. Tentou olhar para mim sem eu perceber e riu por fim, erguendo o rosto cheio de recompensas por um instante de suposta severidade, dizendo-me:

— Muito corajoso, não? Vou te dizer, senhor, para que são as açucenas que dá o arbusto.

Ao tentar se levantar, segurando a mão que lhe ofereci,

caiu novamente de joelhos, porque a detinham alguns cabelos emaranhados nos galhos da roseira. Separamo-los, e enquanto ela balançava a cabeça para arrumar o cabelo, seu olhar tinha um fascínio quase novo. Apoiada em meu braço, observou:

— Vamos, vai escurecer.

— Para que servem as açucenas? — insisti, enquanto caminhávamos lentamente em direção ao corredor da montanha.

— Já sabes para que servirão as rosas do arbusto novo que te mostrei, não?

— Sim.

— Bem, as açucenas serão usadas para algo semelhante.

— Vamos ver.

— Gostarias de encontrar em cada carta minha que receber, um pedacinho das açucenas que te der?

— Ah, sim.

— Isso será como contar-te muitas coisas que às vezes não deveriam ser escritas e outras que eu teria dificuldade em expressar bem, porque não terminaste de ensinar-me o necessário para que minhas cartas sejam enviadas bem bonitas... Também é certo...

— O que é certo?

— Que ambos temos culpa.

Depois de ter se distraído rompendo sob seus pés, preciosamente calçados, as folhas secas das mangueiras e dos mamoeiros regados pelo vento da ruela que seguíamos, disse:

— Eu não quero ir amanhã para as montanhas.

— Mas Tránsito não ficará magoada contigo? Faz um mês que se casou e não lhe fizemos a primeira visita. Por que não desejas ir?

— Por que... por nada. Dirás que estamos ocupados com tua viagem... qualquer coisa. Que ela venha com Lúcia no domingo.

— Está bem. Eu voltarei muito cedo.

— Sim; e não haverá caça.

— Mas essa condição é nova; e Carlos iria rir sabendo que me a impuseste.

— E quem vai contar para ele?

— Talvez eu mesmo.

— E por que isso?

— Para consolá-lo por aquele tiro que tão lamentavelmente errou contra o cervo.

— Verdade. Para um jaguar teria sido outra coisa, porque é claro que deve dar medo.

— O que não sabes é que a espingarda de Carlos não tinha munição quando ele atirou: Braulio a havia retirado.

— E por que Braulio fez isso?

— Para se vingar; Carlos e o senhor de M*** zombavam um do outro naquela manhã da fraqueza dos cães de José.

— Braulio fez mal, certo? Mas, se não tivesse feito assim, não estaria vivo o pequeno cervo. Não viste como fica feliz se eu me aproximo dele: até Mayo conseguiu com que o ame, e muitas vezes dormem juntos. É tão lindo! Como terá sua mãe chorado por ele.

— Solta-o para que possa ir, então.

— E ela ainda iria procurá-lo nas montanhas?

— Talvez não.

— Por que?

— Porque Braulio me garante que o cervo que matou pouco depois no mesmo desfiladeiro de onde veio o pequeno era a mãe.

— Ai! Que homem...! Não voltes a matar cervos.

Havíamos chegado ao corredor e Juan, de braços abertos, saiu ao encontro de María: ela o levantou e desapareceu com ele, depois de ter-lhe feito repousar a cabeça sonolenta num daqueles ombros de madrepérola rosada, que nem seu lenço nem seu cabelo se atreviam em alguns momentos a ocultar.

XLVI

Às doze horas do dia seguinte desci da montanha. O sol, do zênite, sem nuvens que o estorvassem, lançava viva luz tentando abrasar tudo o que a folhagem das árvores não defendia dos raios de fogo. Os arvoredos estavam silenciosos: a brisa não movia os galhos nem voava neles alguma ave; as cigarras festejavam, infatigáveis, aquele dia de verão com que dezembro se enfeitava; as águas cristalinas das fontes rolavam, precipitadas, correndo pelas ruelas para irem e se esconderem sob os tamarindos e cajás, e se ocultarem depois em frondosas hortelãs: o vale e suas montanhas pareciam iluminados pelo brilho de um espelho gigantesco.

Seguiam-me Juan Ángel e Mayo. Observei María, que vinha banhar-se acompanhada por Juan e Estefana. O cão correu em direção a eles e começou a dar voltas ao redor do belo grupo, espirrando e uivando como costumava fazer para expressar contentamento. María me procurou com olhos saudosos por toda parte e finalmente me viu quando eu pulava a cerca do pomar. Dirigi-me aonde ela estava. Seus cabelos, preservando as ondas que tranças lhes haviam imprimido, caíam em cachos desordenados em seu xale e parte da saia branca, que ela segurava com a mão esquerda, enquanto com a direita se abanava com um ramo de manjericão.

Estava sentada debaixo do ramo da laranjeira do banheiro, num tapete que Estefana tinha acabado de estender, quando me aproximei para cumprimentá-la.

— Que sol! — disse-me —; por não ter vindo cedo...

— Não foi possível.

— Quase nunca é possível. Queres banhar-te e eu espero?

— Oh, não.

— Se é porque falta alguma coisa no banheiro, posso colocar agora.

— Rosas?

— Sim; mas já as terás quando vieres.

Juan, que estava sacudindo os racimos de laranjas que estavam a seu alcance e quase na grama, ajoelhou-se diante de María para que lhe desabotoasse a blusa.

Naquele dia eu levava uma abundante provisão de lírios, porque além dos que Tránsito e Lucía haviam guardado para mim, encontrei muitos no caminho; escolhi os mais formosos para dar a María e, recebendo de Juan Ángel todos os outros, os despejei no banheiro. Ela exclamou:

— Ah, que pena! Tão lindos!

— As ondinas — disse-lhe eu — fazem o mesmo com elas quando se banham nos remansos.

— Quem são as ondinas?

— Algumas mulheres que gostariam de se parecer contigo.

— Comigo? Onde as viste?

— Eu as via no rio.

María riu e, como eu me afastava, disse-me:

— Não me demorarei mais que um minuto.

Meia hora depois ela entrou no salão onde eu a esperava. Seu olhar tinha esse brilho e suas bochechas o rosa suave que tanto a embelezavam ao sair do banho.

Ao me ver, parou, exclamando:

— Ah, por que aqui?

— Porque presumi que entrarias.

— E eu, que me esperavas.

Ela sentou-se no sofá que lhe indiquei e interrompeu algo em que estava pensando, para me dizer:

— Por que é, ah?

— O quê?

— Porque isso sempre acontece.

— Não disseste o quê.

— Que se imagino que farás algo, o fazes.

— E por que me avisa também algo que já vens, se tardas? Isso não tem explicação.

— Eu queria saber, há dias, se, sucedendo isso agora, quando não estás aqui, poderás adivinhar o que faço e eu saber se estás pensando...

— Em ti, não?

— Talvez. Vamos para a sala de costura de mamãe, pois para te esperar não fiz nada hoje; e ela quer pronto para esta tarde o que estou costurando.

— Estaremos a sós lá?

— E que empenho novo é este de estarmos sempre a sós?

— Tudo o que me estorva...

— Xiu...! — Disse-me, colocando um dedo nos lábios —. Vês? Estão na dispensa — acrescentou ela, sentando-se —. Então essas mulheres são muito bonitas? — perguntou, sorrindo e arrumando a costura —. Como se chamam?

— Ah...! São muito lindas.

— E vivem nas montanhas?

— Nas margens do rio.

— Sob o sol e a água? Não devem ser muito brancas.

— Nas sombras dos grandes bosques.

— E o que fazem lá?

— Não sei o que fazem; o que sei é que já não as encontro mais.

— E há quanto tempo te acontece essa desgraça? Por que não te esperariam? Sendo tão bonitas, ficarás desesperançoso.

— Estão... mas tu não sabes o que é estar assim.

— Bem, tu me explicarás. Como estão...? Não senhor! — acrescentou, escondendo nas dobras da renda irlandesa que ela tinha sobre a saia, a mão direita que eu havia tentado pegar.

— Está bem.

— Porque não posso costurar, e não dizes como estão as... como se chamam?

— Vou confessar-te.

— Dize, então.

— Estão com ciúmes de ti.

— Bravas comigo?

— Sim.

— Comigo!

— Antes eu só pensava nelas, e depois…

— Depois?

— Esqueci-as por ti.

— Então vou ficar muito orgulhosa.

Sua mão direita estava já brincando sobre um braço da cadeira, e era assim como costumava me dizer que eu poderia pegá-las. Ela continuou, dizendo:

— Na Europa existem ondinas…? Ouve-me, meu amigo, existem na Europa?

— Sim.

— Então… quem sabe!

— Com certeza pintam as bochechas com sumos de flores vermelhas, usam espartilho e botas.

María tratava de costurar, mas sua mão direita não estava firme. Enquanto desenrolava o novelo, observou-me:

— Conheço alguém que se esforça para ver pés lindamente calçados e… As flores da casa de banho vão pelo ralo.

— Isso significa que devo ir?

— É que me deixa triste que se percam.

— É outra coisa.

— Sério: isso me dá alguma pena... e outra coisa: é que nos vejam tantas vezes a sós... e Emma e mamãe estão vindo.

XLVII

Meu pai tinha resolvido ir à cidade antes de minha partida, tanto porque os negócios o exigiam urgentemente como para poder reservar algum tempo para resolver questões da viagem.

No dia catorze de janeiro, véspera do dia em que devia nos deixar, às sete da noite, e depois de trabalharmos juntos por algumas horas, fiz chegar ao seu quarto uma parte de minha bagagem, que deveria seguir com a dele. Minha mãe organizava os baús ajoelhada sobre um tapete, e Emma e María a ajudavam. Faltava apenas arrumar algumas de minhas roupas: María pegou algumas peças que estavam nos assentos imediatos e, ao reconhecê-las, perguntou:

— Isso também?

Minha mãe as recebia sem responder; às vezes levava o lenço aos olhos enquanto as ia guardando.

Saí e, ao voltar com alguns papéis que deveriam ser colocados nos baús, encontrei María encostada num canto do corredor.

— O que é? — eu disse. — Por que choras?

— Se eu não chorar...

— Lembra-te do que me prometeste.

— Sim, eu sei: ter coragem para tudo isso. Se fosse possível me dares parte da tua... Mas não prometi à mamãe ou a ti que não choraria. Se teu semblante não estivesse dizendo mais do que estas lágrimas dizem, eu as ocultaria... mas, depois, quem saberá…?

Limpei com meu lenço as que escorriam por seu rosto, dizendo:

— Espera por mim, eu volto.

— Aqui?

— Sim.

Estava no mesmo lugar. Inclinei-me ao lado dela.

— Olha — disse-me, mostrando-me o vale tenebroso —: Olha como entristeceram as noites; quando voltarem as de agosto, onde estarás?

Depois de alguns momentos de silêncio, acrescentou:

— Se não tivesses vindo, se, como papai pensou, não tivesses voltado antes de seguir para a Europa…

— Teria sido melhor?

— Melhor?… Melhor?… Acreditaste nisso alguma vez?

— Sabe bem que não pude.

— Eu sim, quando papai disse isso eu o ouvi falar da doença que eu tive; e tu, nunca?

— Nunca.

— E naqueles dez dias?

— Amava-te como agora: mas o que o médico e meu pai...

— Sim, mamãe me contou. Como poderei pagar-te?

— Já fizeste o que eu poderia pedir em troca.

— Algo que valha tanto assim?

— Amar a mim como te amei então, como te amo hoje; me ames muito.

— Oh sim. Mas embora seja uma ingratidão, não foi por te pagar o que fizeste.

E apoiou por alguns momentos a testa na mão entrelaçada à minha.

— Antes — continuou, levantando lentamente a cabeça — eu teria morrido de vergonha de falar assim contigo... Talvez eu não esteja fazendo a coisa certa...

— Mal, María? Tu não és, pois, quase minha esposa?

— Eu simplesmente não consigo me acostumar com essa ideia; tanto tempo que me pareceu impossível...

— Mas hoje? Até hoje?

— Não consigo imaginar como serás tu e como eu serei então... O que procuras? — ela me perguntou, sentindo minhas mãos procurando as suas.

— Isso — respondi, tirando um anel do dedo anelar de sua mão esquerda onde estavam gravadas as duas iniciais dos nomes dos seus pais.

— Para usá-lo tu? Como não usas anéis, eu não te teria oferecido.

— Vou te devolver no dia de nossas bodas; enquanto isso, substitui-o por este; é o que minha mãe me deu quando eu fui para o colégio: dentro do aro estão teu nome e o meu. Não sentirei falta; a ti, sim, não?

— Bem, mas este nunca vou te devolver. Lembro-me que nos dias em que ias, tu o deixaste cair no riacho do jardim. Tirei os sapatos para procurá-lo e, como me molhei muito, mamãe ficou brava.

Algo escuro como os cabelos de María e veloz como o pensamento passou diante de nossos olhos. María deu um grito engasgado e, cobrindo o rosto com as mãos, exclamou horrorizada:

— O pássaro preto!

Tremendo, ela agarrou um dos meus braços. Um calafrio de pavor percorreu meu corpo. O zumbido metálico das asas do pássaro ominoso não podia mais ser ouvido. María estava imóvel. Minha mãe, que saía do escritório com uma luz acesa, aproximou-se, alarmada com o grito que acabara de ouvir de María; ela estava lívida.

— O que foi? — perguntou minha mãe.

— Aquela ave que vimos no quarto de Efraín.

A luz tremeu na mão de minha mãe, que disse:

— Mas, mocinha, como podes se assustar assim?

— A senhora não sabe... Mas eu não tenho mais nada. Vamos sair daqui — acrescentou, chamando-me com seu olhar, agora mais sereno.

A campainha da sala de jantar tocou e nos dirigíamos para lá quando María se aproximou de minha mãe para dizer:

— Não conte a papai sobre meu susto, porque ele vai rir de mim.

XLVIII

Às sete da manhã seguinte já havia saído de casa a bagagem de meu pai, e ele e eu tomávamos o café com terno de viagem. Devia acompanhá-lo até perto da fazenda dos senhores de M***, dos quais ia me despedir, o mesmo quanto aos demais vizinhos. A família estava toda no corredor quando se aproximaram os cavalos para montarmos. Emma e María saíram de meu quarto naquele momento, o que me chamou a atenção. Meu pai, depois de beijar minha mãe em uma das bochechas, beijou a testa de María, de Emma e de cada uma das crianças até chegar a Juan, que o lembrou do encargo que lhe dera de uma pequena sela com esporões, para selar um lindo potro que era sua diversão naqueles dias.

Deteve-se meu pai mais uma vez na frente de María, antes de descer as escadas, e lhe disse em voz baixa, colocando a mão na cabeça e tentando inutilmente fazê-la olhar para ele:

— Fica combinado que serás muito bonita e muito sensata; não é verdade, minha senhora?

María deu-lhe uma resposta afirmativa, e de seus olhos, que o pudor velava, tentavam escorrer as lágrimas, que ela rapidamente enxugou.

Despedi-me até a tarde e, estando perto de María, enquanto

meu pai montava, ela me disse, de modo que ninguém mais pudesse ouvi-la:

— Nem um minuto depois das cinco.

Da família de Dom Jerónimo, apenas Carlos estava na fazenda; recebeu-me cheio de prazer e tentando conseguir de mim, desde o momento em que me abraçou, que passasse o dia inteiro com ele.

Visitamos o engenho, de construção cara, embora com pouco gosto e arte; percorremos o jardim, formosa obra dos antepassados da família, e fomos por último ao estábulo, adornado com meia dúzia de cavalos valiosos.

Fumávamos depois do almoço quando Carlos me disse:

— Pelo visto, será impossível eu te ver antes de nos dizermos adeus, com tua cara de estudante feliz, com aquela que punhas para me atormentar ao lhe contar algum capricho desesperador de Matilde. Mas, no final, se estás triste porque estás indo embora, isso significa que ficarias feliz se ficasses... Diabo de viagem!

— Não sejas mal-agradecido — respondi —; quando eu voltar, terás um médico de graça.

— Certo, homem. Crês que eu não havia previsto isso? Estuda muito para voltares logo. Se, enquanto isso, um resfriado contraído nestas planícies não me matar, é possível que me encontres hidrópico. Estou ficando atrozmente entediado. Todo mundo aqui queria que eu passasse a véspera de Natal em Buga; e, para ficar, tive de fingir que tinha deslocado o tornozelo, com o risco de que tal conduta me tornasse impopular entre a numerosa turma de minhas primas. Por fim, terei de pretextar alguns negócios em Bogotá, mesmo que seja trazer cervos e lãs como Emigdio... trazer qualquer coisa.

— Uma esposa, por exemplo? — eu o interrompi.

— Claro! Imaginas que eu não pensei nisso? Mil vezes! Todas as noites faço mil projetos. Imagina: deitado de barriga para cima em uma cama desde as seis da tarde, esperando virem os negros rezar, para me chamarem depois para beber chocolate e depois ouvi-los separar raízes, palha e caules de cana...

Na madrugada de todos os dias, o primeiro cheiro de bagaço que chega até meu nariz desmonta todos os meus castelos.

— Mas vais ler.

— O que eu leio? Com quem falo sobre o que leio? Com esse mordomo que já está bocejando às cinco?

— Tenho certeza de que necessitas se casar com urgência; que voltaste a pensar em Matilde e que pretendes trazê-la para cá.

— Estás certo; é bem isso mesmo. Depois que me convenci de que havia cometido um erro ao tentar me casar com sua prima (Deus e ela me perdoem), veio a tentação que dizes. Mas sabes o que geralmente acontece comigo? Depois de me custar tanto trabalho resolver um daqueles problemas de Bracho, imaginar que Matilde já é minha esposa e está em casa me faz cair em gargalhadas ao supor o que seria da infeliz mulher.

— Mas por quê?

— Rapaz, Matilde é de Bogotá como a fonte de San Carlos, como a estátua de Bolívar, como o conselheiro Escamilla; eu teria que me deixar perder na mudança. E o que eu poderia fazer para evitar isso?

— Bem, fazer ser amado por ela sempre; proporcionar-lhe todos os refinamentos e distrações possíveis... enfim, és rico, e ela seria a ti um estímulo para o trabalho. Além disso, estas planícies, estes bosques, estes rios não serão coisas que talvez ela não tenha visto? São para serem vistas e não amadas?

— Lá vens tu com poesias. E meu pai e suas campesinadas? E minhas tias, com seus fumos e pudores? E essa solidão? E o calor...? E o demônio...?

— Espera — interrompi, rindo —, não leves para o lado pessoal.

— Não falemos mais disso. Apressa-te para voltares logo a cuidar de mim. Quando regressares, casarás com a senhorita María. Não é?

— Se Deus quiser...

— Queres que eu seja teu padrinho?

— Com toda a certeza.

— Obrigado. Então, trato feito.

— Peça que me tragam meu cavalo — disse a ele, depois de um momento de silêncio.

— Vais embora agora?

— Desculpe, mas em casa me esperam cedo. Veja que está muito próxima a viagem... e tenho de me despedir hoje de Emigdio e de meu compadre Custódio, que não estão muito próximos.

— Vais embora exatamente no dia trinta?

— Sim.

— Restam-te apenas quinze dias; não devo deter-te. Por fim riste de alguma coisa, embora fosse de meu tédio.

Nem Carlos nem eu pudemos esconder o pesar que nos causava aquela despedida.

Estava vadeando o Amaimito[44] quando ouvi meu nome ser chamado e vi meu compadre Custódio aparecer de uma floresta próxima. Cavalgava um potro manhoso, bem pequeno ainda, numa silha de cabeça grande. Vestia uma camisa listrada azul, calças enroladas até o joelho e o poncho cruzando o tronco. Seguia-o, montado numa égua velha, pesada pelos anos e por quatro cachos de banana, um garoto bobo, o mesmo que acumulava no campo as funções de pastor de porcos, avicultor e jardineiro.

— Deus me guarde, compadrito — disse-me o velho quando cheguei perto —. Se não me começo a gritar, o senhor me foge.

— À tua casa ia, amigo.

— Não me diga. E quase não saí desses montes, buscando maneira de encontrar uma leiteira fujona que já começou a urrar: mas essa danada vai me pagar tudo de uma vez. Se não acerto passar pelo cantim e ver os passarim, a est'ora estava me arrastando à sua busca. Fui sem titubear, e dito e feito: bem alimentado o bezerro, e tão grandote que parecia de dois meses. Nem

44 AMAIMITO: Pequena comunidade rural do corregimento Santa Elena, no município de El Cerrito, Valle del Cauca, Colômbia, situada junto à sub-bacia do rio Amaime.

mesmo o couro se podia tirar, que com outro me teria servido para alguns casacos, que os que tenho estão p'ra se jogar fora.

— Não sei de nada, compadre, os bezerros que hão de sobrar e os anos para vê-los em récua. Vam'bora, então.

— Nada, senhor — disse meu compadre, começando a andar e me precedendo. Sim, é canseira. O tempo está terrível. Mas veja bem o senhor: mel por um preço absurdo; rapadura, nem se fala; o açúcar que sai branco, por peso; os queijos, em vão; e os porcos, tragando todo o milho da colheita, e como se fosse jogado no rio. As rendas de sua comadre, ainda que a pobre goste de trabalhar, não dão p'ro gasto; não há feitura de sabão que pague o que se gasta; esses lazarentos dos guardas, atrás do alambique em que decantam... que lhe digo: comprei ao amo Dom Jerônimo um restolho de *gaudualito*; mas que homem tão tirano! Me arrancou quatrocentos *patacones* e mais dez *tenerotes*!

— E de onde saíram os quatrocentos? Do sabão?

— Ah! O senhor foi bem no ponto, compadre. Quebramos até o cofrinho da Salomé p'ra poder pagá-lo.

— E Salomé continua tão trabalhadeira como antes?

— E, se não, de onde tirar a sopa? Ela corta tiras de lombo, que é o que há p'ra ver, e ajuda em tudo: enfim, filha da sua mãe. Mas se eu lhe disser que essa guria me põe maluco, não minto.

— Salomé? Ela é tão formal, tão modesta...

— Ela, compadre, é calminha como se vê.

— Mas o que acontece?

— O senhor é deveras cavalheiro e meu amigo, e eu vou lhe contar, em vez de ir dizer ao padre da paróquia que eu acho que de santo não tem nada. Mas espere e eu cruzo primeiro esta vala, porque p'ra não se sujar precisa alguém ir antes.

E, voltando-se para o bobo, que ia dormindo entre os plátanos:

— Vai indo, moleque, porque se a égua atolar terei gosto de perder meus cacarecos para te deixar aí.

O estúpido riu tolamente e deu em resposta alguns resmungos desarticulados. Meu compadre continuou:

— Conhece o Tiburcio, o mulatinho que o finado Múrcia criou?

— Não era ele quem queria se casar com Salomé?

— Chegaremos lá.

— Não sei quem o criou. Mas, sim, eu o conheço: o vi na sua casa e na casa de José, e às vezes até caçamos juntos; é um belo rapaz.

— Aí onde o vê, não lhe faltam oito boas vacas, uma piara de porcos, um pequeno celeiro e duas boas éguas de sela. Porque Nhô Murcia, embora vivia aprontando tanto que dava medo, era um bom homem e deixou tudo isso pr'o menino. Ele é filho de uma mulata que custou ao velho um ataque de tristeza tão grande que por pouco leva ele dessa p'ra uma melhor, pois despois de ter comprado a crioula em Quilichao, ela morreu. Eu soube da história porque então eu gostava de ir trabalhar algumas vezes nas terras de Nhô Múrcia.

— E o Tiburcio?

— Já chego aí. Bem, senhor, vai para oito meses desde que comecei a notar que no menino não faltavam histórias para vir nos ver; mas logo saquei tudo e descobri que o que procurava era oportunidade de ver Salomé. Um dia esclareci tudo a Candelaria, e ela foi logo me dizendo que meus olhos não viam bem e o conto era mentira. Fiquei de tocaia um sábado de tardezinha, porque Tiburcio sempre vinha aos sábados naquele horário, e veja o sinhô que eu vi a garota ir para encontrar ele assim que o ouviu, e não me restou nem uma pitada de dúvida... Claro, não vi nada que não fosse legítimo. Dias e dias se passaram, e Tiburcio não abria a boca p'ra falar de casamento. Mas eu pensava: será que vai ficar com Salomé, e bem safado será se não se casa com ela, pois ela não é nenhuma dessas, e tão mulher honrada que não há risco de se desviar. Do nada deixou de vir Tiburcio, sem que Candelária conseguisse tirar qualquer coisa da moça; e, como Salomé tem o respeito que me deve, não pude descobrir nada; aí, desde antes da véspera de Natal, Tiburcio não aparece lá. Não será o sinhô amigo do menino Justiniano, irmão de Dom Carlitos?

— Não o vejo desde que éramos crianças.

— Bom, desconte as costeletas que Dom Carlos deixou crescer e pronto: é o mesminho. Mas oxalá fosse como o irmão; são iguaizinhos; mas belo moço, por que negar? Não sei onde ele viu Salomé: talvez tenha sido agora que estive empenhado em tratar dos negócios com o pai dele, pois o menino veio ferrar os bezerros e desde aquele mesmo dia não me deixa nem comer minha banana em paz.

— Isso não é bom.

— Eu, que lhe conto isso com o risco de que sua comadre, se souber, me diga um dia em que estiver lunática que sou um zé-ninguém, que não sei o que estou fazendo. Mas não há mal nenhum que não tenha cura: tenho dado e cavado até atingir o alvo.

— Vamos ver, compadre; mas diga-me antes (e desculpe-me se há indiscrição em que lhe pergunte), que cara faz Salomé para Justiniano?

— Deixe-me dizer, senhor: pois é isso que me mantém dia e noite como se estivesse dormindo sobre urtigas... Compadre, a moça está picada... Para não matá-la... E a surra que dou nele se faz o diabo... Ele quer, menino. E por isso conto tudo ao senhor, para dar um jeito nisso.

— E como descobriste que Salomé está apaixonada?

— Meu Deus! E não vi como seus olhos dançam quando vê o branquinho e como ela se põe toda assustada, como se vivesse de água e vela, porque ele parece que vive na secura e que fumar é a única coisa que consegue fazer? Pois por vela e água vai à casa e vem e vai; e não faz falta nas tardes de domingo em casa da velha Dominga; não conhece ela?

— Não.

— Bom, vou lhe contar que ela é dessas que usa pó de arroz; e não há quem tire da cabeça de Candelária que foi essa morcega quem pôs mau-olhado naquele macaco tão sabido e que tanto divertia ocê; porque o animalzinho engasgou esfregando a barriga e gemendo como cristão.

— Alguma lacraia deve tê-lo picado, compadre.

— De onde?! Se até p'ra comida fria o bicho dava trabalho; é fato que a bruxa lhe pôs feitiço; mas não era aí que eu queria ir. No instantim que eu fui buscar a égua, encontrei a velha no Guayabal, que estava voltando para casa, e como sou esperto, foi só ver ela e fiquei na frente dela para dizer: "Olha, Nhá Dominga, arreda, que as pessoas lá têm o que fazer em vez de ficar de conversê. Vão duas viagens com esta que eu disse que me choca ver ocê em casa." Toda ela começou a tremer, e eu, vendo ela assustada, pensei num instante: essa carniça não é coisa boa. Saiu com essas e outras; mas deixei ela como na missa quando lhe disse: "Olha, que eu sou malicioso, e se te pegar aprontando, vou te esfolar com martelo e, se não fizer, que me neguem meu nome".

A exaltação do meu compadre atingiu o seu auge. Persignando-se, continuou:

— Creio em Deus Pai, Jesus! Essa escória é capaz de me pôr a perder, um dia que me encho de raiva. Bom, é isso, branco: um homem de bem ter sua filhinha que tanta dificuldade lhe custou, e que não há de faltar quem queira fazer corar alguém querido.

Meu irascível compadre estava perto de um ataque do coração, e eu, para quem suas últimas palavras não haviam parecido salvas e respondidas, apressei-me em dizer a ele:

— Vejamos o remédio que encontrou o senhor para o mal, porque estou prestes a crer que é coisa grave.

— Bem; já, já o senhor verá: sua mãezinha propôs outro dia à minha esposa que lhe mandasse Salomé por algumas semanas para que a moça aprendesse a costurar direitinho, que é tudo o que Candelária deseja. Então não se pode... eu não conhecia o senhor como agora.

— Compadre...!

— Pela verdade morreu Cristo. O caso aqui é diferente: quero que sua mãezinha fique com a moça lá por alguns meses, que assim não há de ir buscá-la esse inimigo ruim: Salomé vai tomar juízo e será o mesmo que dizer àquele que quer levar ela de mim que vá para o raio que o parta. O que acha?

— Sim, está bem. Hoje mesmo falarei com minha mãe; e

ela e as moças ficarão muito felizes. Eu te prometo que tudo será resolvido.

— Deus lhe pague, compadre. Então eu darei um jeito para que o senhor fale sozinho hoje com Salomé, como quem não quisesse nada: proponha-lhe que vá à sua casa e diga que sua mãezinha está esperando por ela. O senhor me conta depois como foi e tudo vai dar certo como dois e dois. Mas, se a moça grudar em mim, não vou me fazer de rogado e vou levá-la ao monastério de Cali, que aí nem uma mosca vai chegar perto dela, e se ela não sair de lá casada, rezando e aprendendo a ler livros, não largo dela até São João dar sua bênção.

Passávamos pelo restolho recém-adquirido por Custódio, e esse me disse:

— Não vê que primor de terra e como cresceu o espinheiro, que é o melhor sinal de bom terreno? A única coisa de ruim é a falta d'água.

— Compadre — respondi-lhe —, se possível for, coloque o quanto dela quiser.

— Não brinque! Assim não vou vendê-lo nem pelo dobro do preço.

— Meu pai está de acordo que o senhor plante o que precisar nos campos da parte de baixo: fiz ver o que o senhor me recomendou; e ele ficou surpreso que não tivesse pedido permissão antes.

— Mas que lembrança sua, meu compadre: só agora é que vim a me dar conta disso... Diga ao patrão que lhe agradeço do fundo da alma; já sabe que não sou nenhum ingrato e que me tem aqui com tudo o que é meu para servi-lo. Candelária vai ficar a postos: água à mão para o jardim, para os tonéis, para a manguinha... Suponha que a que passa perto de casa é um fiozinho, e que serve aos porcos do companheiro Rudecindo, o que acaba com as roças e danifica minhas plantações: elas não brotam; então, para toda a limpeza que se precisa fazer em casa é preciso mandar de repente a égua carregada de baldes até ao Amaimito, porque, para beber água da Honda, é melhor água sanitária, da mais pura e viscosa que há.

— É cobre, compadre.

— Pois é isso.

A notícia da permissão que lhe concedia meu pai para beber a água refrescou o matuto a ponto de fazer com que o potro que ele montava fizesse a espora com que o cavaleiro o fustigava reluzir.

— De quem é esse potro? Não tem sua marca.

— O senhor gosta? É do avô Somera.

— Quanto vale?

— Bem, sem rodeios nem orgulhos bobos, confesso-lhe que de Dom Emigdio não quis mais do que quatro medalhas; e este é um ás diante do meu cinza-preto, pois se move em ritmo lento e já o considero velho, e mexe o rabo que é uma beleza: como foi difícil para mim amansá-lo! Por uma semana inteira me arrebentou este braço, porque não há outro que o supere no dia-a-dia; e um remate no dois-e-dois... Ele está ganhando peso, porque, depois da última festança que dei, ele comeu até encher a barriga.

Chegávamos à casa de Custódio quando agarrou o potro para lhe dar comando a fim de abrir a porta do pátio. Mal essa fez um último ruído atrás de nós e um golpe fez tremer o cavalete de madeira, e meu compadre me aconselhou:

— Vá com cuidado até Salomé para ver o que consegue dela.

— Não se preocupe — respondi, fazendo meu cavalo chegar até o corredor, ao qual assustavam as roupas brancas penduradas ali.

Quando tratei de apear, já havia meu amigo coberto a cabeça do potro com o capote e me estendia o estribo e a rédea. Depois de amarrar as cavalgaduras exclamou, gritando:

— Candelária! Salomé!

Apenas os bichos respondiam.

— Mas nem os cachorros — continuou meu compadre —: Como se todos tivessem sido engolidos pela terra.

— Já vou — respondeu da cozinha a minha comadre.

— Ah, sim! E não é que está aqui o teu compadre Efraín?

— Espere um minutinho, compadre, é porque estamos

com uma rapadura aqui que nos queima.

— E Fermín onde se meteu? — perguntou Custódio.

— Saiu com os cães para procurar um porco selvagem — respondeu a voz melodiosa de Salomé.

Ela apareceu de repente na porta da cozinha, enquanto meu amigo se empenhava em me ajudar a tirar os sapatos.

A casinha do matuto era de palha e de chão batido, mas muito limpa e recentemente caiada; assim, rodeada de cafezais, bananeiras, mamoeiros e outras árvores frutíferas, à casa não faltava nada além do que teria dali em diante, esperança que tão favoravelmente melhorou o humor de seu proprietário: água corrente e cristalina. A salinha estava enfeitada com alguns bancos forrados de couro cru, uma poltrona, uma mesinha então forrada com tecido engomado, e o aparador, onde luziam pratos e tigelas de diversos tamanhos e cores.

Uma cortina alta de chita rosada cobria a porta que dava para as alcovas, e em sua cornija descansava uma deteriorada imagem da Virgem do Rosário, completando o altarzinho com duas pequenas imagens de São José e Santo Antônio, colocado em cada lado da lâmina.

Saiu da cozinha pouco depois minha roliça e risonha comadre, sufocada pelo calor do fogão e segurando uma colher de pau na mão direita. Depois de me fazer mil reclamações por minha inconstância, acabou me dizendo:

— Salomé e eu o estávamos esperando para comer.

— Por quê?

— Juan Ángel veio aqui buscar uns reais de ovos, e a senhora me mandou dizer que o senhor vinha hoje. Mandei chamar Salomé no rio, porque estava lavando, e lhe perguntei o que lhe disse, que não me deixará mentir: "Se meu compadre não vier comer aqui hoje, vai se ver comigo".

— Tudo isso significa que têm uma boda planejada para mim.

— Ainda não vi o senhor comer com avidez um cozido feito por minha mão; o ruim é que ainda não está pronto.

— Melhor, porque assim terei tempo para tomar banho. Vejamos, Salomé — disse, parada na porta da cozinha, ao mesmo tempo em que meus compadres entravam na sala conversando baixo —: O que tens aí?

— Geleia e isto que estou fazendo para ele — respondeu, sem parar de mexer —. Se soubesse que o estava aguardando como pão que cresce...

— Isso será por que... há muitas coisas boas.

— Um bolo! Espere um minutinho enquanto me lavo para poder apertar sua mão, embora só por formalidade, porque como não é mais meu amigo...

Isso dizia sem me olhar completamente, entre feliz e envergonhada, mas me deixando ver, abrindo um sorriso no canto da boca, aqueles dentes de brancura inverossímil, companheiros improváveis e inseparáveis de lábios úmidos e amorosos: suas bochechas mostravam aquela cor rosada que, nas mestiças de certa tez, escapa por sua beleza a toda comparação. À medida que os braços nus e mórbidos iam e vinham na pedra sobre a qual apoiava a cintura, mostrava toda a sua flexibilidade; agitavam-se seus cabelos soltos sobre os ombros e as dobras da camisa branca e bordada se esticavam. Balançando a cabeça jogada para trás para os cabelos retornarem para a nuca, começou a lavar as mãos e terminou de secá-las nos quadris, dizendo-me:

— Como ele gosta de ver moer. Se soubesse — continuou mais lenta — como estou moída! Não lhe digo que o estive esperando?

Posicionada de forma que não pudessem vê-la de fora, ela continuou, dando-me a mão:

— Se o senhor não tivesse ficado um mês sem vir, teria me feito um bem. Vamos ver se meu *taita* está por aqui.

— Não tem nenhum. Não posso fazer-lhe o mesmo bem agora?

— E quem sabe?!

— Mas vamos ver. Não estás persuadida de que o farei com mil amores?

— Se eu dissesse que não, seria uma mentirosa, pois desde que agiu com tanto empenho para que esse senhor inglês viesse me ver quando tive gripe e muito interesse porque me curei, me convenci de que, sim, me tinha carinho.

— Que bom que reconheces.

— Mas o que tenho para lhe contar é tanta coisa, que de uma vez só não consigo, e antes de tudo é um milagre que minha mãe não esteja aqui... Ouvi dizer que já vem.

— Não faltarão oportunidades.

— Ah, senhor! E não me conformo com que se vá hoje sem contar tudo.

— Vai tomar banho, compadre? — disse Candelária, assim que entrou —. Então, vou lhe trazer uma toalha bem cheirosa e agorinha mesmo o senhor vai com Salomé e seu afilhado; mas antes trarão um balde de água e com ela lavo algumas tralhas, pois do que tinha para o senhor e para mandar à paróquia só restou o que havia na tina.

Ao ouvir a proposta da boa mulher, fiquei convencido de que ela estava complemente a par do plano do marido, e Salomé descuidadamente me fez uma careta expressiva, de modo que com lábios e olhos me indicava ao mesmo tempo: "agora sim".

Saí da cozinha e, passando para a sala enquanto se preparavam as coisas necessárias para o banho, pensava na enorme razão que tinha meu amigo em ter ciúmes de sua filha, porque poderia ocorrer a alguém menos malicioso que ele que o rosto de Salomé com suas pintas, e aquela figura e andar, e aqueles seios pareciam algo mais que verdadeiro, imaginado.

Salomé interrompeu essas considerações, que, parando na porta, com um chapeuzinho rústico cobrindo só a metade da cabeça, me disse:

— Vamos?

E, dando-me a oportunidade de sentir o cheiro da toalha pendurada em seu ombro, acrescentou:

— Qual é o cheiro?

— O seu.

— Malvas, senhor.

— Bem, malvas.

— Pois sempre tenho muitas no baú. Ande, e não vá crer

que seja longe: vamos levá-lo por debaixo da plantação de cacau; ao sair do outro lado, só precisa caminhar um pouco e já estamos lá.

Fermín, carregado de cabaças e coadores, precedia-nos. Este era meu afilhado; tinha eu treze anos e ele dois quando servi como seu padrinho de confirmação, isso devido ao afeto que que seus pais sempre me demonstraram.

XLIX

Saíamos do pátio atrás da cozinha quando minha comadre nos gritou:

— Não demorem, a comida está quase servida.

Salomé quis fechar a portinha gradeada pela qual havíamos entrado na plantação de cacau; mas comecei a fechá-la enquanto ela dizia:

— O que fazemos com Fermín, que conta tanta história?

— Verás.

— Já sei: deixe estarmos mais adiante, e eu o engano.

Cobria-nos a densa sombra da plantação de cacau, que parecia não ter limites. A beleza dos pés de Salomé, que a saia de *pancho* azul deixava visíveis até acima dos tornozelos, destacava-se no caminho escuro e nas folhas secas. Meu afilhado estava atrás de nós jogando sabugo de milho e sementes de abacate às cigarras cantoras e colibris que gemiam sob a folhagem. Ao chegar ao pé de um câmbulo, Salomé parou e disse ao irmão:

— Se as vacas vão sujar a água? Claro, porque neste momento estão no bebedouro de cima. Não há outro remédio a não ser correr para assustá-las: corre, minha vida, e veja se não vão comer da cumbuca que eu deixei esquecida num galho de acácia. Mas tome cuidado para não quebrar os trastes ou jogar alguma coisa fora. Já estás nisso.

Fermín não permitiu que se repetisse a ordem; é verdade que lhe foi dada da maneira mais doce e comprometedora.

— Viste? — perguntou-me Salomé, encurtando o passo e olhando para os galhos com mal fingida distração.

Começou então a olhar para os pés como se contasse seus passos lentos; eu também interrompi o silêncio que mantínhamos, dizendo:

— Pois bem: o que há e com o quê te deixam exausta?

— Bom, aí verás que não sei o que te contar.

— Por que?

— Se hoje me parece muito triste e… agora tão sério.

— Isso é o que pensas. Começa, porque depois não sei se vais poder. Eu também tenho algo muito bom para te contar.

— Sim? O senhor primeiro, então.

— De jeito nenhum Salomé respondi.

— Então é assim? Pois bem, ouve; mas me promete não dizer nadinha do que…

— Claro.

— Bem, o que acontece é que Tiburcio se tornou um leviano e um ingrato que procura bobagens para me provocar sentimentos; agora faz mais ou menos um mês que estamos sem nos falar sem que eu tenha dado motivo.

— Nenhum?

— Olha… eu juro.

— E o que ele te disse que sente para estar assim depois de ter te amado tanto?

— Tiburcio? É um bobo: não me ama de jeito nenhum; no começo eu não sabia por que ficava de cara amarrada o tempo todo, e então me dei conta de que tudo era porque ele achou que eu ficava de sorrisinhos com a primeira pessoa que via. Diga-me o senhor: consegue aguentar isso quando se é honrada? Primeiro deu para crer em bobagens, e o senhor tem a ver com isso.

— Eu também?

— Quando deu ouvidos a ele!

— E o que achavas?

— Para que serve lhe dizer se o senhor já sabe? Tudo porque o viu chegando algumas vezes à nossa casa e porque lhe tenho carinho. E como poderia não ter?

— E se convenceu por fim de que o que pensava era um disparate?

— Precisei de muitas lágrimas e umas boas palavras para lhe dar juízo.

— Acredite, sinto muito ter sido a causa disso.

— Não peça desculpas, porque se não fosse o senhor poderia ser outro de quem ele iria desconfiar. Ouça, não lhe contei o pior. Meu *taita* domesticava os potros do menino Justiniano, e ele teve de vir ver alguns bezerros que precisavam de cuidados. Numa das ocasiões em que o branco veio, encontrou Tiburcio aqui.

— Aqui?

— Não se faça de bobo; em casa. Para castigo dos meus pecados voltou a encontrá-lo aqui mais uma vez.

— Aí já vão duas, Salomé.

— Oxalá fosse só isso: também o encontrou numa tarde de domingo em que veio pedir água.

— São três.

— E mais nada, porque, embora já tenha vindo outras vezes, Tiburcio não o viu; mas parece-me que lhe contaram.

— E para ti isso e nada são a mesma coisa?

— O senhor também não acha isso? Oras! E eu tenho culpa de que esse branco queira vir aqui? Por que meu *taita* não diz para ele não vir, já que pode?

— Há coisas simples que são difíceis de se fazer.

— Ah, sim: é o que eu digo ao Tiburcio; mas tudo tem seu remédio, e isso não me atrevo a dizer ao senhor.

— Que se case logo contigo; não é isso?

— Se me ama tanto... Mas já quando... e é capaz de crer que sou qualquer uma.

Salomé tinha os olhos marejados e, depois de dar mais alguns passos, parou para enxugar as lágrimas.

— Não chores — disse-lhe —, eu tenho certeza de que ele

não acha isso: tudo é obra do ciúme e nada mais; verás como isso se ajeita.

— Espero que sim; tinha de ser menos difícil. Porque lhe disseram que é um filho de um fidalgo, agora acha que ninguém está acima dele... Caramba! Como se eu fosse alguma negra boçal ou manumissa como ele. Agora está lá, com as moças da província, e tudo para me ofender, porque o conheço muito bem. Bem que me alegraria nhô José dar-lhe o pé no traseiro.

— Não precisa ser injusta. O que tem a ver ele estar trabalhando na casa de José? Isso significa que aproveita o tempo; pior seria passar os dias banzando por aí.

— Eu sei muito bem quem é o Tiburcio. Menos apaixonado havia de estar...

— Mas, parecendo-lhe bonita, coisa que o faz sofrer, achas mesmo que outras hão de lhe parecer belas também?

— É por isso.

Eu ri da resposta e ela, revirando os olhos, disse:

— Mas, ora! E isso faz o senhor rir por quê?

— Mas não vês que fazes o mesmo ao Tiburcio, exatamente o que ele faz contigo?

— Valha-me Deus! O que eu estou fazendo?

— Oras, ter ciúmes.

— Isso não!

— Não?

— E se ele quisesse? Ninguém me tira da cabeça que, se nhô José tivesse consentido, aquele orgulhoso se casaria com Lucía, e isso porque Trânsito já não pode mais, senão se casaria com as duas, se lhe permitissem.

— Pois fica sabendo que Lucía ama desde menina a um irmão de Braulio que virá para cá em breve; e não duvides, porque foi Trânsito quem me contou.

Salomé ficou pensativa. Já havíamos chegado ao fim da plantação de cacau e, sentando-se em um tronco, disse-me, mexendo com os pés livres um arbusto de boas-noites:

— Então me diga, o que o senhor acha que devo fazer?

— Me dás permissão para contar ao Tiburcio o que conversamos?

— Não, não. Por tudo o que o senhor mais ama, não faça isso.

— Só estou perguntando se permites.

— Tudinho?

— As queixas sem as ofensas.

— É que, cada vez que penso na imagem que ele faz de mim, não sei nem o que dizer... Veja: se o senhor me disser que é melhor não lhe contar nada porque ele já não me ama, depois vai dizer que me cansei de chorar por ele e que só quis satisfazê-lo.

— Então, Salomé, está claro que não há como remediar tuas mágoas.

— Ah, que trabalhão! — exclamou ela, começando a chorar.

— Vamos, não sejas covarde — eu disse a ela, tirando-lhe as mãos do rosto —: as lágrimas dos teus olhos valem muito para as derramares em vão.

— Se Tiburcio acreditasse nisso eu não passaria as noites chorando até dormir, vendo-o tão ingrato e que por causa dele meu *taita* anda bravo comigo.

— Queres apostar comigo que amanhã à tarde o Tiburcio virá te ver e te fazer feliz?

— Ah, confesso que não teria como lhe pagar — respondeu-me, apertando minha mão na sua e aproximando-a de sua bochecha —. O senhor me promete?

— Podes me chamar de desgraçado e tonto se eu não conseguir.

— Vou acreditar em sua palavra. Mas por tudo o que há de mais sagrado, não vá contar ao Tiburcio que conversamos sozinhos assim e... porque voltaremos à estaca zero e poríamos tudo a perder. Agora — acrescentou, começando a trepar na cerca — vire-se para lá e não me olhe saltar, ou saltamos juntos.

— Estás meticulosa; não eras tanto assim.

— Me sinto cada vez mais envergonhada. Suba, então.

Mas como Salomé, para cair para o outro lado, encontrou dificuldades que não encontrei, ficou sentada em cima da cerca me dizendo:

— Mas olha, esse garoto! Diga "buu". Pois agora eu não desço se ele não vira p'ra lá.

— Posso te ajudar? Está ficando tarde e minha comadre...

— E ele é como aquele outro...? Ora, e como quer que eu desça? Não vê que se me enrosco...

— Deixa de bobagem e segura aqui — disse-lhe, oferecendo meu ombro.

— Segure com força, porque eu peso como... uma pluma — concluiu, saltando agilmente —. Vou me sentir uma madame, porque conheço muitas brancas que já quiseram saltar assim bem janotas...

— Você é bem tagarela.

— Isso é o mesmo que descarada? Porque então vou me atracar com o senhor.

— Vai o quê?

— Bem, adeus...! Não me entende? Vou ficar chateada. E o que fiz para saber como o senhor é quando fica bem bravo? É a vontade que tenho.

— E se não conseguisses me contentar depois?

— Ai, ai, ai! E eu não sei que seu coração se derrete todo quando eu choro?

— Será que é porque sei quando ages como uma coquete?

— Que eu faço o quê? Como é a história?

— Co-que-te.

— E o que isso significa? Diga-me, eu realmente não sei... Deve ser algo ruim... então paramos por aqui!

— Boa ideia! Mas assim estás desperdiçando.

— O quê, o quê? Daqui não dou nem mais um passo se o senhor não diz nada.

— Então irei sozinho — respondi-lhe, dando alguns passos.

— Jesus! Eu era capaz até mesmo de jogar água em ti! E com que toalha se secava...? Nada, diga-me o que é que estou desperdiçando. E diga logo de uma vez.

— Fala tu.

— Será... será amor?

— Isso mesmo.

— E tem remédio? Porque gosto desse orgulhoso? Se eu fosse branca, mas bem branca; rica, mas bem rica... sim, eu o amaria. Não?

— Achas mesmo? E o que faríamos com o Tiburcio?

— Com o Tiburcio? Como o senhor estende a mão a todos, ele seria nosso mordomo e estaria aqui — disse ela, cerrando a palma da mão.

— O plano não me conviria.

— Por que? O senhor não gostaria que eu o amasse?

— Não é isso, mas o destino que escolhes para o Tiburcio.

Salomé riu com toda a vontade.

Havíamos chegado ao riacho e, depois de estender a toalha na grama que deveria servir-me de assento na sombra, ajoelhou-se sobre uma pedra e começou a lavar o rosto. Assim que terminou, estava para desamarrar um lenço da cintura para se secar e estendi-lhe a toalha, dizendo:

— Isso te fará mal se não te banhas.

— Quase... quase me banho de novo; e a água está tão quentinha... Mas refresque-se um pouco; e quando Fermín chegar, enquanto o senhor termina, jogo em mim um pouquinho de água do charco lá embaixo.

Já de pé, ela ficou me olhando, e sorria maliciosa enquanto passava as mãos molhadas pelo cabelo. Por fim, disse-me:

— Acredita que sonhei que era certo tudo o que vinha me dizendo?

— Que Tiburcio já não te amava?

— Mas, ora! Eu era branca... Quando acordei, tomou conta de mim uma tristeza tão grande! O dia seguinte era domingo e na paróquia eu só pensava no sonho enquanto durou a missa: sentada, lavando onde o senhor está, fiquei pensando a semana toda a mesma coisa e...

As inocentes confissões de Salomé foram interrompidas por gritos de "Chiiino! Chiino!", que ao lado da plantação de cacau fazia meu compadre chamando os porcos. Salomé se assustou um pouco e, olhando em volta, disse:

— E esse Fermín que virou fumaça... Tome banho logo,

então; vou procurá-lo rio acima, para que não se vá sem nos esperar.

— Espera por ele aqui, ele virá te procurar. Tudo isso é porque ouviste meu compadre. Achas que ele não vai gostar de nós dois conversando?

— Conversar, sim; mas... dependendo...

Saltando com grande agilidade sobre as grandes pedras da orla, ela desapareceu por detrás de frondosos carvalhos.

Os gritos do compadre continuavam e me fizeram pensar que a confiança dele em mim tinha seus limites. Sem dúvida nos havia seguido de longe pela plantação de cacau, e somente ao nos perder de vista decidiu chamar a despudorada. Custódio não sabia que sua recomendação já havia sido diplomaticamente cumprida e que aos mil encantos de sua filha, nenhuma alma poderia ser mais cega e surda que a minha.

Voltei para casa junto com Salomé e Fermín, que iam carregados com abóboras; ela havia feito uma coroa com seu lenço e colocou sobre ela um cântaro rústico no alto da cabeça que, sem ser sustentado por mão alguma, não impedia que o corpo generoso da condutora exibisse toda a sua desenvoltura e graça de movimentos.

Assim que Salomé saltou como da primeira vez, agradeceu-me com um "Deus lhe pague" e seu sorriso mais engraçado, acrescentando:

— Em gratidão por isso eu estava jogando de cima, enquanto o senhor tomava banho, flores de ingá, *caliandras* e camarás. Não as viu?

— Sim, mas pensei que algum grupo de macacos estaria lá em cima.

— Como é sonso; um segundo mais e quase caio por subir no alto da árvore.

— E achas mesmo que não percebi que eras tu que atiravas flores rio abaixo?

— Como Juan Ángel me disse que na fazenda colocam rosas na tina em que o senhor se banha, coloquei na água o que de melhor havia na montanha.

Durante a refeição tive a oportunidade de admirar, entre outras coisas, a habilidade de Salomé e de minha comadre para assar pinhas e queijos, fritar bolinhos, preparar bolos e acertar o ponto da geleia. Nas idas e vindas de Salomé à cozinha, pus meu compadre a par do que a moça realmente queria e o que eu estava pensando em fazer para diminuir o trabalho dos dois. Não lhe cabia tanta alegria no corpo; fez até piadas sobre a boa vontade com que me servia a mesa e dirigiu algumas palavras à minha companheira de passeio, o que era uma grande conquista após seu atrito com ela.

Passadas as horas de calor, às quatro da tarde, a casa estava uma verdadeira Arca de Noé: os patos começaram a atravessar a sala em fila; as galinhas se amotinavam no pátio e ao pé da ameixas, onde em folhas de goiabeira descansava o cocho em que meu cavalo comia milho; os pavões desfilavam, inflados e respondendo aos gritos de dois papagaios, um dos quais chamavam de Benita, que devia ser a cozinheira, e os porcos gritavam tentando forçar de repente suas cabeças através das barras transversais da porta. A tudo isso deve-se acrescentar os gritos do meu compadre ao dar ordens e os de sua esposa espantando os patos e chamando as galinhas. Foram longas as despedidas e as promessas que minha comadre me fez de me confiar muito ao Milagroso de Buga[45] para que minha viagem corresse bem e eu voltasse logo. Ao me despedir de Salomé, que tentava naquele momento não estar perto dos demais, apertou com força minha mão e, olhando para mim talvez mais do que afetuosamente, disse-me:

— Olhe lá! Conto com o senhor. Não me diga adeus para essa sua viagem boba... porque, mesmo me arrastando, irei ao seu encontro para revê-lo, se é que anuncia sua chegada. Não me esqueça... do contrário, nem imagino o que fazer com meu *taita*.

---

45 MILAGROSO DE BUGA: Imagem de Cristo crucificado venerada na cidade de Buga, no Valle del Cauca, Colômbia. É considerado fonte de milagres desde o século XVI e atrai, até hoje, milhares de fiéis que buscam curas e graças especiais.

No outro lado de uma das quebradas que, em meio à mata densa dos bosques, descem em ruidoso declive, ouvi uma voz sonora de homem que cantava:

Ao tempo peço tempo
e o tempo tempo me dá,
e o mesmo tempo me disse
que ele me desenganará.

O cantor saiu do meio das árvores e era Tiburcio, que, com sua manta pendurada em um ombro e apoiando no outro um bastão de cuja ponta pendia um pequeno fio, entretinha seu caminhar contando por instinto suas tristezas à solidão. Calou-se e parou ao me ver e, depois de uma sorridente e respeitosa saudação, disse-me assim que me aproximei:

— Caramba! Que vem atrasado e apressurado... Suando assim desse jeito... de onde vem, botando as ventas p'ra fora?

— Fazendo algumas visitas, e a última, para tua sorte, foi à casa de Salomé.

— E fazia tempo que não ia!

— Muito me desculpei disso. E há quanto tempo não vais?

O jovem, de cabeça baixa, começou a despedaçar um pedaço de madeira com seu cajado e, ao final, olhou para mim respondendo:

— Ela é a culpada. O que lhe contou?

— Que és um ingrato e um ciumento, e que morre de amores por ti. Nada mais.

— Tudo isso? Mas então guardou o melhor para o senhor.

— O que chamas de melhor?

— As festas que faz com o menino Justiniano.

— Escuta aqui: achas que eu poderia estar apaixonado por Salomé?

— Como eu poderia acreditar?

— Pois bem, Salomé está tão apaixonada por Justiniano quanto eu por ela. É preciso que estimes a moça pelo que ela vale, o que, para o teu bem, é muito. Tu a ofendeste com teus ciúmes e, somente se a agradares, ela perdoará tudo e gostará de ti mais do que nunca.

Tiburcio ficou pensativo antes de me responder com certo tom e ar de tristeza:

— Olhe, menino Efraín, eu amo tanto ela que ela nem imagina as tristezas que me fez passar este mês. Quando alguém tem o gênio como o que Deus me deu, tudo se aguenta, menos ser tido como um patife arrogante (desculpe sua mercê a palavra). Mas eu, que estou dizendo que a culpa é de Salomé, sei o que estou lhe dizendo.

— O que não sabes é que, ao me contar suas queixas hoje, ficou desesperada e chorou até me dar pena.

— Sério?!

— Eu inferi que a causa de tudo és tu. Se a amas como dizes, por que não te casas com ela? Uma vez em tua casa, quem haveria de vê-la sem que tu o consentisses?

— Confesso que já pensei em casar, mas não me decidi; primeiro porque Salomé sempre me fazia desconfiar e, segundo, não sei se nhô Custódio me daria a mão dela.

— Bom, da parte dela já sabes o que te contei; e quanto a meu compadre, eu te respondo. É necessário que ajas racionalmente e que, como prova de que crês em mim, esta mesma tarde vás à casa de Salomé e, sem presumir que sabes de tal sentimento, lhes faças uma visita.

— Maldita ansiedade! E vai me dizer tudo mesmo?

— Garanto que Salomé é moça mais honesta, bonita e trabalhadeira que podes encontrar e, quanto aos compadres, sei que te receberão com muito gosto.

— Bem, agora sim que estou me animando a ir.

— Se deixares para depois e Salomé ficar brava e perderes, não terás de quem reclamar.

— Vou, patrão.

— Concordo, e é inútil exigir de ti que me digas como foi, porque tenho certeza de que serás grato a mim. E adeus, pois já são quase cinco.

— Adeus, meu patrão, que Deus o abençoe. Sempre lhe direi o que houver.

— Cuidado para não ires cantar onde Salomé ouça aqueles versos que vinhas cantando.

Tiburció riu antes de me responder:

— Parecem um insulto para o senhor? Até amanhã e conte comigo.

L

O relógio do salão anunciava as cinco. Minha mãe e Emma me esperavam passeando pelo corredor. María estava sentada nos primeiros degraus da escada e, vestida com aquele traje verde que tão lindo contraste formava com o castanho escuro de seus cabelos, penteados então em duas tranças com as quais brincava Juan meio adormecido em seu colo. Levantou-se quando apeei. O menino suplicou para que eu o levasse para andar a cavalo um minutinho, e María se aproximou com ele nos braços para me ajudar a colocá-lo em cima de sela, dizendo-me:

— Mal deram cinco horas; que precisão! Se fosse sempre assim...

— O que fizeste hoje com a sua *Mimiya*? — perguntei a Juan assim que nos afastamos de casa.

— Ela é que foi a boba hoje — respondeu ele.

— Como assim?

— Ora, chorando.

— Ah! E por que não a fizeste feliz?

— Não quis, embora eu lhe fizesse carinho e levasse flores; mas contei tudo para a mamãe.

— E o que fez a mamãe?

— Ela a deixou feliz abraçando-a, porque *Mimiya* ama a mamãe mais do que a mim. Ela foi boba, mas não contes nada a ela.

María recebeu Juan de mim.

— Regaste já os arbustos? — perguntei-lhe, subindo.

— Não; estava te esperando. Conversa um pouco com mamãe e Emma — acrescentou ela em voz baixa — e, assim que chegar a hora, irei para o jardim.

Ela temia sempre que minha irmã e minha mãe pudessem crer que fosse a causa de que meu carinho por ambas esfriasse e, com o seu, procurava recompensá-las o que tivesse tirado do meu.

María e eu acabávamos de regar as flores. Sentados em um banco de pedra, tínhamos o riacho quase a nossos pés e um grupo de jasmins nos ocultava todos os olhos, exceto os de Juan, que, cantando à sua maneira, estava distraído em meio às folhas secas e às cascas de maracujá, *cucarrones* e folhas prisioneiras.

Os raios lívidos do sol, que se ocultavam atrás das montanhas de Mulaló[46] meio embotados por nuvens cinzentas orladas de ouro, brincavam com as sombras compridas dos salgueiros, cujas plumas verdes acariciavam o vento.

Havíamos falado de Carlos e suas esquisitices, de minha visita à casa de Salomé e os lábios de María sorriam tristemente, porque seus olhos já não sorriam mais.

— Olha para mim — eu disse.

Seu olhar tinha algo da languidez que o embelezava nas noites em que velava ao lado da cama de meu pai.

— Juan não me enganou — acrescentei.

— O que ele te disse?

— Que foste boba hoje... não lhe digas nada... que choraste e que pode te fazer feliz; é verdade?

— Sim. Quando tu e papai saístes a montar esta manhã, ocorreu-me por um momento que tu não voltarias e que me enganavam. Fui a teu quarto e me convenci de que não era verdade, porque vi tantas coisas sobre ti que não podias deixar!

---

46 MULALÓ: Pequena localidade rural do município de Yumbo, no Valle del Cauca, Colômbia. Está situado no sopé ocidental da cordilheira dos Andes, em uma zona montanhosa e de relevo acidentado.

Tudo me pareceu tão triste e silencioso depois que desapareceste na baixada, que tive mais medo do que nunca deste dia que se aproxima, que chega sem ser possível evitá-lo... O que farei? Dize-me, dize-me o que devo fazer para estes anos passarem. Durante eles não verás tudo isto. Dedicado ao estudo, conhecendo países novos, tu esquecerás muitas coisas, horas inteiras; e nada eu poderei esquecer... me deixas aqui, lembrando e esperando morrer.

Colocando a mão esquerda no meu ombro, deixou descansar por um momento a cabeça sobre ela.

— Não fales assim, María — eu disse para ela com a voz embargada e acariciando com a mão trêmula sua testa pálida —; não fales assim; vais destruir o último resto de meu valor.

— Ah, tens valor ainda, e há dias eu o perdi por inteiro. Pude me conformar — adicionou escondendo o rosto com o lenço — tive de prestar-me a carregar dentro de mim esse afã e essa angústia que me atormentam, porque a teu lado convertia isso em algo que deve ser a felicidade... Mas te vais com ela, e eu ficarei sozinha... e nunca mais serei como antes... Ai! Por que vieste?

Suas últimas palavras me fizeram estremecer e, apoiando a testa nas palmas das mãos, respeitei seu silêncio, dominado pela sua dor.

— Efraín — disse com sua voz mais terna depois de alguns momentos — olha; não choro mais.

— María — respondi-lhe, levantando o rosto, no qual ela deve ter visto algo estranho e solene, porque me olhou imóvel e fixamente — não te queixes de meu regresso; queixa-te de quem te fez minha companheira de infância; quem quis que te amasse como te amo; culpa, então, por seres como és... queixa-te com Deus. O que exigi de ti, o que me deste que não poderia ser dado e exigido diante dele?

— Nada! Ai, nada! Por que me perguntas assim...? Não te culpo; mas, culpar-te de quê...? Já não me queixo...

— Não acabaste de fazer isso de uma vez por todas?

— Não, não... O que te disse, o quê? Eu sou uma moça tola

que não sabe o que diz. Olha para mim — continuou, pegando uma das minhas mãos —: não seja rancoroso comigo por essa bobagem. Terei valor... terei tudo; de nada me queixo.

Reclinei de novo sua cabeça em meu ombro e ela acrescentou:

— Nunca mais te direi isso... Nunca tiveste raiva de mim.

Enquanto enxugava eu suas últimas lágrimas, beijavam meus lábios pela primeira vez as ondas dos cabelos que ornavam sua testa, para se perderem depois nas lindas tranças que se enrolavam sobre meus joelhos. Levantou, então, as mãos quase até tocar meus lábios para defender sua testa das carícias deles; mas em vão, porque não se atreviam a tocá-la.

LI

Em 28 de janeiro, dois dias antes do marcado para a viagem, subi a montanha muito cedo. Braulio tinha vindo para me levar, enviado por José e pelas moças, que desejavam me receber em sua casa para a minha despedida. O montanhês não interrompeu meu silêncio durante a jornada. Quando chegamos, Tránsito e Lucía estavam ordenhando a vaca Mariposa no pequeno pátio da cabana de Braulio e se levantaram para me receber com a satisfação e a alegria costumeiras, convidando-me para entrar.

— Vamos antes terminar de ordenhar a novilha — eu disse, colocando minha espingarda no palenque —; mas Lucía e eu sozinhos, porque quero fazer assim com que se lembre de mim todas as manhãs.

Peguei o balde, cujo fundo já branqueava a espuma nevada e, colocando-o sob o úbere da Borboleta, consegui por fim fazer com que Lucía, toda envergonhada, terminasse de enchê-lo. Enquanto fazia isso, eu disse a ela, olhando-a por debaixo da vaca:

— Não se acabaram os sobrinhos do José, pois sei que Braulio tem um irmão bem mais jovem que ele e que te ama desde que eras uma pequena boneca...

— Ele ama outra — interrompeu.

— Não diga. Vou falar para a senhora Luísa insistir com o

marido para que o sobrinho venha ajudá-la; e assim, quando eu voltar, não poderás ruborizar-te com tudo.

— Ei, ei! — disse ela, parando de ordenhar.

— Não terminaste?

— Mas como quer que acabe, se estás tão atirado... Já não tem mais.

— E esses dois úberes cheios? Ordenha-os.

— Isso não; esses são os do bezerro.

— Então o que eu digo à Luísa?

Ela parou de pressionar os dentes contra a parte inferior de seus voluptuosos lábios para

fazer com eles um pequeno gesto que, na língua de Lucía, significa "vamos ver, por que não?" e, na minha, "faça o que quiser".

O bezerro, que se desesperava por lhe tirarem a focinheira, feita com uma ponta da corda que o amarrava muito perto da vaca, ficou junto às ancas dela logo que a ordenhadora achou a ponta da corda; e Lúcia, vendo-o atacar o úbere, disse:

— Era isso o que querias; cabeçudo mais chato...

Depois disso, entrou em casa carregando o balde na cabeça e me olhando de lado, travessamente.

Desalojei uma família de gansos que cochilavam na grama às margens do riacho e comecei a fazer meu asseio matinal enquanto falava ao mesmo tempo com Tránsito e Braulio, que ficaram com as peças de roupa que eu havia despido.

— Lucía! — gritou Tránsito —; Traze o pano bordado que está no baú de Pasto.

— Não penses que vem — falei para minha afilhada; e contei a eles o que havia conversado com Lúcia.

Eles riam ao mesmo tempo que Lucía veio correndo com o que lhe havia sido pedido, contra tudo o que esperávamos; e, como adivinhava sobre o que havíamos tratado, e que seus irmãos riam dela, entregou-me o pano, virando de lado o rosto para que não visse nem eu a ela, e se dirigiu a Tránsito para lhe fazer a seguinte observação:

— Vem ver teu café, porque vai queimar, e pare de ficar aí rindo às gargalhadas.

— Já está pronto? — perguntou Tránsito.

— Ih, já faz tempo!

— Que café é esse?

— Bom, eu disse à senhorita, no último dia que estive lá, que deveria me ensinar a fazer, porque acho que não gostas de outra coisa; e é por isso que nos encontrou ocupadas ordenhando.

Isso dizia pendurando o pano, que eu já havia devolvido, em uma das folhas da palmeira pitorescamente colocada no centro do pátio.

Na casa, chamavam a atenção a simplicidade, a limpeza e a ordem: tudo cheirava a cedro, a madeira com que eram feitos os móveis rústicos e, debaixo do beiral, floresciam cravos e narcisos, com os quais a senhora Luísa havia embelezado a pequena cabana de sua filha: nos pilares havia cabeças de cervos e patas empalhadas dos mesmos serviam de enfeites na sala e no quarto.

Tránsito me presenteou, entre orgulhosa e medrosa, com a xícara de café com leite, o primeiro ensaio das lições recebidas de María; mas muito feliz ensaio, porque, assim que o provei, soube que rivalizava com aquele que com tanto primor Juan Ángel sabia preparar.

Braulio e eu fomos chamar José e a senhora Luísa para que almoçassem conosco. O velho estava acomodando em cestas os vegetais e os legumes que deveria mandar ao mercado no dia seguinte, e ela acabava de tirar do forno o pão de mandioca que ia nos servir de almoço. A fornada tinha dado certo, como demonstravam não só a cor dourada dos pães esponjados, mas também o cheiro tentador que exalavam.

Almoçávamos todos na cozinha: Tránsito, pronta e sorridente, fazia o seu papel de dona de casa. Lucía me ameaçava com os olhos toda vez que eu lhe apontava o pai dela com os meus. Os camponeses, com uma delicadeza instintiva, rejeitavam qualquer referência à minha viagem, para não tornar amargas aquelas últimas horas que passávamos juntos.

Já eram onze horas. José, Braulio e eu havíamos visitado a nova plantação, a limpa que estavam fazendo e o milharal pronto para o corte. Reunidos novamente na saleta da casa de Braulio, e sentados em bancos em volta de uma rede, nela colocávamos os últimos prumos; e a senhora Luísa com as moças descascavam milho para pilar. Elas e eles sofriam como eu, pois se aproximava o momento temível de nossa despedida. Todos guardávamos silêncio. Deve ter havido em meu rosto algo que os emocionava, pois evitavam olhar para mim. Por fim, tomando uma decisão, levantei-me, depois de ter olhado para meu relógio. Peguei minha espingarda e seus arreios e, quando os pendurei em um dos ganchos da saleta, disse ao Braulio:

— Sempre que acertares um bom tiro com ela, lembra-te de mim.

O montanhês não teve voz para me agradecer.

A senhora Luísa, ainda sentada, continuava descascando a espiga que tinha nas mãos, sem ter o cuidado de esconder as lágrimas. Trânsito e Lucía, de pé e recostadas de um lado e outro da porta, estavam de costas para mim. Braulio estava pálido. José fingia procurar algo na caixa de ferramentas.

— Bem, senhora Luísa — eu disse à anciã, inclinando-me para abraçá-la —: reze muito por mim.

Ela começou a soluçar sem me responder.

Em pé no batente da porta, reuni sobre meu peito, em um único abraço, as cabeças das moças, que soluçavam enquanto minhas lágrimas rolavam pelos seus cabelos. Quando me separei delas, voltei-me para procurar Braulio e José, mas nenhum deles estava na saleta; estavam me esperando no corredor.

— Vou amanhã — disse-me José, estendendo-me a mão.

Ele e eu sabíamos muito bem que ele não iria. Depois que Braulio me soltou de seus braços, seu tio me estreitou entre os seus e, enxugando os olhos com a manga da camisa, tomou o caminho da clareira ao mesmo tempo em que comecei a caminhar no sentido oposto, seguido por Mayo, e fazendo um sinal para Braulio não me acompanhar.

LII

Descia lentamente até o fundo da ravina: apenas o canto distante dos *gurríes*[47] e o rumor do rio perturbavam o silêncio das selvas. Meu coração ia dizendo adeus a cada um desses lugares, de cada árvore do caminho, a cada riacho que eu cruzava.

Sentado à margem do rio, observava suas correntes rolar aos meus pés, pensando nas boas pessoas a quem minha despedida acabara de fazê-las derramar tantas lágrimas; e deixava gotear as minhas nas ondas que fugiam de mim como os dias felizes daqueles seis meses.

Meia hora depois cheguei em casa e entrei na sala de costura de minha mãe, onde estavam apenas ela e Emma. Mesmo quando tiver passado nossa infância, nem por isso uma mãe terna nos negará seus mimos: nos fazem falta seus beijos; nossa testa, talvez murcha cedo demais, não descansa mais em seu colo; sua voz não nos põe para dormir, mas a nossa alma recebe as suas carícias amorosas.

Mais de uma hora havia passado ali e, estranhando não ver María, perguntei por ela.

— Estivemos com ela no oratório — respondeu-me Emma —; agora quer que rezemos a cada minuto; depois foi até a

47 GURRÍES: Ave colombiana da família dos pavões.

despensa. Não saberia que havia voltado.

Nunca me havia acontecido de voltar para casa sem ver María poucos momentos depois; e muito temi que ela tivesse caído novamente naquele abatimento que tanto me desanimava e para superar o qual a tinha visto fazer esforços constantes nos últimos oito dias.

Passada uma hora, durante a qual estive em meu quarto, Juan bateu na porta para que eu fosse comer. Quando saí, encontrei María encostada na cerca da sala de costura que dava para o corredor.

— Mamãe não te chamou — disse o menino, rindo.

— E quem te ensinou a contar mentiras? — lhe respondi —: María não te perdoará isso.

— Foi ela quem me mandou — respondeu Juan, apontando para ela.

Voltei-me para María para saber a verdade, mas não foi necessário, porque ela mesma se acusava com seu sorriso. Seus olhos brilhantes tinham a pacífica alegria que nosso amor havia tirado deles; suas bochechas, o brilho rosado que a embelezava durante nossas brincadeiras infantis. Vestia um traje branco sobre cuja graciosa saia as tranças balançavam ao menor movimento de sua cintura ou dos pés, que brincavam com o tapete.

— Por que estás triste e trancado no quarto? — disse-me —: não estive assim hoje.

— Tal vez sim — respondi-lhe a pretexto de vê-la de perto, aproximando-me da cerca que nos separava.

Ela baixou os olhos fingindo amarrar de novo os largos cordões de seu avental de seda azul; e, cruzando as mãos por trás da peça, recostou-se em uma folha da janela, dizendo:

— Não é verdade?

— Estava em dúvida, porque como acabas de me enganar…

— Veja que engano! E pode ser bom ficar trancado o dia inteiro para sair só à noite?

— Gosto de te ver tão valente. E será bom me deixares te ver duas horas depois de eu ter chegado?

— E doze são horas de se regressar das montanhas? Também é

que eu estive muito ocupada. Mas te vi quando estavas descendo. Aliás, não trazias a espingarda, e Mayo havia ficado para trás.

— Então, muito trabalho? O que fizeste?

— De tudo: algumas coisas boas e outras ruins.

— E então?

— Orei muito.

— Emma já me disse que a toda hora queres que alguém te acompanhe para orar.

— Porque sempre que digo à Virgem que estou triste, ela me ouve.

— Como sabes?

— A forma como me tira aquela tristeza um pouco e me dá menos medo pensar em ti. Levarás tua imagem da Mãe Dolorosa, não?

— Sim.

— Acompanha-nos esta noite ao oratório e verás como é verdade o que te digo.

— Qual foi a outra coisa que fizeste?

— A ruim?

— Sim, a ruim.

— Irás orar comigo esta noite? Aí te conto.

— Sim.

— Mas não vais contar nada para mamãe, porque ficaria brava.

— Prometo não contar.

— Eu estive passando roupa.

— Tu?

— Sim, eu.

— Mas como fazes isso?

— Escondida de mamãe.

— Fazes bem em te esconderes dela.

— Faço isso muito raramente.

— Mas, que necessidade há de estragar tuas mãos tão...?

— Tão o quê...? Ah, sim; já sei. Eu queria que levasses tuas mais belas camisas passadas por mim. Não gostas? Me agradecerás, não é?

— E quem te ensinou a passar?

— Um dia, quando Juan Ángel devolveu algumas camisas à empregada encarregada disso, porque ele disse que o *amito* dele não achou que estavam boas, prestei atenção e disse a Marcelina que eu ia ajudá-la para que te parecessem melhores. Ela pensava que não tinham defeitos, mas, estimulada por mim, sempre permaneceram imaculadas, pois nunca mais aconteceu de que as devolvesses, embora eu não as tivesse tocado.

— Agradeço muito por todo esse cuidado; mas não imaginei que tinhas força nem mãos para manusear um ferro de passar.

— Se for muito pequeno, e enrolando bem o cabo num lenço, não pode machucar as mãos.

— Vamos ver como estão.

— Boas, ora.

— Mostra-as para mim.

— Mas estão como sempre.

— E quem sabe?

— Olha para elas.

Eu as peguei e acariciei suas palmas, macias como cetim.

— Têm algo?

— As minhas é que podem estar ásperas...

— Não as sinto assim. O que fizeste nas montanhas?

— Sofrer muito. Nunca pensei que se afligiriam tanto com minha despedida, nem que me causasse tanto pesar lhes dizer adeus, particularmente a Braulio e às meninas.

— O que te disseram elas?

— Coitadas! Nada, porque as lágrimas as afogavam: falaram demais as que não conseguiam esconder... Mas não fiques triste. Eu errei em falar contigo sobre isso. Que, ao recordar as últimas horas que passamos juntos, eu possa te ver como hoje, resignada, quase feliz.

— Sim — disse ela, virando-se para enxugar os olhos. Eu quero estar assim... Amanhã, só amanhã...! Mas, como é domingo, estaremos juntos o dia todo: leremos um pouco do que nos lia quando mal havias chegado, e deverias me dizer como te agrada mais me veres, para eu me vestir assim.

— Como estás neste momento.

— Bem. Já vêm te chamar para comer… Agora, até mais tarde — acrescentou, desaparecendo.

Assim costumava despedir-se de mim, mesmo que estivéssemos juntos em seguida, porque, tal como eu, parecia que, estando rodeados pela família, nos encontrávamos separados um do outro.

LIII

Às onze da noite do dia vinte e nove separei-me da família e de María no salão. Fiquei acordado no meu quarto até ouvir o relógio bater uma da manhã, primeira hora daquele dia tão temido que por fim chegava; não queria que seus primeiros instantes me encontrassem dormindo.

Vestindo o mesmo traje que tinha, deitei-me na cama quando deram duas horas. O lenço de María, ainda com o perfume que ela sempre usava, tocado por suas mãos e umedecido com suas lágrimas, recebia sobre o travesseiro as que rolavam dos meus olhos como de uma fonte que jamais deveria secar.

Se as que ainda derramo, ao recordar os dias que precederam minha viagem, pudessem servir para molhar esta pluma ao narrá-los; se fosse possível para minha mente somente uma vez, mesmo que por um momento, surpreender meu coração com toda a dor de seu segredo para revelá-lo, as linhas que vou traçar seriam belas para os que muito choraram, mas talvez funestas para mim. Não nos é permitido nos deleitarmos para sempre com uma dor amada: como as da dor, as horas de prazer se vão. Se algum dia tivéssemos permissão para detê-las, María teria conseguido tornar mais lentas aquelas que precederam a nossa despedida. Mas, ah!

Todas, surdas aos seus soluços, cegas às suas lágrimas, voaram e voavam prometendo voltar!

Um tremor nervoso me despertou nas duas ou três vezes em que o sono veio me aliviar. Então meus olhares percorriam este quarto já desmontado e em desordem pelos preparativos da viagem, quarto onde tantas vezes esperei pelo amanhecer de dias venturosos. Eu tentava adormecer novamente, porque assim tornava a vê-la tão bela e corada como nas primeiras tardes de nossos passeios após meu retorno; pensativa e calada como costumava ficar quando lhe fazia minhas primeiras confidências, nas quais quase nada haviam dito nossos lábios e tanto nossos olhares e sorrisos; confiando-me com voz baixa e trêmula os segredos infantis de seu castíssimo amor; menos tímidos por fim seus olhos diante dos meus, para me deixar ver neles sua alma em troca de que lhe mostrasse a minha... O ruído de um soluço voltou a me estremecer: o de que aquele que, mal afogado, havia saído do peito essa noite em que nos separamos!

Ainda não eram as cinco quando, depois de ter feito o possível para esconder os vestígios de uma insônia tão dolorosa, caminhava pelo corredor, ainda escuro. Logo vi uma luz brilhando nas frestas do quarto de María e então ouvi a voz de Juan, que a chamava.

Os primeiros raios do sol, ao se levantar, tentaram em vão rasgar o nevoeiro denso que, como um véu imenso e vaporoso, pendia das cristas das montanhas, estendendo-se flutuante até às planícies distantes. Sobre os montes ocidentais, limpos e azuis, amarelaram-se logo depois os templos de Cali e, ao pé das encostas, embranqueciam, como rebanhos agrupados, os povoados de Yumbo e Vijes.

Juan Ángel, depois de me trazer café e selar meu cavalo preto, que impacientemente enegrecia com seus passos a grama ao pé da laranjeira a que estava amarrado, esperava-me choroso, encostado na porta de meu quarto, com as polainas e as esporas nas mãos: quando as coloquei, suas lágrimas caíram em grossas gotas sobre meus pés.

— Não chores — eu disse a ele, trabalhosamente dando segurança à minha voz —: quando eu regressar, serás um homem e não voltarás a separares de mim. Enquanto isso, todos te amarão muito em casa.

Era chegado o momento de reunir todas as minhas forças. Minhas esporas ressoaram no salão, que estava vazio. Empurrei a porta entreaberta da sala de costura de minha mãe, que pulou do assento em que estava para meus braços. Ela sabia que as demonstrações de sua dor poderiam fazer meu espírito vacilar e, de soluço em soluço, tratava de me falar sobre María e me fazer ternas promessas.

Todos haviam umedecido meu peito com suas lágrimas. Emma, que tinha sido a última, sabendo o que eu procurava ao meu redor quando me desvencilhei de seus braços, apontou para a porta do oratório e eu entrei. Sobre o altar irradiavam seu esplendor duas luzes amareladas: María, sentada no tapete, sobre o qual ressaltava o branco de suas roupas, deu um grito fraco quando percebeu minha presença, voltando a deixar cair a cabeça destrançada sobre o assento em que a tinha reclinado quando entrei. Ocultando assim o rosto de mim, levantou a mão direita para que eu a pegasse: meio ajoelhado, banhei-a em lágrimas e a cobri de carícias; mas, ao ficar de pé, como se estivesse com medo de que eu fosse embora, de repente levantou-se para se agarrar, entre soluços, ao meu pescoço. Meu coração havia guardado para aquele momento quase todas as suas lágrimas.

Meus lábios pousaram em sua testa... María, sacudindo estremecida a cabeça, fez ondularem os cachos de seu cabelo e escondeu o rosto em meu peito, estendendo um dos braços para me apontar o altar. Emma, que acabava de entrar, recebeu-a inanimada em seu regaço, pedindo-me com gesto suplicante que me afastasse. E obedeci.

LIV

Fazia duas semanas que estava eu em Londres, e uma noite recebi cartas da família. Rasguei com mão trêmula o pacote, fechado com o selo de meu pai. Havia uma carta de María. Antes de desdobrá-lo, procurei nele aquele perfume demasiado conhecido para mim da mão que a havia escrito: ainda o conservava; em suas dobras havia um pedacinho de pétala de açucenas. Meus olhos nublados quiseram inutilmente ler as primeiras linhas. Abri a porta da varanda de meu quarto, porque não parecia ser suficiente para mim o ar que havia nele... Roseiras do jardim de meus amores...! Montanhas americanas, montanhas minhas...! Noites azuis! A imensa cidade, ainda barulhenta e meio envolta em sua roupagem de fumaça, parecia dormir sob as densas cortinas de um céu plúmbeo. Uma rajada de vento atingiu meu rosto, penetrando o quarto. Aterrorizado, juntei as folhas da sacada; e, sozinho com minha dor, mas ao menos sozinho, chorei muito tempo rodeado de escuridão.

Aqui estão alguns fragmentos da carta de María:

"Enquanto eles conversavam à mesa após o jantar, vim ao seu quarto para te escrever. É aqui que posso chorar sem que ninguém venha me confortar; aqui, onde sinto que posso te ver e conversar contigo. Tudo está como deixaste, porque mamãe e eu queríamos que fosse assim: as últimas flores que coloquei em tua mesa já estão murchando no vaso: já não se vê mais nenhuma; os assentos nos mesmos lugares; livros como estavam, e aberto sobre a mesa o último que leste; teu traje de caça, onde o penduraste ao voltar da montanha pela última vez; o calendário de mesa sempre mostrando aquele 30 de janeiro, ah!, tão temido, tão assustador e já passado! Agora mesmo os ramos floridos das roseiras de tua janela entram como se te procurassem, e tremem quando eu os abraço lhes dizendo que voltarás.

"Onde estarás? O que fazes neste momento? De nada me serve ter exigido tantas vezes que me mostrasses no mapa como irias fazer a viagem, porque não consigo imaginar nada. Assusta-me pensar nesse mar que todos admiram e, para meu tormento, que sempre te vejo no meio dele. Mas, depois de tua chegada em Londres, contarás tudo: como é a paisagem ao redor da casa onde vives; me descreverás detalhadamente teu quarto, teus móveis, teus adornos; me dirás o que fazes todos os dias, como passas as noites, a que horas estudas, onde descansas, como são teus passeios e quando pensas em tua María. Dize-me novamente que horas aqui correspondem às daí, porque me esqueci.

"José e sua família vieram três vezes desde que te foste. Tránsito e Lucía não te mencionam sem que seus olhos se encham de lágrimas; e são tão doces e carinhosas comigo, tão gentis se me falam de ti, que é difícil de acreditar. Elas me perguntaram se as cartas que te escrevem chegam onde estás e, felizes em saber que sim, pediram-me para lhe dizer mil coisas em nome delas.

"Nem mesmo Mayo te esquece. No dia seguinte à tua partida, caminhava desesperado pela casa e pelo jardim te procurando. Foi para a montanha e quando voltou, na hora da rezar, começou a uivar sentado no morrinho da subida. Eu o vi mais tarde deitado à porta de teu quarto: abri-a para ele, que entrou cheio de prazer; mas, não te encontrando, depois de ter farejado por toda parte, aproximou-se de mim outra vez, triste, e parecia perguntar-me por ti com os olhos, que só lhe faltavam chorar; e, ao chamar-te eu pelo nome, ergueu a cabeça como se fosse te ver entrar. Coitado! Acha que tu te escondes dele como fazias às vezes para deixá-lo impaciente, e entra em todos os quartos andando passo a passo sem fazer o menor barulho, esperando te surpreender.

"Ontem à noite não terminei esta carta porque mamãe e Emma vieram me procurar: elas creem que me faz mal estar aqui, ao passo que, se me impedissem de estar em teu quarto, não sei o que faria.

"Juan despertou esta manhã me perguntando se havias regressado, porque, enquanto eu dormia, ouviu-me chamar teu nome.

"Nosso bosque de açucenas deu a primeira florada, e dentro desta carta há um pedacinho dele. Não é verdade que tens certeza de que nunca deixará de florescer? Preciso crer nisso, então creio que o de rosas dará as mais belas do jardim".

LV

Durante um ano recebia cartas de María duas vezes ao mês. As últimas estavam cheias de uma melancolia tão profunda que, comparadas a elas, as primeiras que recebi pareciam ter sido escritas em nossos dias de felicidade.

Em vão havia tentado reanimá-la, dizendo-lhe que essa tristeza destruiria sua saúde, por mais que, até então, estivesse tão bem como me dizia; em vão. "Sei que não demorará muito para te ver", havia-me respondido; "a partir desse dia já não poderei mais ficar triste. Estarei sempre ao teu lado... Não, não; ninguém será capaz de nos separar novamente".

A carta que continha essas palavras foi a única que dela recebi em dois meses.

Nos últimos dias de junho, uma tarde apareceu-me o Sr. A***, que acabava de chegar de Paris e a quem não via desde o inverno passado.

— Trago cartas de casa para ti — ele me disse depois de nos abraçarmos.

— De três pessoas?

— De apenas uma. Precisamos trocar umas palavras antes — ele observou, segurando o pacote.

— Notei algo sinistro em teu rosto que me perturbou.

— Eu vim — acrescentou depois de caminhar em silêncio por alguns momentos pelo quarto — para te ajudar a organizar teu retorno à América.

— Para o Cauca! — exclamei, esquecendo por um momento tudo, exceto María e meu país.

— Sim — ele me respondeu —, mas já deves ter adivinhado a causa.

— Minha mãe! — explodi, desconcertado.

— Está bem — ele respondeu.

— Quem, então? — gritei, agarrando o pacote que suas mãos seguravam.

— Ninguém morreu.

— María! María! — exclamei, como se ela pudesse ouvir minha voz, e caí sem forças no assento.

— Vamos — disse o Sr. A*** tentando se fazer ouvir —; para isso foi necessária a minha vinda. Ela viverá se chegares a tempo. Lê as cartas, que aí deve haver uma dela.

"Vem – me dizia – Vem logo, ou morrerei sem me despedir de ti. Por fim me permitem confessar a verdade: há um ano que me mata hora após hora esta doença da qual a felicidade me curou por alguns dias. Se não tivessem interrompido essa felicidade, eu teria vivido para ti.

"Se vieres... sim, virás, porque terei forças para resistir até que eu te veja; se vieres, encontrarás apenas uma sombra de tua María; mas essa sombra precisa te abraçar antes de desaparecer. Se não te esperar, se uma força mais poderosa que minha vontade me arrastar sem me encorajares, sem fechares meus olhos, com Emma deixarei para que guarde para ti tudo o que sei que te será amável: as tranças de meu cabelo, o escapulário onde estão os teus e os de minha mãe, o anel que colocaste em minha mão na véspera de partir e todas as tuas cartas.

"Mas, por que te angustiar contando tudo isso? Se vieres, melhorarei. Se ouvir tua voz novamente, se teus olhos me contarem por um único momento o que só eles sabiam me dizer, viverei e voltarei a ser como era antes. Não quero morrer; não posso morrer e te deixar sozinho para sempre."

— Termina de ler — disse-me o Sr. A***, pegando a carta de meu pai que havia caído a meus pés —. Tu mesmo saberás que não podemos perder tempo.

Meu pai dizia o que eu acabava de saber, e com muita crueldade. Restava aos médicos apenas uma esperança de salvar María: a que os fazia reiterar meu retorno. Diante dessa necessidade, meu pai não hesitou; ordenava-me que eu voltasse com a maior rapidez possível, e se desculpava por não ter ordenado isso antes.

Duas horas depois saí de Londres.

LVI

Mergulhava nos confins nebulosos do Pacífico o sol de vinte e cinco de julho, enchendo o horizonte com o resplendor de ouro e rubi, perseguindo com seus raios horizontais as ondas azuis que iam como fugitivas para se esconder sob a selvas sombrias da costa. O Emilia López, a bordo do qual eu vinha do Panamá, ancorou na baía de Buenaventura depois de ter brincado no tapete marinho acariciado pelas brisas costeiras.

Reclinado sobre a grade do convés, contemplei aquelas montanhas à vista das quais senti renascerem tão doces esperanças. Dezessete meses antes, rondando a seus pés, impulsionado pelas correntes tumultuadas do Dagua[48], meu coração havia dito um adeus a cada uma delas, e sua solidão e silêncio haviam se harmonizado com minha dor.

Estremecida pela brisa, tremia em minhas mãos uma carta de María que recebi no Panamá, a qual li novamente à luz do crepúsculo agonizante. Meus olhos acabavam de percorrê-la... Já amarelada, ainda parece molhada com as lágrimas daqueles dias.

---

48 **DAGUA:** O rio Dagua nasce na Cordilheira Ocidental da Colômbia e desce até o Pacífico, atravessando o departamento de Valle del Cauca. Vital para comunidades locais e ecossistemas tropicais, hoje sofre com a mineração ilegal e a poluição.

"A notícia de teu regresso foi suficiente para restaurar minhas forças. Já posso contar os dias, porque a cada um que passa aproxima-se o dia em que te verei novamente.

"Hoje esteve formosa a manhã, tão linda quanto aquelas de que não te esqueceste. Fiz Emma me levar ao pomar; estive nos lugares que nele me são mais queridos, e me senti quase bem debaixo daquelas árvores, cercada por todas aquelas flores, vendo o fluir do riacho sentada no banco de pedra na margem. Se isso acontece comigo agora, como posso não melhorar quando voltar a passear por ele em tua companhia?

"Acabo de colocar açucenas e rosas junto à imagem da Virgem e pareceu-me que ela estava me olhando com mais doçura do que de costume e iria sorrir.

"Mas querem que partamos para a cidade, porque dizem que lá poderão os médicos me prestar melhor assistência: não necessito de outro remédio senão te ver ao meu lado para sempre. Quero te esperar aqui: não quero abandonar tudo isso que amavas, porque me parece que me recomendaste e me amarias menos em outro lugar. Implorarei para que papai atrase nossa viagem e, enquanto isso, chegarás. Adeus".

As últimas linhas estavam quase ilegíveis.

O barco da alfândega, que havia saído da praia quando a escuna fundeou, estava já próximo.

— Lorenzo! — exclamei, ao reconhecer no galante mulato um amigo querido que vinha de pé entre o administrador e o chefe da reserva.

— Estou indo! — ele respondeu.

E subindo precipitadamente a escada, abraçou-me.

— Não choremos — disse ele, enxugando os olhos com uma das pontas de sua manta e tentando sorrir —: estão nos observando e esses marinheiros têm coração de pedra.

Em meias palavras ele já havia me dito o que eu mais desejava saber: María estava melhor quando ele saiu de casa. Ainda que duas semanas já tivessem se passado em que me esperava em Buenaventura, nenhuma carta havia chegado a mim, exceto as que ele trouxe, seguramente porque a família me aguardava a qualquer momento.

Lorenzo não era escravo. Fiel companheiro do meu pai nas viagens frequentes que esse havia feito durante sua vida comercial, era amado por toda a família e gozava, em casa, dos privilégios de um mordomo e das considerações de um amigo. Na fisionomia e talante, mostrava seu vigor e caráter franco: alto e fornido, tinha a testa espaçosa e com entradas; belos olhos sombreados por sobrancelhas pretas e crespas; nariz reto e elástico; lindos dentes, sorrisos carinhosos e barba enérgica.

Verificada a visita de cerimônia do administrador, que havia presumindo apressadamente que eu estava nele, minha bagagem foi colocada no bote e eu entrei nele com os que voltavam, depois de me despedir do capitão e de alguns dos meus companheiros de viagem. Quando nos aproximávamos da costa, o horizonte já havia escurecido: ondas negras, suaves e silenciosas passavam, balançando para de novo se perderem na escuridão: vagalumes sem número pairavam sobre o farfalhar das florestas das margens.

O administrador, sujeito de certa idade, obeso e rubicundo, era amigo de meu pai. Depois que chegamos em terra firme, conduziu-me à sua casa e me acomodou ele mesmo no quarto que havia preparado para mim. Depois de pendurar uma rede *corozalenha*[49], ampla e perfumada, saiu, me dizendo antes:

— Vou providenciar o despacho de sua bagagem, e outras mais importantes e urgentes para o cozinheiro, porque suponho que as adegas e despensas de Emília não estão muito carregadas: pareceu-me ela muito brincalhona hoje.

Embora o administrador fosse pai de uma linda e interessante família estabelecida no interior do Cauca, ao se encarregar do destino que realizava não tinha decidido trazê-la para o Porto, por mil motivos que me havia fornecido e que eu, apesar de minha inexperiência, julguei incontestáveis. A gente portenha lhe parecia cada dia mais alegre, comunicativa e despreo-

---

49 REDE COROZALENHA: Rede tecida em Corozal, cidade da zona atlântica da Colômbia, situada no departamento de Sucre.

cupada; mas eu não encontraria nenhum problema sério nisso, visto que, depois de alguns meses de permanência na costa, o próprio administrador havia se contagiado mais que moderadamente dessa despreocupação.

Após um quarto de hora que empreguei trocando meu traje de bordo por outro, o administrador voltou para me buscar: já vestia, em vez do traje de cerimônia, calça e paletó de alvura impecável; seu colete e gravata haviam começado uma nova temporada de escuridão e abandono.

— Descansarás alguns dias aqui antes de seguir viagem — disse ele, enchendo duas taças com o conhaque que tirou de um lindo frasco.

— Mas não preciso nem posso descansar — observei.

— Pega este conhaque; é um excelente Martell; ou preferes outra coisa?

— Pensei que Lorenzo tinha barcos e canoas prontos para madrugar amanhã.

— Já veremos. Então, preferes gim ou absinto?

— O que quiseres.

— Saúde, então — disse ele, convidando-me.

E depois de esvaziar o copo de um só gole:

— Não é superior? — perguntou, piscando os dois olhos e, produzindo com a língua e o palato um ruído semelhante ao de um beijo forte, acrescentou —: já se vê que provaste o mais antigo da Inglaterra.

— Por todas as partes queima o paladar. Então, poderei madrugar?

— Mas, se é tudo brincadeira minha... — ele respondeu, deitando-se descuidadamente na rede e enxugando o suor da garganta e da testa com um lenço grande de seda indiana, perfumada como o de uma noiva —. Então queima, não? Bem, ele e a água são os únicos médicos que temos por aqui, salvo picada de cobra.

— Falemos sério: o que é que chamas de brincadeira?

— A proposta para descansares, homem. Achas que teu pai está dormindo para me recomendar ter tudo pronto para tua partida? Vai para quinze dias que Lorenzo chegou, e tanto o *boga*[50] quanto o barco estão prontos. A verdade é que eu deveria ter sido menos pontual e assim teria conseguido que fosses entretido por mim por mais dois dias.

— Quanto agradeço tua pontualidade!

Ele riu alto, empurrando a rede para tomar ar, dizendo-me por fim:

— Mal-agradecido!

— Não é isso: sabes que não posso, que não devo demorar nem uma hora mais do que o necessário. É urgente que eu chegue logo em casa...

— Sim, sim; é verdade. Seria egoísta da minha parte — disse ele, sério.

— O que sabes?

— A enfermidade de uma das senhoras… Mas recebestes as cartas que te enviei no Panamá.

— Sim, obrigado, na hora de embarcar.

— Não te dizem que ela está melhor?

— Isso é o que dizem.

— E Lorenzo?

— Diz o mesmo.

Depois de um momento em que ambos permanecemos em silêncio, o administrador gritou, sentando-se na rede:

— Marcos! A comida!

Um criado entrou em seguida para anunciar que a mesa estava servida.

— Vamos — disse meu hóspede, levantando-se —: está com fome; se tivesses bebido o conhaque, estarias com o apetite aberto. Olá! — acrescentou antes de entrarmos na sala de jantar e nos dirigirmos a um pajem —: Se vierem nos procurar, diga

50 BOGA: Nome dado aos remadores que conduzem canoas ou embarcações rústicas nos rios da América do Sul, especialmente na Colômbia. São figuras tradicionais e habilidosas, conhecidas por dominar corredeiras e conhecer profundamente os caminhos fluviais.

que não estamos em casa. Deves ir para a cama cedo para poder madrugar — observou, apontando para o assento principal.

Ele e Lorenzo ficaram a cada lado meu.

— Ora essa! — exclamou o administrador quando a luz da linda lâmpada da mesa banhou meu rosto —: Que bochechudo tu trouxeste! Se não fosses moreno, poderia jurar que não sabes dizer bom dia em castelhano. Parece-me que estou a ver teu pai quando ele tinha vinte anos; mas me parece que és mais alto do que ele; sem essa seriedade, herdada sem dúvida de tua mãe, acreditaria estar com o judeu na noite em que desembarcou pela primeira vez em Quibdó. Não achas, Lorenzo?

— Idêntico — ele respondeu.

— Se tivesses visto — continuou meu hóspede, dirigindo-se a ele — a ânsia de nosso pequeno inglês depois que lhe disse que ele teria que ficar dois dias comigo... Impacientou-se a ponto de dizer que meu conhaque estava queimando e não sei mais o quê. Caracóis! Temi que me repreendesse. Vamos ver se este vinho tinto te parece o mesmo e se conseguimos te fazer sorrir. Que tal? — ele acrescentou, depois que experimentei o vinho.

— É muito bom.

— Temia que não tivesses gostado, porque é a melhor coisa que eu poderia conseguir para beberes aqui.

A jovialidade do administrador não vacilou um só momento durante duas horas. Às nove permitiu que eu me retirasse, prometendo-me estar de pé às quatro horas da manhã para me acompanhar ao cais. Quando me disse boa noite, acrescentou:

— Espero que não reclames amanhã dos ratos como da outra vez: a péssima noite que te fizeram você passar lhes custou caríssimo: travei com eles desde então uma guerra até à morte.

LVII

Às quatro, o bom amigo bateu à minha porta e havia uma hora que eu o esperava, pronto para partir. Ele, Lorenzo e eu tomamos café da manhã com conhaque e café enquanto os bogas carregavam minha bagagem até as canoas, e pouco depois estávamos todos na praia.

A Lua, grande e cheia, já descia para o ocaso e, ao aparecer sob as nuvens negras que o haviam ocultado, banhava as selvas distantes, os manguezais das margens e o mar calmo e tranquilo com brilhos trêmulos e avermelhados, como os que estendem as velas de um caixão sobre o pavimento de mármore e as paredes de uma sala mortuária.

— E até quando? — disse-me o administrador, correspondendo ao meu abraço de despedida com outro apertado.

— Talvez eu volte muito em breve — respondi.

— Voltarás para a Europa, então?

— Talvez.

Aquele homem tão festivo me pareceu melancólico nesse momento.

À medida que a canoa em que Lorenzo e eu estávamos se afastava da costa, gritou:

— Boa viagem!

E, dirigindo-se aos *bogas*:

— Cortico! Laureán...! cuidem bem dele, cuidem dele como se fosse coisa minha.

— Sim, patrão — responderam em dueto os dois negros.

Estaríamos a dois quarteirões da praia e imaginei poder distinguir a imagem branca do administrador, imóvel no mesmo lugar onde acabara de me abraçar.

O brilho amarelado da lua, às vezes velado, sempre fúnebre, acompanhou-nos até depois de termos entrado na foz do Dagua.

Permaneci em pé na porta do rústico camarote, de teto abobadado, feito de *matambas*[51], cipó e folhas de *rabihorcado*[52], que no rio chamam de convés. Lorenzo, depois de ter feito para mim uma espécie de cama de tábuas de madeira sob aquela gruta navegante, estava sentado aos meus pés com a cabeça apoiada nos joelhos e parecia estar cochilando. Cortico (isto é, Gregório, como era seu nome de batismo) vogava junto de nós, resmungando às vezes a melodia de um *bunde*[53]. O corpo atlético de Laureáns se desenhava como o perfil de um gigante sobre as últimas nuvens da lua já quase invisível.

Mal se ouvia o canto monótono e rouco dos bambus no manguezais sombrios das margens e o ruído sigiloso das correntes, interrompendo aquele silêncio solene que envolve os desertos em seu último sono, sono sempre profundo como o do homem nas últimas horas da noite.

— Tome um trago, Cortico, e cante aquela música triste — eu disse ao *boga* anão.

— Jesus! Meu patrão, achas isso triste?

Lorenzo derramou, em seu chapéu, mais do que o suficiente de um mate de anis que o *boga* lhe ofereceu, e continuou dizendo:

---

51 MATAMBAS: Folhas grandes usadas para cobrir telhados, embrulhar alimentos ou fazer sombra, muito semelhantes às folhas de bananeira.

52 RABIHORCADO: Trata-se da planta *Carludovica palmata*, cujas folhas parecidas com as da bananeira são usadas para cobrir telhados.

53 BUNDE: Canto tradicional afro-colombiano, especialmente das regiões do Pacífico, como Chocó e Valle del Cauca. É ligado a rituais religiosos, festas populares e celebrações de nascimento, morte ou devoção.

— Será que o sereno me deixou gripado? — e, dirigindo-se ao seu companheiro — Compadre Laureán, o branco quer que tu limpes o peito para cantar uma musiquinha alegre.

— Aprovado! — respondeu o questionado, com voz rouca e sonora — vai ser outra a dança que começará no escuro. Já sabes?

— O mesmo — indicou.

Laureán saboreou o conhaque como um especialista no assunto, murmurando:

— Esse aqui não desce mais.

— O que é isso de dança no escuro? — perguntei a ele.

Tomando seu lugar, ele entoou em resposta ao primeiro verso do seguinte *bunde*, respondendo Cortico com o segundo, após o qual eles pararam, e continuaram da mesma maneira até terminar a música selvagem e sincera.

Se já não se esconde a lua;
Remar, remar.
Que fará tão só minha negra?
Chorar, chorar.
Se me pega a noite escura,
São João, São João.
Escura como a minha negra,
Nem mais; nem mais.
A luz dos seus olhos meus
Dê mais, dê mais.
Ao do relâmpago parece,
Vogar, vogar.

Aquele cantar harmonizava-se dolorosamente com a natureza que nos rodeava: os ecos tardios dessas selvas imensas repetiam seus tons queixosos, profundos e lentos.

— Chega de *bunde* — eu disse aos negros, aproveitando a última pausa.

— Parece à sua mercê que está mal cantado? — perguntou Gregório, que era o mais comunicativo.

— Não, homem, muito triste.

— A canção?

— O que for.

— Por Deus! Se quando cantam bem uma canção e eu danço com esse negro Mariugenia... acredite-me sua mercê no que digo: até os anjos do céu batem os pés ansiosos para dançar.

— Abre os olhos e fecha a boca, compadre — disse Laureán —; Ouviste?

— E eu sou surdo, por acaso?

— Bem, então.

— Vamos ver, sinhô.

As correntes do rio começavam a lutar contra nossa embarcação. O ranger dos remos nos forcados já podiam ser ouvidos. Às vezes o de Gregório batia na borda da canoa para indicar que precisávamos mudar de margem, e cruzávamos a corrente. Pouco a pouco, a escuridão se tornou mais densa. Do lado do mar podíamos ouvir o estrondo de trovões distantes. Os *bogas* não falavam. Um ruído semelhante ao voo rumoroso de um furacão sobre as selvas vinha em nosso alcance. Gotas grossas de chuva começaram a cair depois.

Deitei-me na cama que Lorenzo tinha feito para mim. Esse queria acender a luz, mas Gregório, que o viu esfregando um fósforo, disse-lhe:

— Não acendas luz, patrão, porque me desconcentra e atrai a atenção das cobras.

A chuva açoitava com força o telhado do convés. Aquela escuridão e silêncio foram agradáveis para mim depois do tratamento forçado e da gentileza fingida durante minha viagem com todos os tipos de pessoas. As mais doces lembranças, os pressentimentos mais tristes, outra vez disputaram meu coração naqueles instantes para reanimá-lo ou entristecê-lo. Bastavam-me cinco dias de viagem para voltar a tê-la em meus braços e lhe devolver toda a vida que minha ausência havia lhe roubado. Minha voz, minhas carícias, meus olhos, que tão docemente tinham sabido comovê-la em dias passados, não seriam capazes de derrotar a dor e a morte? Aquele amor ante o qual a ciência era considerada impotente, que a ciência chamava ao seu auxílio, devia ser capaz de fazer tudo.

Minha memória repassou o que me dizia em suas últimas cartas: "A notícia de teu regresso foi o suficiente para restaurar minhas forças... não posso morrer e te deixar sozinho para sempre".

A casa paterna no meio das suas verdejantes colinas, sombreada por velhos salgueiros, adornada com roseiras, iluminada pelo brilho do sol ao nascer, apresentava-se à minha imaginação: eram as roupas de María que sussurravam perto de mim; a brisa do Sabaletas que movia meus cabelos; as essências das flores cultivadas por María, aquelas que eu aspirava... E o deserto com seus aromas, seus perfumes e sussurros era cúmplice da minha deliciosa ilusão.

Deteve-se a canoa numa praia da margem esquerda.

— O que foi? — perguntei a Lorenzo.

— Estamos em Arenal.

— Oopa! Um guarda! Que caravana passa? — gritou Cortico.

— Alto lá! — respondeu um homem, que devia estar à espreita, pois deu o grito a algumas varas da margem.

Os *bogas* em dupla caíram na gargalhada, e ainda não deu um ponto final à sua o Gregório, quando disse:

— São Paulo bendito! Este cristão quase me assustou! Cabo Ansermo, o reumatismo vai te matar no meio desse pântano! Quem te disse que eu subia, sinhô?

— Velhaco — respondeu o guarda —, as bruxas. Vamos ver, o que estás levando?

— Um barco com pessoas.

Lorenzo havia acendido a luz e o cabo entrou no convés, dando de repente no negro viajante um sonoro tapinha nas costas, em sinal de amizade. Assim que me cumprimentou franca e respeitosamente, começou a examinar a guia e, enquanto isso, tanto Laureán quanto Gregório, às escondidas, sorriram olhando pela boca da cabine.

O primeiro grito de Gregório ao chegar à praia alarmou

a todo o destacamento: mais dois guardas com rostos insones e armados com carabinas como o que esperava agachado no mato, chegaram na hora do brinde e da despedida. A enorme câmara de Lorenzo bastava para todos, o que incluía estar desejosa de se encher com outros homens, menos desdenhosos do que seus amos.

A chuva havia cessado e começava a amanhecer quando, entre as despedidas e piadas picantes, temperadas com risadas e muito mais, que trocavam os meus *bogas* com os guardas, seguimos viagem.

Dali em diante as selvas ribeirinhas iam ganhando majestade e garbo: os grupos de palmeiras tornaram-se mais frequentes; via-se o *pambil*[54] de reta coluna manchado de púrpura; os frondosos *milpesos*[55] oferecendo em suas raízes o delicioso fruto; a *chontadura*[56] e o *guate*[57]; distinguindo-se entre todas a *naidí*[58] de caule flexível e plumagem inquieta, com um não sei quê de coquete e virginal, que lembra formas sedutoras e esquivas. As demais, com seus racimos ainda meio defendidos pela concha que os havia abrigado, todas com penachos cor de ouro, pareciam, com seus rumores, dar as boas-vindas a um amigo não esquecido. Mas ainda faltavam ali as vinhas tingidas de vermelho, as trepadeiras de flores frágeis e bonitas, as *larvas* sedosas e os musgos aveludados dos penhascos. O *naguare*[59] e o *piáunde*[60], como reis da selva, empinavam suas copas para divisar algo mais grandioso que o deserto: o mar distante.

---

54 PAMBIL: Palmeira amazônica de tronco liso e escuro, usada para construção e artesanato.

55 MILPESOS: Árvore ornamental cujas folhas e flores lembram moedas douradas, comum em climas tropicais.

56 CHONTADURA: Fruto da palmeira *chontaduro*, nutritivo e muito consumido cozido na região pacífica.

57 GUATE: Planta de folhas largas usada tradicionalmente para cobrir telhados e embalar alimentos.

58 NAIDÍ: Nome regional do açaí colombiano, cujos frutos escuros são usados em bebidas e sobremesas.

59 NAGUARE: Planta silvestre de uso medicinal e ritual, comum em zonas úmidas e tropicais.

60 PIÁUNDE: Árvore de madeira resistente, usada para construção e na fabricação de canoas.

A navegação estava se tornando cada vez mais difícil. Já eram quase dez quando chegamos à Calle Larga. Na margem esquerda havia uma cabana, construída, como todas do rio, em grossas tábuas de *guayacán*[61], madeira que, como é sabido, petrifica-se na umidade: assim ficam os habitantes livres de inundações, e menos em contato com víboras, que, devido à sua abundância e diversidade, é o terror e o pesadelo dos viajantes.

Enquanto Lorenzo, guiado pelos *bogas*, ia dispor nosso almoço na cabana, permaneci na canoa preparando-me para tomar um banho, cuja excelência deixam prever as águas cristalinas. Mas não havia contado com os mosquitos, apesar de que suas venenosas picadas os tornassem inesquecíveis. Atormentaram-me ao seu sabor, fazendo-me perder o banho que tomei a metade do orientalismo selvagem. A cor e outras condições da epiderme dos negros os defendem, sem dúvida, desses tenazes e famintos inimigos, pois segui observando que só se davam por sua existência graças aos avisos dos *bogas*.

Lorenzo trouxe almoço à canoa para mim, ajudado por Gregório, que era bom cozinheiro, e me prometeu para o dia seguinte um *tapado*[62].

Tínhamos que chegar, à tarde, a San Cipriano, e os *bogas* não hesitaram em continuar a viagem, já revigorados pelo seleto vinho tinto do administrador.

O sol não desmentia o verão.

Quando as ribeiras permitiam, Lorenzo e eu, para desanuviar ou reduzir o peso da canoa em momentos de perigo confessados pelos *bogas*, caminhávamos por algumas margens por curtas distâncias, operação que ali se chama "praiar"; mas, nesses casos, o medo de tropeçar com alguma *guascama*[63] ou

---

61 GUAYACÁN: Madeira tropical de alto valor, extremamente dura e durável, usada em marcenaria e obras pesadas.

62 TAPADO: Ensopado tradicional afro-caribenho feito com peixe, banana verde, mandioca, milho e leite de coco. Típico do litoral colombiano, é cozido lentamente com os ingredientes cobertos, o que dá origem ao nome.

63 GUASCAMA: Víbora venenosa de grande porte, típica de florestas tropicais úmidas no Pacífico colombiano, como o Chocó e o Valle del Cauca.

que alguma *chonta*[64] avançasse contra nós, como costumam fazer os indivíduos dessa família de serpentes negras, roliças e de garganta esbranquiçada, nos faziam andar pelo mato mais com os olhos do que com os pés.

Era inútil averiguar se Laureán e Gregório eram curandeiros, pois quase não há *bogas* que o sejam, e que não leve consigo as presas de muitos tipos de víboras e antídotos para várias delas, entre os quais estão o *guaco*[65], as vinhas *atajasangre*[66], *siempreviva*[67], *zaragoza*[68] e outras ervas sem nome e preservadas em presas ocas de jaguar e jacaré. Mas isso não é suficiente para tranquilizar os viajantes, uma vez que se sabe que tais remédios são geralmente ineficazes, e que quem foi mordido morre depois de algumas horas, derramando sangue pelos poros e em agonias espantosas.

Chegamos a São Cipriano. Na margem direita e no ângulo formado pelo rio que dá nome ao local, e pelo Dagua, que parece alegrar-se com seu encontro, lá estava a casa, erguida sobre estacas no meio de um frondoso *platanal*[69]. Ainda não tínhamos saltado à praia e Gregório já gritava:

— Nhá Rufina, aí vou eu! —, em seguida —: Onde conseguiu essa velhota?

— Boa tarde, nhô Gregório — respondeu uma jovem negra, olhando para o corredor.

— Tem que me dar pousada, porque trago coisa boa.

— Sim, sinhô; suba, então.

— Meu companheiro?

---

64 CHONTA: Também chamada de *chonta tigre*, é uma serpente não venenosa e rápida, comum em áreas de mata úmida, com hábitos terrestres e arborícolas.

65 GUACO: Planta medicinal usada para tratar problemas respiratórios, com ação expectorante e anti-inflamatória.

66 ATAJASANGRE: Erva tradicionalmente usada para estancar sangramentos e tratar feridas externas.

67 SIEMPREVIVA: Planta resistente associada à longevidade, usada em infusões para fortalecer o organismo.

68 ZARAGOZA: Erva popular com propriedades digestivas e calmantes, comum na medicina caseira colombiana.

69 PLATANAL: Plantação de bananeiras.

— Na Junta.

— Tio Bibiano?

— Isso mesmo, nhô Gregório.

Laureán deu as boas-tardes à caseira e voltou a guardar seu silêncio costumeiro.

Enquanto os *bogas* e Lorenzo tiravam as bagagens da canoa, fiquei concentrado em algo que Gregório, sem fazer qualquer outra observação, chamou de velhota: era uma cobra tão grossa quanto um braço forte, de quase três metros de comprimento, com pele áspera, cor de folha seca e pontilhada de manchas pretas; barriga que parecia pedaços de marfim montados, cabeça enorme e boca tão grande quanto a própria cabeça, nariz arrebitado e presas como garras de gato. Estava pendurada pelo pescoço em um poste no cais, e as águas da ribeira brincavam com sua cauda.

— São Paulo! — exclamou Lorenzo, reparando no que via —; que bicho!

Rufina, que havia descido para louvar a Deus, observou, rindo, que tinha matado outras maiores algumas vezes.

— Onde encontraram essa? — perguntei-lhe.

— Na orla, meu amo, lá no *chípero*[70] — respondeu-me, apontando para uma árvore frondosa, distante trinta varas da casa.

— Quando?

— No finzinho da madrugada, quando meu irmão saiu de viagem, ele a encontrou dependurada na árvore e a trouxe para tirar o veneno. A companheira dela não estava lá, mas eu a vi hoje e amanhã meu irmão vai trazê-la.

Bibiano, pai da jovem negra, era um *boga* de pouco mais de cinquenta anos, já aposentado pelo reumatismo, veio me cumprimentar, de chapéu na mão e apoiado em uma bengala grossa de *chonta*: usava calça de pano amarelo e camisa listrada azul, cujas extremidades estavam para fora da calça.

Logo minha rede estava pendurada. Deitado nela, eu observava os montes distantes, ainda não pisados, que iluminava

---

70 CHÍPERO: Também chamada de chípalo e chiparo, árvore *Zygia longifolia* alcança até 15 metros de altura e é comum em bosques úmidos e margens de rios.

a última luz amarela da tarde e as ondas do Dagua com tons iridescentes de azul, verde e dourado. Bibiano, estimulado por minha franqueza e carinho, sentado junto de mim, tecia *crezneja*[71] para chapéus, fumando em seu *congola*[72], falando comigo sobre as viagens de sua juventude, sobre a sua falecida mulher, sobre o modo fazer a pesca nos currais e suas mazelas. Havia sido escravo até os trinta anos na mina de Iró[73], e, nessa idade, conseguiu, à força de trabalhos difíceis e de economias, comprar sua liberdade e a de sua esposa, que havia sobrevivido por pouco tempo após seu estabelecimento no Dagua.

Os *bogas*, já com as calças postas, conversavam com Rufina; e Lorenzo, depois de ter trazido seus refinados alimentos para acompanhar o *sancocho*[74] *de nayo* que estava nos preparando a filha de Bibiano, veio deitar-se silenciosamente no canto mais escuro da sala.

Era quase noite quando se ouviram gritos de passageiros no rio: Lorenzo desceu apressadamente e regressou alguns momentos depois dizendo que era o correio que subia; e havia tido notícia de que minha bagagem foi deixada em Mondomo.

Logo a noite nos cercou com toda a sua pompa americana: as noites do Cauca, as de Londres, as do alto mar, por que não eram tão majestosamente tristes como aquela?

Bibiano me deixou, pensando que eu estava dormindo, e foi terminar a comida. Lorenzo acendeu a vela e preparou a

---

71 CREZNEJA: Tipo de tecido rústico e resistente, usado em roupas simples e utilitárias nas zonas rurais da Colômbia.

72 CONGOLA: Fumo grosso e forte, geralmente mascado ou fumado em cachimbo, comum entre camponeses e mineiros.

73 MINA DE IRÓ: Importante área de extração de ouro no departamento do Chocó, onde muitos escravizados africanos foram forçados a trabalhar. Tornou-se símbolo da exploração colonial e da herança afrodescendente na região do pacífico da Colômbia.

74 SANCOCHO: prato tradicional e muito popular na Colômbia e em vários países da América Latina, especialmente no Caribe. Trata-se de um ensopado espesso feito com carnes, tubérculos, milho, banana-da-terra e temperos locais. É cozido lentamente e servido como prato principal, geralmente em ocasiões familiares ou comunitárias.

mesinha da casa com os víveres de nosso alforje.

Às oito todos estavam, bem ou mal, acomodados para dormir. Lorenzo, assim que havia me acomodado com um esmero quase maternal na rede, foi se deitar na sua.

— Taita — disse Rufina de seu quarto para Bibiano, que estava dormindo conosco na sala —: ouça sua mercê a verrugosa cantando no rio.

De fato, ouvia-se daquele lado algo como o cacarejar de uma enorme galinha.

— Avisa a nhô Laureán — continuou a moça — para que de madrugada passe por lá sem fazer barulho.

— Ouviste, homem?

— Sim, sinhô — respondeu Laureán, que deve ter sido acordado pela voz de Rufina, que, como mais tarde percebi, era sua namorada.

— O que é essa coisa grande que voa aqui — perguntei a Bibiano, já perto de achar que fosse alguma cobra alada.

— O morcego, amigo — respondeu —, mas não tenha medo de que ele te morda dormindo na rede.

Esses tais morcegos são verdadeiros vampiros que sangram em pouco tempo quem vem deixar-lhes o nariz ou a ponta dos dedos à sua disposição; e realmente se salvam de sua mordida os que dormem em rede.

LVIII

Lorenzo me chamou de madrugada: viu meu relógio e eram três horas. A favor da lua, a noite parecia um dia opaco. Às quatro, confiados à Virgem nas despedidas de Bibiano e de sua filha, embarcamos.

Era incrível que a navegação daí em diante fosse mais difícil do que aquela que tínhamos feito até então; mas foi: o Dagua é onde, com toda a propriedade, pode-se dizer que nada é impossível.

Às duas da tarde, hora em que tomávamos doce num remanso, Laureán o recusou, e adentrou alguns passos na mata para regressar trazendo umas folhas: depois de esfregá-las num mate cheio de água, até que o líquido se tingiu de verde, coou-o na copa do chapéu e o tomou. Era suco de folha fedorenta, único antídoto contra as febres, temidas no litoral e por aquelas ribeiras, que os negros reconhecem como eficaz.

As *palancas*[75], que quando o rio desce servem mil vezes para evitar um estilhaçamento geral, são menos úteis para subi-lo. Da beirada, a cada instante caiam à água Gregório e Laureán, sempre após o conhecido golpe de aviso, e então o primeiro

---

75 **PALANCAS:** Varas longas de madeira usadas como instrumentos de propulsão e manobra em rios rasos, especialmente para impulsionar ou desviar uma canoa contra a corrente.

cabresteava a canoa, segurando-a pelo *galindro*[76], enquanto o companheiro a impulsionava pela popa. Assim venciam os redemoinhos ou as corredeiras inevitáveis; mas, para escapar dos mais furiosos, havia pequenos canais chamados *arrastraderos*, abertos nas praias, com pouca ou nenhuma água, pelos quais a canoa subia roçando o casco nos seixos do leito e se equilibrando, às vezes, sobre as pedras mais salientes.

Os *botaderos*[77] pioraram a situação ao entardecer: como as correntezas ficavam cada vez mais fora do controle à medida que nos aproximávamos do Saltico, os *bogas*, ao mudar de margem, impulsionavam a canoa e saltavam ao mesmo tempo sobre ela para empunhar as *palancas*; e, abandonando-as no instante exato em que atravessávamos o rio, impediam que a torrente, enfurecida por ter deixado escapar uma presa já sua, nos arrebatasse. Após cada lance dessa espécie, era necessário tirar da canoa a água que havia entrado — operação que os *bogas* realizavam instantaneamente, ameaçando dar um passo e recuando o pé lançado para o chão firme, de modo que, com esse gesto, saíam entre eles jorros de água. Tais evoluções e prodígios acrobáticos eram assombrosos quando executados por Laureán, que, pela estatura, bastando cingir-se com uma guirlanda de folhas de videira, poderia se passar por deus do rio; mas realizados por Gregório, que, salvo o rosto sempre sorridente, parecia uma versão recortada do companheiro, com as pernas que ao andar quase formavam um "o", e cujos pés, curvados para dentro, eram mais que pés, instrumentos de *achicar*[78], aqueles prodígios de agilidade causavam terror.

Pernoitamos aquela noite em Saltico, pobre e desagradável povoado, apesar do movimento que suas bodegas lhe davam. Existe ali um obstáculo para a navegação, e geralmente é o

76 **GALINDRO:** Beirada reforçada do casco, onde se pode agarrar com firmeza.

77 **BOTADEROS:** Trechos perigosos do rio onde há fortes correntezas, quedas, desníveis ou obstáculos que podem fazer a canoa virar, bater ou ser levada pela água.

78 **INSTRUMENTOS DE ACHICAR:** Baldes, conchas, latas ou cabaças usadas para tirar a água que entrou no barco.

término da viagem dos *bogas* que vêm do Puerto, assim como os que vinham de Saltico só chegavam a Salto e, a este ponto, os que procediam diariamente de Juntas.

Na mesma tarde, meus *bogas* arrastaram por terra a canoa, já sem telhado, para colocá-la na praia de onde eu deveria embarcar no dia seguinte. Do Saltico ao Salto, os perigos da viagem saíram da esfera de qualquer ponderação.

No Salto, foi preciso repetir o arrastamento da canoa para vencer o último obstáculo que ali merece, com justiça, tal nome.

Os bosques iam tendo, à medida que nos afastávamos da costa, toda aquela majestade, formosura, diversidade de cores e abundância de aromas que fazem das selvas do interior um conjunto indescritível. Mas o reino vegetal imperava quase só: ouvia-se, de tarde em tarde, e ao longe, o canto do *paují*[79]; muito raro, um casal de *panchanas*[80] atravessava às vezes por cima das montanhas quase perpendiculares que embalavam a *vega*[81]; e alguma primavera voava furtivamente sob as abóbadas escuras, formadas pelos *guabos*[82] cerrados ou pelos canaviais, *chontas*[83], nascentes e *chíperos*, sobre os quais as *guaduas*[84] embalavam suas arqueadas plumagens. O martim-pescador, única ave aquática habitante daquelas ribeiras, roçava por raridade os remansos com suas asas, ou se afundava neles para tirar do bico algum peixinho prateado.

---

79 PAUJÍ: Ave terrestre de grande porte, comum em florestas tropicais da Colômbia e de outras regiões da América do Sul. Alimenta-se de frutos e sementes, e é conhecida em português como mutum.

80 PANCHANAS: Aves selvagens típicas das regiões tropicais da América do Sul, semelhantes a pombas ou perdizes. Costumam voar em pares e habitar áreas de mata fechada, sendo associadas à vida tranquila do interior.

81 VEGA: Planície fértil, geralmente situada às margens de rios, caracterizada por solos úmidos e próprios para cultivo.

82 GUABOS: Árvores tropicais de copa ampla e madeira leve, comuns em regiões úmidas da Colômbia.

83 CHONTAS: Palmeiras tropicais da América do Sul, especialmente comuns nas regiões úmidas da Colômbia e do Equador. Sua madeira escura, densa e resistente é muito usada na construção de casas, pontes e ferramentas tradicionais.

84 GUADUAS: Bambus nativos da América do Sul, usados para construção, artesanato e sombra natural.

Desde Saltico encontramos maior número de canoas descendo, e as mais capazes delas teriam oito varas de comprimento, e escassamente uma de largura.

O par de *bogas* que manejava cada canoa, balanceando-se e *achicando* incessantemente a frente, o da popa sentado às vezes, tranquilos sempre, mal podiam ser vistos ao descerem pelo meio dos jorros de uma correnteza turbulenta distante, desapareciam nela e passavam muito logo velozmente por perto de nós, para voltarem a ser vistos abaixo e já distantes, como que deslizando sobre as espumas.

Os penhascos escarpados da víbora, Delfina com seu limpo riacho que, brotando do coração das montanhas, parece misturar depois timidamente suas correntes com as impetuosas do Dagua, e o deslizamento do *arrayán*[85], foram ficando à esquerda. Ali houve necessidade de fazer uma pausa para conseguir uma palanca, pois Laureán acabava de quebrar sua última peça de reposição. Durante uma hora um aguaceiro nos acompanhou, e o rio começava a trazer faixas de espuma e algumas ervas daninhas pequenas.

— A menina está zangada — disse Cortico quando chegamos à praia.

Pensei que ele estava se referindo a uma música muito triste e abafada, que parecia vir da cabana vizinha.

— Que menina é essa? — perguntei-lhe.

— Ora, Pepita, meu amo.

Então me dei conta que se referia ao formoso rio com esse nome, que se une ao Dagua abaixo do povoado de Juntas.

— Por que está zangada?

— Sua mercê não vê que está baixando?

— Não.

— A crescente.

— E por que não é o Dagua que está zangado? Ela é muito bonita e melhor que ele.

---

85 ARRAYÁN: Árvore de pequeno a médio porte, com folhas pequenas, verdes e brilhantes, e flores brancas ou rosadas. Seu tronco é liso e avermelhado, e a planta exala um perfume suave, muito apreciado.

Gregório riu antes de me responder:

— Dagua tem gênio ruim. Pepita na crescente faz o rio fluir amarelo.

Subi para o convés enquanto os *bogas* faziam os preparativos, ansioso para ver que instrumento tocavam ali: era uma marimba, pequeno teclado de *chontas* sobre canos de *guadua* alinhados do maior para o menor, e que são acionados por pequenas bobinas forradas com couro de vaca.

Os *bogas*, estimulados por Lorenzo e pela gratificação que eu lhes havia prometido pelo seu bom manejo, esforçaram-se para me fazer chegar de dia a Juntas. Pouco depois, deixamos à direita o pequeno campo de Sombrerillo, cuja vegetação contrasta com a aspereza das montanhas que o sombreiam na direção sul. Eram quatro da tarde quando passamos pelo sopé dos penhascos agrestes de Meia Lua. Saímos logo após o temido Credo; e, por fim, demos fim exitoso à inverossímil navegação descendo em uma praia de Juntas.

O amigo D***, antigo dependente de meu pai, estava me esperando, avisado pelo carteiro que nos alcançou em San Cipriano de que eu havia de chegar naquela tarde. Conduziu-me à sua casa, onde esperei por Lorenzo e os *bogas*. Esses ficaram muito contentes com a "minha pessoa", como dizia Gregório. Deviam acordar cedo no dia seguinte e se despediram de mim da maneira mais cordial e desejando-me saúde, depois de terminar duas taças de conhaque e receberem de mim uma carta para o administrador.

LIX

Ao nos sentarmos à mesa comentei com D*** que queria continuar a viagem na mesma tarde, se possível, suplicando-lhe para que superasse os inconvenientes. Ele parecia consultar Lorenzo, que se apressou em me responder que as feras estavam no povoado e que a noite era de luar. Dei-lhe ordens para preparar sem demora a nossa marcha; e, tendo em vista a forma como resolvi, D*** não fez observação de nenhuma espécie.

Pouco depois, Lorenzo me apresentou os apetrechos de montaria, explicando-me calmamente o quão ele estava satisfeito por não passarmos a noite em Juntas.

Providenciado o necessário para que D*** pagasse pelo transporte de minha bagagem até ali e a colocasse de volta a caminho, despedimo-nos dele e montamos em boas mulas, seguido por um menino, que, montado em outra, levava junto à sela pequenas trouxas com minhas roupas de viagem e alguns mantimentos que nosso convidado se apressou em colocar nela.

Tínhamos vencido mais da metade da subida de Puerta quando já se ocultava o sol. Nos momentos em que a cavalgadura parava, só pude olhar com satisfação para o vale do qual acabara de sair e respirei com alegria o ar vivificante das montanhas. Via, já nas profundezas da planície, a vila de Juntas com os seus telhados de palha e cinzentas: o Dagua, luxuoso com a luz que então o banhava, margeava o ilhéu da aldeia e, rolando vertiginosamente até se perder na correnteza do Credo, refletia-se à distância nas praias de Sombrerillo.

Pela primeira vez, depois de minha partida de Londres, senti-me absolutamente dono da minha vontade de encurtar a distância que me separava de María. A certeza de que só me faltavam dois dias para terminar a viagem teria sido o suficiente para me fazer, durante eles, arrebentar quatro mulas como aquela que eu cavalgava. Lorenzo, experiente no que resulta de tais esforços nessas estradas, tentou me fazer diminuir um pouco o passo, e, com o justo pretexto de servir como guia, colocou-se na minha frente bem a tempo de coroarmos a encosta.

Quando chegamos a Hormiguero, somente a lua nos mostrava o caminho. Parei, porque Lorenzo tinha pisado no chão ali, o que foi alarmante para os cães da casa. Apoiando-se ele no pescoço da minha mula, disse-me, sorrindo:

— Você acha que é bom dormirmos aqui? Estas são boas pessoas e há grama para os animais.

— Não sejas preguiçoso — respondi —: não estou com sono e as mulas estão bem.

— Não se preocupe — ele me observou, segurando meu estribo —: o que eu quero é examinar esses judas, por medo de que nos deixem na mão por serem tão espertalhões. Acabam de chegar com minhas mulas a Juntas — continuou soltando as rédeas — e, como me disse o rapaz que conhecemos em Puerta, deve dormir esta noite em Santana, caso não consiga chegar a Hojas. Onde o encontrarmos, tomamos chocolate e iremos dormir um pouco onde se possa. Prefere assim?

— Claro: é preciso chegar a Cali amanhã à tarde.

— Nem tanto: perto das sete entraremos em São Francisco; mas indo em meu passo, porque se não, ficaremos satisfeitos por chegar a San Antonio.

Falando e fazendo, banhava o dorso das mulas com aguardente de anis. Abriu o isqueiro e acendeu um cigarro; repreendeu o menino, que estava se atrasando, porque diz que a mula dele era lenta, e partimos novamente, mal dispensados pelos cães que nos latiam.

Embora a estrada estivesse boa, quer dizer, seca, não conseguimos chegar a Hojas senão depois das dez. Sobre o plano que coroa a encosta, branqueava um toldo. Lorenzo, notando as mulas pastando nas margens do caminho, disse:

— Aí está o Justo, porque aqui estão o Tamborero e o Frontino, que nunca se perdem.

— Que gente é essa? — perguntei.

— Oras, meus serventes.

Silêncio profundo reinava em torno da caravana de mulas: um vento frio balançava os canaviais e as *mandules*[86] das encostas vizinhas, por vezes avivando as brasas abafadas de duas fogueiras próximas ao toldo. Ao lado de uma delas dormia enrolado um cão preto, que rosnou ao nos pressentir e ladrou ao nos identificar como estranhos.

— Ave Maria! — gritou Lorenzo, dando assim aos tropeiros a saudação que entre eles se costuma fazer ao chegar a uma pousada —. Calado, Barbilhas! — ele acrescentou, dirigindo-se ao cão e batendo o pé na terra.

Um mulato alto e magro apareceu por entre as sacas de tabaco, que cobriam os dois lados do toldo onde não tocava o chão: era o chefe, Justo.

— Olá, nhô Lorenzo! — disse ao patrão, reconhecendo-o; e acrescentou —: este não é o menino Efraim?

Respondemos às suas saudações, Lorenzo com um tapinha nas costas e um chiste, eu com mais afeto do que minha seriedade me permitia.

— Apeiem-se — continuou o capataz —; devem estar trazendo uma mula cansada.

— Cansadas estão as tuas — respondeu Lorenzo — porque elas vêm em passo de formiga.

---

86 MANDULES: Nome popular usado para se referir ao amendoim (*Arachis hypogaea*), especialmente quando ainda está com a casca ou verde, em fase de colheita.

— Verás que não. Mas o que estão fazendo a esta hora?

— Andando enquanto roncas. Para de conversa e mande um guia para nos acender algumas brasas para fazer chocolate.

Os outros tropeiros haviam despertado, assim como o negrinho que deveria acender o fogo. Justo acendeu um cabo de vela e, depois de colocá-la em uma banana furada, estendeu uma coberta limpa no chão para eu me sentar.

— E aonde vão agora? — perguntou, enquanto Lorenzo tirava de seu farnel as provisões para acompanhar o chocolate.

— Para Santana — respondeu —. Como estão as mulinhas? O filho de García me contou, ao sair de Juntas, que um baio teu tinha ficado cansado.

— Ele é o único lento, mas, de passinho em passinho, chega.

— Não devias carregá-lo com fardos tão pesados.

— E eu havia de saber disso? Mas vão chegar aqui, os condenados: isso sim, o bege me aprontou uma em Santa Rosa que até o diabo duvida: parece o mais esperto, e é o mais lento; mas, pelo menos, anda: com o fardo todo a trago desde Platanares.

O bule de chocolate fervendo entrou em cena, e os tropeiros, cada um mais pronto que o outro, ofereceram suas canecas para tomarmos.

— Valha-me! — disse Justo, enquanto eu saboreava gostosamente aquele chocolate feito e servido, mas o mais oportuno que chegou às minhas mãos —. Quem iria reconhecer o menino Efraín? Para longe levará nhô Lorenzo, não?

Em troca da sua água quente de cabaça demos, a Justo e aos seus jovens, um bom conhaque e nos preparamos para partir.

— Serão onze já — disse o capataz, olhando para a Lua, que banhava com luz branca as altas colinas de Los Chancos e Bitaco.

Olhei para o relógio e eram realmente onze. Despedimo-nos dos tropeiros e, quando nos afastamos meia quadra do toldo, Justo chamou Lorenzo: esse me alcançou poucos instantes depois.

LX

No dia seguinte, às quatro da tarde, cheguei ao alto de Las Cruces. Apeei para pisar aquele chão onde, para meu mal, disse adeus à minha terra nativa. Tornei a ver esse Valle del Cauca, país tão belo quanto já desventurado... Tantas vezes havia sonhado em vê-lo daquela montanha que, depois de tê-lo diante de mim com todo o seu esplendor, olhei ao meu redor para me convencer de que em tal momento não era a brincadeira de um sonho. Meu coração palpitava aceleradamente como se pressentisse que logo iria reclinar-se sobre ele a cabeça de María; e meus ouvidos ansiavam por captar uma voz dela perdida no vento. Fixos estavam meus olhos nas colinas iluminadas no sopé da cordilheira distante, onde branqueava a casa de meus pais.

Lorenzo acabava de me alcançar, trazendo pela rédea um lindo cavalo branco, que havia recebido em Tocotá para que eu cumprisse nele as últimas três léguas da viagem.

— Olha — disse-lhe eu quando estava prestes a encilhá-lo, e meu braço mostrava-lhe o ponto branco da serra que eu não conseguia parar de olhar —; amanhã a esta hora estaremos lá.

— Mas para quê? — respondeu.

— Como assim?

— A família está em Cali.

— Não me havias dito. Por que foram?

— Ontem à noite me disseram que a senhorita passou muito mal.

Lorenzo quando disse isso não olhou para mim e me pareceu comovido.

Montei tremendo no cavalo que ele me apresentava já encilhado, e o brioso animal começou a descer rapidamente e quase voando pelo caminho rochoso.

A tarde se apagava quando contornei a última volta das Montañuelas. Um vento impetuoso do oeste zumbia ao meu redor nos penhascos e rochas, desordenando a abundante crina do cavalo. Nos confins do horizonte, à minha esquerda, não embranquecia mais a casa de meus pais nas encostas sombrias da montanha; e à direita, ao longe, sob um céu turquesa, descobriam-se lampos da massa do Huíla meio cobertos por névoas flutuantes.

Quem quer que tenha criado isso, dizia eu a mim mesmo, não pode sequer destruir a mais bela de suas criaturas e o que ele mais queria que eu amasse. E sufocava de novo os soluços que me afogavam no peito.

Já deixava à minha esquerda a pulcra e agradável várzea do Peñón, digna de seu formoso rio e de minhas boas lembranças de infância. A cidade acabava de adormecer sobre seu leito verde e almofadado; como um bando de aves enormes que pairavam em busca de seus ninhos, divisavam-se sobre ela, iluminadas pela lua, as folhagens das palmeiras.

Tive de reunir toda a minha coragem para bater à porta de casa. Um pajem abriu. Apeando-me, joguei as rédeas em suas mãos e corri pelo saguão e parte do corredor que me separava da entrada do salão: estava escuro. Eu tinha adiantado alguns passos à frente quando ouvi um grito e senti-me abraçado.

— María! Minha María! — exclamei, pressionando contra o coração aquela cabeça entregue às minhas carícias.

— Ah, não, não, meu Deus! — interrompeu-me, soluçando.

E, desprendendo-se de meu pescoço, ela caiu no sofá

próximo: era Emma. Estava vestida de preto e a lua acabava de banhar seu rosto lívido e regado de lágrimas.

Abriu-se a porta do quarto da minha mãe naquele momento. Ela, gaguejando e tocando-me com seus beijos, arrastou-me em seus braços até o assento onde Emma estava muda e imóvel.

— Onde ela está, então?! Onde ela está? — gritei, levantando-me.

— Filho de minha alma! — exclamou minha mãe com o mais profundo tom de ternura e tornando a me apertar contra seu peito —: no céu!

Algo como a lâmina fria de uma adaga penetrou em meu cérebro; faltou luz aos meus olhos e ar ao meu peito. Era a morte que me feria... Ela, tão cruel e implacável, por que não soube ferir...?!

LXI

Foi impossível dar-me conta do que havia acontecido comigo, uma noite em que despertei em uma cama rodeada de pessoas e objetos que mal conseguia distinguir. Uma lâmpada velada, cuja luz tornavam mais opaca as cortinas da cama, difundia através da sala silenciosa uma claridade indecisa. Tentei em vão me recompor; chamei, e senti uma de minhas mãos tremer; tornei a chamar e senti que apertavam uma de minhas mãos; e o nome que pronunciava fracamente foi respondido com um soluço. Voltei-me para o lado de onde esse havia saído e reconheci minha mãe, cujo olhar saudoso e pleno de lágrimas estava fixado em meu rosto. Fez-me quase secretamente e com sua mais suave voz muitas perguntas para ter certeza de que eu estava aliviado.

— Então é verdade! — eu disse a ela quando a lembrança ainda confusa da última vez que a vi me veio à memória.

Sem me responder, reclinou a testa no travesseiro, unindo assim nossas cabeças.

Depois de alguns momentos tive a crueldade de lhe dizer:

— Foi assim que me enganaram...! Por que vim?

— E eu? — ela me interrompeu, molhando meu pescoço com suas lágrimas.

Mas sua dor e sua ternura não escaparam aos meus olhos.

Tratava-se, sem dúvida, de evitar qualquer emoção forte, pois num curto período de tempo meu pai se aproximou silenciosamente e apertou minha mão, enquanto enxugava os olhos sombreados pela insônia.

Minha mãe, Eloísa e Emma se revezaram naquela noite para velarem junto ao meu leito, depois que o doutor se retirou prometendo uma lenta, mas positiva recuperação. Em vão elas esgotaram seus mais doces cuidados para me fazer adormecer. Assim que minha mãe adormeceu, rendida pela exaustão, eu soube que havia pouco mais de vinte e quatro horas que eu estava em casa.

Emma sabia a única coisa que me faltava saber: a história de seus últimos dias... seus últimos momentos e suas últimas palavras. Sentia que, para ouvir essas confissões terríveis, faltava-me coragem, mas não consegui dominar minha sede por dolorosos detalhes, e fiz-lhe muitas perguntas. Ela só me respondia com o tom de uma mãe que faz o filho dormir no berço:

— Amanhã.

E acariciava minha testa com as mãos ou brincava com meus cabelos.

LXII

Três semanas haviam se passado desde meu retorno, durante as quais me detiveram a seu lado Emma e minha mãe, aconselhadas pelo médico e perdoando sua tenacidade com o mau estado de minha saúde.

Os dias e as noites de dois meses haviam passado sobre seu túmulo e meus lábios não haviam murmurado uma oração sobre ele! Sentia-me ainda sem a força necessária para visitar a mansão abandonada de nossos amores, para olhar esse sepulcro que de meus olhos a escondia e a negava aos meus braços. Mas naqueles lugares onde devia ela me esperar: lá estavam os tristes presentes de sua despedida para mim, que não tinha voado para receber seu último adeus e seu primeiro beijo antes que a morte congelasse seus lábios.

Emma foi lentamente exprimindo em meu coração toda a amargura das últimas confidências de María para mim. Assim, recomendada para romper o dique de minhas lágrimas, não teve mais tarde como enxugá-las e, misturando as suas próprias com as minhas, passou aquelas horas dolorosas e lentas.

Na manhã que se seguiu à tarde em que María me escreveu sua última carta, Emma, depois de procurá-la em vão em seu quarto, encontrou-a sentada no banco de pedra do jardim;

deixava ver que havia chorado: seus olhos fixos na corrente e ampliados pela sombra que os cercava, ainda umedecidas com algumas lágrimas espaçadas aquelas bochechas pálidas e enfraquecidas, antes tão cheias de graça e frescor; exalava soluços já fracos, ecos de outros com que sua dor se havia desafogado.

— Por que vieste sozinha hoje? — Emma perguntou-lhe, abraçando-a —: eu queria te acompanhar, como ontem.

— Sim — ela respondeu —; eu sabia, mas desejava vir sozinha; pensei que teria forças. Ajude-me a andar.

Ela se apoiou no braço de Emma e caminhou até a roseira em frente à minha janela. Assim que chegaram perto dela, María a contemplou quase sorrindo e, tirando dela as duas rosas mais frescas, disse:

— Talvez sejam as últimas. Olha quantos botões tem: tu deves pôr ao lado da Virgem as mais belas que se abrirem.

Levando o galho mais florido até a bochecha, acrescentou:

— Adeus, minha roseira, querido emblema da sua constância! Tu lhe dirás que cuidei de ti enquanto pude — disse, virando-se para Emma, que chorava com ela.

Minha irmã tentou levá-la do jardim, dizendo:

— Por que te entristeces assim? Papai não concordou em atrasar nossa viagem? Voltaremos todos os dias. Não é verdade que te sentes melhor?

— Vamos ficar um pouco mais aqui — respondeu ela, aproximando-se lentamente da janela de meu quarto; ficou olhando para ela, esquecida de Emma, e inclinou-se depois para desprender todas as açucenas de seu arbusto preferido, dizendo para minha irmã —: Diga a ele que nunca deixou de florescer. Agora sim, vamos.

Tornou a deter-se na margem do arroio e, olhando ao seu redor, reclinou a testa no peito de Emma, murmurando:

— Não quero morrer sem vê-lo aqui de novo!

Durante o dia pareceu mais triste e quieta do que de costume. Pela tarde esteve em meu quarto e deixou no vaso, unidos com alguns fios de cabelo dela, as açucenas que havia colhido pela manhã; e lá Emma foi procurá-la quando já estava escuro. Apoiava os cotovelos na janela, e as tranças desordenadas de seus cabelos quase escondiam seu rosto.

— María — disse-lhe Emma depois de olhar para ela em silêncio por alguns momentos — este vento noturno não te fará mal?

Ela, de início surpresa, respondeu pegando sua mão, puxando-a para si e fazendo-a se sentar ao lado dela no sofá:

— Nada mais pode me fazer mal.

— Não queres que vamos ao oratório?

— Agora não; ainda quero ficar aqui. Tenho que te contar tantas coisas...

— Não há tempo para me contares em outro lugar? Tu, tão obediente às prescrições do médico, tornarás assim infrutíferos todos os seus cuidados e os nossos: há dois dias que não és dócil como antes.

— É que não sabem que vou morrer — ela respondeu, abraçando Emma e soluçando contra seu peito.

— Morrer! Morrer quando Efraín chegar...?

— Sem vê-lo outra vez, sem lhe contar... morrer sem poder esperar por ele. Isso é espantoso — acrescentou, estremecendo após uma pausa —; mas é certo: nunca os sintomas do ataque foram como os que estou sentindo. Preciso que saibas tudo antes que me seja impossível te contar. Olha: queria deixar-lhe tanto quanto possuo e que lhe tenha sido amado. Colocarás na caixinha onde guardo as cartas dele e as flores secas, este medalhão onde estão seus cabelos e os de minha mãe; este anel que ele colocou em minha mão na véspera de sua viagem; e, em meu avental azul, vais embrulhar minhas tranças... Não te aflijas assim — continuou, aproximando sua bochecha fria à de minha irmã —; eu já não poderia mais ser sua esposa... Deus quer libertá-lo da dor de me encontrar como estou, do transe de me ver expirar. Ai! eu poderia morrer assim que lhe desse meu último adeus. Estreita-o por mim em teus braços e diz-lhe que em vão lutei para não o abandonar... que me assustava mais a solidão dele do que a morte mesma, e...

María parou de falar e tremia nos braços de Emma; essa

cobriu-a de beijos e seus lábios a encontraram rígida; chamou-a e não respondeu; gritou alto e correram em seu auxílio.

Todos os esforços do médico foram infrutíferos para trazê-la de volta do ataque e, na manhã seguinte, ele se declarou impotente para salvá-la.

O velho padre da Paróquia respondeu às doze ao chamado que lhe foi feito.

Diante da cama de María colocou-se sobre uma mesa enfeitada com as mais belas flores do jardim o crucifixo do oratório, e iluminavam-no duas velas benzidas. Ajoelhando-se diante daquele altar humilde e perfumado, rezou o sacerdote por uma hora; e, ao se levantar, deu uma das velas para o meu pai e outra para Mayn para se aproximarem com elas da cama da moribunda. Minha mãe e minhas irmãs, Luísa, suas filhas e alguns escravos se ajoelharam para presenciar a cerimônia. O ministro falou estas palavras ao ouvido de María:

— Minha filha, Deus vem te visitar, queres recebê-lo?

Ela permaneceu muda e imóvel como se estivesse dormindo profundamente. O padre olhou para Mayn, que, entendendo instantaneamente aquele olhar, tomou o pulso de María, dizendo imediatamente em voz baixa:

— Quatro horas, pelo menos.

O padre a abençoou e a ungiu. Os soluços de minha mãe, de minhas irmãs e das filhas do montanhês acompanharam a oração.

Uma hora depois da cerimônia, Juan se aproximou do leito e se empinava para ver María, chorando porque não queriam levantá-lo. Tomou-o minha mãe nos braços e o sentou na cama.

— Ela está dormindo, não é? — perguntou o inocente, apoiando a cabeça no mesmo travesseiro sobre o qual a de María descansava, segurando em suas mãozinhas uma das tranças, como costumava fazer quando adormecia.

Meu pai interrompeu aquela cena que esgotou as forças da minha mãe e que os participantes assistiam, entristecidos.

Às cinco da tarde, Mayn, que permanecia na cabeceira tomando o pulso de María constantemente, levantou-se, e seus olhos úmidos deixaram entender ao meu pai que a agonia havia acabado. Seus soluços fizeram com que Emma e minha mãe corressem para junto da cama. Estava como se dormisse; mas dormindo para sempre... morta! Sem que meus lábios tenham aspirado seu último suspiro, sem que meus ouvidos tenham ouvido seu último adeus, sem que algumas das muitas lágrimas derramadas por mim mais tarde em seu túmulo lhe tivessem caído sobre sua testa!

Quando minha mãe se convenceu de que María havia morrido, diante de seu cadáver, banhado pela luz dos arrebóis que penetravam no quarto através de uma janela que acabava de ser aberta, exclamou com a voz rouca pelas lágrimas e beijando uma daquelas mãos já frias e insensíveis:

— María...! Filha do meu coração...! Por que nos deixas assim...? Ah! Nunca mais poderás me ouvir... O que responderei a meu filho quando me perguntar sobre ti? O que fará, meu Deus...! Morta! Morta sem ter exalado uma só queixa!

Já no oratório, sobre uma mesa enlutada, coberta de um pano branco e reclinada no ataúde, ela exibia no rosto algo de sublime resignação. A luz de velas, brilhando em sua testa lisa e em suas pálpebras largas, projetavam a sombra dos cílios nas bochechas: aqueles lábios pálidos pareciam ter congelado enquanto tentavam sorrir; podia-se acreditar que ainda respirava. Sombreavam-lhe a garganta as tranças meio enroladas em um coque de gaze branca, e suas mãos, apoiadas no peito, seguravam um crucifixo.

Assim a viu Emma às três da madrugada, quando se aproximava o mais terrível encargo de María.

O padre rezava de joelhos ao pé do ataúde. A brisa noturna, perfumada de rosas e flores de laranjeira, agitava as chamas das velas já gastas.

— Eu pensei — Emma me disse — que quando eu cortasse a primeira trança ela iria olhar para mim tão docemente como costumava fazer quando, apoiando sua cabeça em meu colo, penteava seus cabelos. Coloquei-a aos pés da imagem da Virgem e pela última vez beijei-lhe as bochechas... Quando acordei duas horas depois... não estava mais lá!

Braulio, José e mais quatro peões levaram o corpo para a povoado, cruzando essas lonjuras e descansando sob aqueles bosques onde, numa manhã feliz, passou María ao meu lado amando e sendo amada, no dia do casamento de Tránsito. Meu pai e o padre iam passo a passo diante do humilde comboio que passava... ai de mim! Humilde e silencioso como o de Nay!

Meu pai regressou ao meio-dia devagar e já sozinho. Quando apeou, fez esforços inúteis reprimir os soluços que o afogavam. Sentado no salão, entre Emma e minha mãe e rodeado pelas crianças que esperavam em vão suas carícias, ele deu vazão à sua dor, fazendo com que minha mãe tentasse dar-lhe um conforto que ela mesma não conseguia ter.

— Eu — dizia ele — o autor daquela viagem amaldiçoada, a matei! Se Salomão pudesse vir me perguntar pela filha dele, o que poderia eu dizer-lhe...? E Efraín... e Efraín...Ah! Por que o chamei? Assim lhe cumprirei minhas promessas?

Naquela tarde, deixaram a fazenda nas montanhas para passar a noite na do vale, de onde deveriam empreender no dia seguinte a viagem para a cidade.

Braulio e Tránsito concordaram em morar em casa para cuidar dela durante a ausência da família.

LXIII

Dois meses após a morte de María, em dez de setembro, eu ouvia de Emma o final daquela relação que ela prolongou pelo maior tempo que lhe foi possível. Já era noite e Juan dormia sobre meus joelhos, costume que havia adquirido desde meu regresso, porque talvez adivinhasse instintivamente que tentava substituir em parte o amor e o cuidado maternal de María.

Emma me entregou a chave do armário em que estavam guardados, na casa da serra, os vestidos de María e tudo o que de mais especial ela havia recomendado que ficasse guardado para mim.

Na madrugada do dia seguinte àquela noite parti para Santa R., onde havia duas semanas meu pai permanecia, depois de ter preparado todo o necessário para o meu regresso à Europa, o qual deveria ocorrer no dia dezoito daquele mês.

No dia doze, às quatro da tarde, despedi-me de meu pai, a quem eu tinha feito crer que queria passar a noite na fazenda de Carlos, para dessa maneira estar em Cali mais cedo no dia seguinte. Quando abracei meu pai, tinha em suas mãos um pacote lacrado e, entregando-me, disse:

— Para Kingston: contém o último testamento de Salomão e o dote de sua filha. Se meu interesse por ti — acrescentou com uma voz que a emoção fazia trêmula — me fez afastar dela e talvez precipitar sua morte... tu saberás me perdoar... Quem mais deve fazer isso senão tu?

Ouvida a resposta que, profundamente comovido, dei a essa desculpa paternal, tão terna quanto humildemente dada, ele me tomou novamente entre seus braços. Ainda permanece em meus ouvidos seu tom de voz ao pronunciar aquele adeus!

Saindo para a região de *** depois de ter atravessado o Amaime, esperei Juan Ángel para lhe dizer que tomasse o caminho da serra. Olhou-me como que assustado com a ordem que recebia; mas, vendo-me dobrar para a direita, seguiu-me o mais próximo possível e, pouco depois, eu o perdi de vista.

Já começava a ouvir o barulho das correntes do Sabaletas; via as copas dos salgueiros. Parei na beira da colina. Dois anos antes, numa tarde como aquela, que então harmonizava com minha felicidade e agora era indiferente à minha dor, vi as luzes daquele lar onde, com amorosa ansiedade, eu era aguardado. María estava ali... E agora essa casa trancada, e seu entorno solitário e silencioso: outrora o amor que nascia e agora o amor sem esperança! Ali, a poucos passos do caminho que a grama começava a apagar, vi a pedra larga que tantas vezes serviu de assento naquelas felizes tardes de leitura. Estava, enfim, perto do jardim confidente dos meus amores: os pombos e os tordos batiam as asas, piando e cantando nas folhagens das laranjeiras: o vento arrastava folhas secas sobre as pedras do piso.

Apeei do cavalo, abandonando-o à sua vontade e, sem força nem voz para chamar, sentei-me num daqueles degraus de onde tantas vezes sua voz acolhedora e seus olhos amorosos se despediram de mim.

Um tempo depois, já quase à noite, ouvi passos perto de mim: era uma velha escrava que, tendo visto meu cavalo solto no estábulo, saiu para descobrir quem era seu dono. Mayo a seguia trabalhosamente: a visão desse animal, meu amigo de infância, companheiro carinhoso dos meus dias de felicidade, arrancou gemidos do meu peito: apresentando a cabeça para receber um afago, lambia a poeira das botas e, sentando-se a meus pés, uivou dolorosamente.

A escrava trouxe as chaves da casa e ao mesmo tempo me avisou que Braulio e Tránsito estavam na montanha. Entrei no salão e, dando alguns passos sem que meus olhos nublados pudessem distinguir os objetos, caí no sofá onde com ela me havia sentado sempre, onde pela primeira vez falei com ela sobre meu amor.

Quando levantei meu rosto, uma escuridão completa me cercava. Abri a porta do quarto de minha mãe, e minhas esporas ressoaram tristemente naquele lugar frio e com odor de tumba. Então uma nova força na minha dor me fez correr ao oratório. Eu ia pedi-la a Deus... nem ele poderia mais querer me devolvê-la na terra! Eu ia procurá-la onde meus braços a tinham estreitado, onde pela primeira vez meus lábios pousaram em sua testa... a luz da lua que se erguia, penetrando pela treliça entreaberta, deixou-me ver a única coisa que devia encontrar: o pano fúnebre meio enrolado da mesa onde seu caixão repousara; os restos das velas que iluminaram o túmulo... o silêncio surdo aos meus gemidos, a eternidade muda ante minha dor!

Vi luz no aposento de minha mãe: era porque Juan Ángel tinha acabado de colocar uma vela em uma das mesas; eu a peguei, fazendo-lhe um gesto para que me deixasse sozinho e me dirigi ao quarto de María. Algo de seus perfumes estavam ali... Velando as últimas prendas de seu amor, seu espírito devia estar esperando por mim. O crucifixo ainda sobre a mesa; as flores murchas no seu vaso; a cama onde havia morrido, já desmontada; alguns vidros ainda estavam manchados com a últimas poções que lhe deram. Abri o armário: todos os aromas dos dias de nosso amor exalaram combinados dele. Minhas mãos e meus lábios apalparam aqueles vestidos tão familiares para mim. Puxei a gaveta que Emma havia me indicado; o cofre precioso estava ali. Um grito escapou de meu peito e uma sombra cobriu meus olhos ao se desenrolarem em minhas mãos aquelas tranças que pareciam sensíveis aos meus beijos.

Uma hora depois... Meu Deus! Tu sabes. Eu havia percorrido o jardim chamando-a, pedindo-a às folhagens que nos tinham dado sombra e ao deserto que em seus ecos somente me devolviam seu nome. À beira do abismo coberto pelas roseiras, em cujo fundo disforme e escuro as brumas embranqueciam e troava o rio, um pensamento criminoso estancou minhas lágrimas por um instante e me esfriou a face...

Uma pessoa de quem me escondiam as roseiras pronunciou meu nome junto de mim: era Tránsito. Ao se aproximar, meu rosto deve tê-la assustado, pois, por alguns segundos, permaneceu assombrada. A resposta que dei à súplica que me fez para eu deixar aquele lugar, talvez tenha lhe revelado com sua amargura todo o desprezo que eu tinha pela vida naquele momento. A pobre moça começou a chorar sem insistir em mais nada naquela ocasião; mas, reanimada, gaguejou com sua voz dolente de uma escrava queixosa:

— Tampouco queres ver Braulio nem meu filho?

— Não chores, Tránsito, e me perdoe — disse-lhe —. Onde estão?

Ela apertou uma das minhas mãos ainda sem ter enxugado as lágrimas e me conduziu até o corredor do jardim, onde seu marido me esperava. Depois que Braulio recebeu meu abraço, Tránsito pôs sobre meus joelhos um gracioso menino de seis meses; ajoelhando-se aos meus pés, sorria para o filho e, satisfeita, olhava para mim acariciando o fruto de seus inocentes amores.

LXIV

Inesquecível e última noite passada no lar onde correram-se os anos de minha infância e os dias felizes da minha juventude! Como a ave impelida pelo furacão às pampas abrasadas tenta em vão desviar seu voo em direção ao sombrio bosque nativo, e já murcha a plumagem retorna a ele após a tempestade e busca inutilmente o ninho de seus amores revolteando ao redor da árvore destruída, assim minha alma abatida vai nas horas de meu sono vagar por aquele que foi o lar de meus pais. Laranjeiras frondosas, salgueiros mansos e verdes que comigo cresceram, como devem ter envelhecido! Rosas e lírios de María, quem os amará se existirem! Aromas do exuberante pomar, não voltarei a aspirá-los; sussurrantes ventos, rio murmurante... não voltarei a ouvi-los!

A meia-noite me encontrou acordado no meu quarto. Tudo estava lá como eu havia deixado; só as mãos de María haviam retirado o essencial, decorando o quarto para meu regresso; murchos e carcomidos por insetos ficaram no vaso os últimos lírios que ela colocou. Ante essa mesa abri o pacote de cartas que ela havia me deixado ao morrer. Aquelas linhas, apagadas pelas minhas lágrimas e traçadas quando eu estava tão longe de acreditar que elas seriam minhas últimas palavras dirigidas a ela; aqueles páginas levadas ao seu peito foram desdobradas, lidas uma por uma; e, procurando entre as cartas de María a resposta a cada uma que escrevi, folheei esse diálogo de amor imortal ditado pela esperança e interrompido pela morte.

Segurando as tranças de María nas mãos e recostado no sofá onde Emma lhe tinha ouvido as últimas confidências, o relógio bateu as duas horas; ele havia medido também as horas daquela noite angustiante, véspera de minha viagem; ele devia medir as da última que passei na casa de meus genitores.

Sonhei que María era já minha esposa; que esse castíssimo delírio deve ter sido e continua a ser o único deleite de minha alma: ela vestia um traje branco esvoaçante e usava um avental azul, azul como se tivesse sido formado por um pedaço de céu: era aquele avental que tantas vezes a ajudei a encher de flores e que ela sabia amarrar tão linda e descuidadamente até sua cintura inquieta; aquele em que eu tinha encontrado enrolados os seus cabelos. Ela entreabriu cuidadosamente a porta de meu quarto e, tentando não fazer o menor barulho com suas roupas, ajoelhou-se no tapete ao pé do sofá: depois de me olhar meio sorrindo, como que com medo de que meu sonho fosse falso, tocou minha testa com os lábios macios como o veludo dos lírios de Páez: já menos temerosa de meu engano, deixou-me inspirar seu hálito quente e perfumado por um momento; mas, então, esperei em vão pressionar meus lábios nos dela: sentou-se no tapete e, enquanto lia algumas das páginas espalhadas nele, estava com uma das minhas mãos no rosto, a qual pairava sobre as almofadas. Sentindo-se encorajada por aquela mão, voltou para mim seu olhar cheio de amor, sorrindo como só ela poderia sorrir; levou sua cabeça sobre meu peito e, assim reclinada, procurava meus olhos enquanto eu ornava sua fronte com suas tranças sedosas ou aspirava com deleite seu perfume de manjericão.

Um grito, meu grito, interrompeu aquele sonho: a realidade o turvava, com ciúmes, como se aquele momento tivesse sido um século de felicidade. A lâmpada se consumira; o vento frio da manhã penetrava pela janela; minhas mãos estavam rígidas e oprimiam aquelas tranças, o único resquício de sua beleza, a única verdade de meu sonho.

LXV

Na tarde desse dia, durante o qual havia visitado todos os locais que me eram queridos e que não devia voltar a ver, preparava-me para empreender viagem à cidade, passando pelo cemitério da paróquia onde se encontra o túmulo de María. Juan Ángel e Braulio foram na frente para me esperar nele, e José, sua esposa e suas filhas me rodeavam já para receber minha despedida. Convidados por mim, seguiram-me ao oratório e todos de joelhos, todos chorando, rezamos pela alma daquela que tanto havíamos amado. José interrompeu o silêncio que se seguiu a essa oração solene para recitar uma súplica à protetora dos peregrinos e navegadores.

Já no corredor, Tránsito e Lucía, após receberem meu adeus, soluçavam com o rosto coberto e sentadas no pavimento; a senhora Luísa havia desaparecido; José, virando para o lado a face afim de ocultar de mim as lágrimas, esperava-me tendo o cavalo pelo cabresto ao pé da escadaria: Mayo, abanando o rabo e deitado na grama, espiava todos os meus movimentos como quando em seus dias de vigor saíamos à caça de perdizes.

Faltou-me voz para dizer uma última palavra de carinho a José e às suas filhas; eles também não teriam tido tempo de me responder.

A poucos quarteirões da casa, parei antes de fazer a descida para ver mais uma vez aquela amada mansão e seus arredores.

Das horas de felicidade que nela eu havia passado, só carregava comigo a lembrança de María, e os dotes que me havia deixado à beira de seu túmulo.

Então chegou Mayo e, cansado, parou na margem da torrente que nos separava: duas vezes tentou vadeá-la e nas duas vezes teve de recuar: sentou-se na grama e uivou tão lastimosamente como se seus alaridos tivessem algo de humano, como se com eles quisesse me lembrar o quanto ele havia me amado e me repreender porque o abandonava na velhice.

Depois de uma hora e meia, apeava na entrada de uma espécie de jardim, isolado na planície e rodeado por uma cerca, que era o cemitério da aldeia. Braulio, recebendo o cavalo e participando da emoção que descobria em meu rosto, empurrou uma folha do portão e não deu mais nenhum passo. Eu atravessei entre o mato e as cruzes de pau e *guadua* que se levantavam sobre ele. O sol poente atravessava os galhos emaranhados da selva vizinha com alguns raios, que amarelavam sobre as amoreiras e a folhagem das árvores que sombreavam os túmulos. Ao contornar um grupo de corpulentos tamarindos, fiquei diante de um pedestal branco manchado pelas chuvas, sobre o qual havia uma cruz de ferro; aproximei-me. Em uma placa negra que as papoulas já começavam a esconder, comecei a ler: "María..."

Àquele terrível monólogo da alma antes da morte, da alma que a interroga, que a amaldiçoa... que lhe implora, que a chama... resposta muito eloquente deu aquela sepultura fria e surda, que meus braços oprimiam e minhas lágrimas banhavam.

O ruído de passos nas folhagens fez-me levantar diante do pedestal; Braulio se aproximou de mim, entregando-me uma coroa de rosas e açucenas, presente das filhas de José, e permaneceu no mesmo lugar, como se me indicasse que era hora de partir. Levantei-me para pendurá-la na cruz e tornei a abraçá-la aos pés dela para dar um último adeus a María e ao seu túmulo...

Havia já montado e Braulio segurava entre suas mãos uma das minhas, quando a comoção de um pássaro que, voando por cima de nossas cabeças, dando um grasnido sinistro e familiar para mim, interrompeu nossa despedida: vi-o voar em direção à cruz de ferro e, já empoleirado em um dos braços, balançou as asas repetindo seu canto espantoso.

Abalado, parti a galope em meio ao pampa solitário, cujo vasto horizonte enegrecia a noite.

POSFÁCIO

MARÍA, EXPRESSÃO MÁXIMA DO ROMANTISMO COLOMBIANO

Gilson Charles dos Santos

O Valle del Cauca é, atualmente, a segunda região mais densamente povoada da Colômbia, superada apenas pela capital, Bogotá. Historicamente, porém, é a mais antiga, havendo vestígios de ocupação humana já no século 17 a.C.. Antes da chegada dos espanhois, o território foi habitado por diversos grupos indígenas: aguales, bugas, calocotos, catios, gorrones, iscuándes, jamundíes, lilies, noamanes, petecuy, quimbayas, quinchas e yumbos, agrupados no que chamamos de cultura calima ou muzo-colima, assim denominada por abranger o território do Cauca situado entre os rios San Juan, Dagua e Calima.

A ocupação do território num passado tão distante pode ser explicada pelas vantagens do clima e da geografia. Trata-se de uma região que se estende, do norte oriental, desde os altiplanos dos Andes até às praias no litoral do Pacífico, a ocidente. De temperaturas amenas, diversidade de paisagens e solo extremamente fértil, possibilitou o assentamento permanente das tribos indígenas nativas e, após a tomada do território colombiano pelos espanhóis, o desenvolvimento da indústria açucareira que, por muito tempo, foi a principal atividade econômica da região.

É este o cenário do romance *María*, publicado por Jorge Isaacs em 1867 e considerada sua obra-prima. Antes dele, Isaacs havia escrito apenas um volume de poemas, denominado *Poesias* (1864), o que levou o escritor mexicano Guillermo Prieto a descrever María como um "relicário de puro sentimento", poesia expressa em prosa.

Nascido em Cali no ano de 1837 e falecido em Ibagué (capital do departamento de Tolima, Colômbia) em 1895, Isaacs era filho de uma jovem imigrante catalã com um cidadão inglês, naturalizado colombiano, que em 1840 adquiriu duas fazendas de açúcar no Valle del Cauca. Foi educado por Doña Matilde Pombo O'Donnell, muito conhecida na Colômbia por ser a mãe do advogado, orador, poeta, jornalista e político Julio Arboleda Pombo e de Sergio Arboleda, um importante estadista. Muito jovem, participou como soldado da guerra civil colombiana de 1860-1862 pela independência do Valle del Cauca ao lado dos conservadores, período em que conhece o poeta Gregório Gutiérrez González, que na ocasião escrevia um poema sobre a guerra. Isaacs, porém, abandonou o campo de batalha para ficar na companhia de seu pai, que veio a falecer de cirrose em 1863. A partir daí, tornou-se administrador dos bens da família, perdidos em pouco tempo devido às dívidas acumuladas pelo patriarca. Em 1864, ano da publicação de seu livro de poemas, Isaacs ingressa na maçonaria, elege-se representante de câmara pelo partido conservador, começa sua carreira jornalística publicando no periódico *La República* e inicia a composição de *María*.

A partir de 1870, Isaacs se interessa pelo método pedagógico do suiço Johann Heinrich Pestalozzi e propõe diversos projetos em defesa do ensino universal obrigatório, da educação formal das mulheres e pela erradicação do analfabetismo no país, até alcançar o posto de diretor de instrução pública do Estado de Tolima, em 1884. Por essa época, participa como secretário da missão científica para estudo dos territórios inexplorados do litoral atlântico com vistas a achar e extrair metais preciosos do local e descrever plantas, resinas, folhas e frutas úteis à medicina e à indústria. É quando publica sua penúltima obra, o estudo etnológico sobre os indígenas motilon denominado *Las tribus indígenas del Estado de Magdalena*, antes provincia de Santa Marta. Estabelece-se em Ibagué em 1888, local onde vivia sua família, publica o poema *Tierra de Córdova*, em 1892, e dá início à escrita de uma trilogia histórica do Grande Cauca, projeto que não viria a concluir. Faleceu de uma recaída de malária, contraída pela primeira vez ainda nos tempos da guerra civil, sendo seu corpo trasladado para Antióquia apenas em 1905.

Não é difícil identificar os diversos elementos autobiográficos de Jorge Isaacs em *María*. O protagonista, Efraim, também nasce em família abastada, proprietária de uma fazenda na região do Cauca, cujo histórico não difere muito do que o próprio Isaacs testemunhou nos anos anteriores à composição da obra. O protagonista, igualmente, possui ascendência europeia e, tal como Isaacs, Efraim precisa deixar a terra natal para realizar seus estudos na capital do país. O elemento ficcional do romance é a própria María, que dá título à obra e é claramente inspirada no "bom selvagem" de Rousseau, elemento basilar do idealismo romântico que, especialmente nas ex-colônias da América independente, cativou tantos escritores nacionalistas do século XIX. Mas, por trás da idealização do relacionamento amoroso, com base no qual o enredo de *María* se constitui, Isaacs apresenta os hábitos e valores da elite colombiana e descreve em tons pastéis o cotidiano de ricos e pobres numa sociedade ainda organizada em torno da escravidão e de práticas quase feudais, que congregavam comunidades de lavradores humildes e pequenos artesãos em torno de grandes fazendeiros.

Os mesmos elementos característicos do romantismo francês, adaptados ao "clima local" dos trópicos brasileiros, comparecem na vertente colombiana: valores morais cristãos, ligados à precedência da figura masculina e à propriedade privada, são reforçados pelas relações entre os sexos e entre as classes sociais, de maneira a construir um modelo de sociedade homogênea do ponto de vista social e econômico, mas em que apenas um grupo tem direito à voz. Aos demais sobram agradecimento, obediência, adoração quase religiosa e palavras não-ditas.

As críticas positivas sobre a obra reconhecem a união perfeita de três elementos em seu enredo: o modelo alemão do romance de formação (*Bildungsroman*), a exaltação romântica da paisagem sul-americana e as experiências autobiográficas de Isaacs, que de certa forma criam o amálgama entre os elementos. Afinal, as vivências juvenis de Efraim materializam, nas descrições geográficas, os remansos dos rios, a composição arbórea de bosques e florestas, a profundidade dos vales, os riscos da selva, as plantações e colheitas, as cabanas de montanheses e as refeições frugais dos campesinos. Além disso, descrevem a vida rural, embelezada pela sensibilidade do narrador-protagonista, em clichês que amplificam a exuberância da natureza tropical. Nela se projetam as experiências de Efraim com descrições cromáticas ("tardes douradas", "prata líquida") e sonoras ("gemidos do vento", "soluços do rio") que conferem à narrativa uma plasticidade poucas vezes vista na literatura romântica sul-americana.

É também geográfica a distinção entre pobres e ricos, já que as fazendas se concentram nas planícies, ao passo que os casebres mais humildes se localizam nos altiplanos. A altitude diferencia o latifúndio da pequena propriedade, delimitando os espaços da produtividade comercial e da agricultura de subsistência. Contudo, a possibilidade de conflitos sociais se dilui, de um lado, num classismo "suave" dos latifundiários e, de outro, na ênfase em festas populares e benesses de que participam os mais pobres, os mulatos e os negros tal como representados na obra.

A primeira edição de María foi publicada pelo editor José Benito Gaitán e teve excelente recepção por parte dos leitores bogotanos. Recebeu crítica positiva no jornal *La República* e inseriu Isaacs nos círculos aristocráticos da capital, que viam em sua obra "a interpretação afortunada de todas as ternuras femininas", nas palavras do escritor colombiano Luciano Rivera Garrido, amigo de Isaacs.

Na arena política, contudo, *María* serviu, em pelo menos duas ocasiões, como isca para críticas ruins ao seu autor. Opositores dentro do próprio partido conservador publicaram, de forma anônima, um poema satírico dois anos após a publicação de *María*, intitulado *El diputado de los anteojos verdes o Jorge y María. Drami-cuento en medio acto* ("O deputado de óculos verdes ou Jorge e María. Drama-conto em meio ato"), que diz[1]:

A República te deu
numa grande tapeação
uma curul, posição
onde perdeste o pudor[2].

Trata-se de uma crítica ao fato de que Isaacs, ao escrever para o diário *La República*, havia aderido a uma ala mais moderada do partido. E é a própria María quem o repreende, após saber que Isaacs havia sido substituído em uma delegação na Europa, conduzida pelo deputado conservador Torres Caicedo:

Pois bem, Jorge, tu perdeste,
e em ti não há quem confie:
desleal e ingrato foste
com quem te deu posição:
a paga de tal traição
só tinha de ser assim[3].

---

1 Optei por traduzir os trechos em redondilhas maiores, para comodidade do leitor de língua portuguesa.

2 "La República te dio
con cierta coja intriguilla
una curul, una silla,
en que has perdido el honor". (apud CRISTINA, 2005: 23)

3 "Y bien Jorge, eres pasado
y desconfían de ti.
Desleal e ingrato fuiste
con quien te dio posición:
el pago de la traición
tenía que ser así". (apud CRISTINA, 2005: 23)

Isaacs, porém, não aderiu ao partido liberal, e sim se isolou no radicalismo que o levará a romper com seus antigos co-partidários. Ao mesmo tempo, a primeira edição de *María* se esgotava rapidamente e, em menos de dez anos, já havia sido publicada na Argentina, no México (onde teve duas edições) e no Chile, além de contar com mais duas edições na Colômbia.

O escritor não fez grandes alterações nas primeiras três edições de María (1867, 1869 e 1878), porém efetuou mudanças importantes na edição de 1891, que seria a definitiva para o autor. Os filhos de Isaacs, no entanto, publicaram uma versão da obra revista e ampliada em 1922, alegando possuírem o manuscrito original com anotações e reclamando da desídia editorial nas edições anteriores. Por cinquenta anos, essa foi a versão definitiva do texto, até que, em 1970, Donald McGrady publicou uma edição crítica que procurava respeitar as correções feitas de próprio punho por Isaacs. Esta é a edição da obra que vem sendo publicada na Colômbia e alhures até hoje.

Coleção Prosa Latino-americana

Originária do latim, a palavra *prosa* significa o discurso direto, livre por não ser sujeito à métricas e ritmos rígidos. Massaud Moisés a toma como a expressão de alguém que se dobra para fora de si e se interessa mais pelos outros "eus", pela realidade do mundo exterior. A prosa está no cotidiano, no rés do chão, nas vizinhas que conversam por cima do muro, nos parentes que plantam cadeiras nas calçadas para tomar ar fresco e ver a vida lá fora. Se ouvimos dois dedos de prosa, já sabemos que estamos em casa. Em "Las dos Américas", escrito em 1856, o poeta colombiano José María Torres Caicedo apresenta pela primeira vez a ideia de latino-americano ao falar de uma terra merecedora de futuro glorioso por conter "um povo que se proclama rei". Hoje o termo diz respeito a todo o território americano, exceto os Estados Unidos, abrangendo os 12 países da América do Sul, os 14 do Caribe, os 7 da América Central e 1 país da América do Norte. É a nossa casa. Dona de uma literatura rica pela diversidade, mas ainda com muitos títulos desconhecidos pelos leitores brasileiros, a prosa latino-americana vem composta pelos permanentes ideais de resistência, sendo possuidora de alto poder de contestação, dentro de uma realidade que insiste em isolá-la e esvaziá-la. Com esta coleção cumpre-se o objetivo de ampliar nosso acervo de literatura latino-americana, para corrermos e contemplarmos a casa por dentro, visitá-la em estâncias aconchegadas, de paredes sempre bem revestidas.

1. Dona Bárbara, de Rómulo Gallegos
2. O aniversário de Juan Ángel, de Mario Benedetti
3. A família do Comendador, de Juana Manso
4. Homens de Milho, de Miguel Ángel Asturias
5. Eu o Supremo, de Augusto Roa Bastos
6. Museu do romance da Eterna, de Macedonio Fernández
7. O Caudilho, de Jorge Guillermo Borges
8. Huasipungo, de Jorge Icaza
9. Sab, de Gertrudis Gómez de Avellaneda
10. Raça de bronze, de Alcides Arguedas
11. Avalovara, de Osman Lins
12. A semana das cores, de Elena Garro
13. O recurso do método, de Alejo Carpentier
14. Quão caro foi o açúcar?, de Cynthia McLeod
15. A morte de Artemio Cruz, de Carlos Fuentes
16. María, de Jorge Isaacs

PATRONOS
DA PINARD

A publicação deste livro não seria possível
sem o apoio dos patronos João Pedro de
Almeida Ribeiro, Murilo Honório Monteiro
e Túlio Côrrea Monteiro.

Grafia atualizada segundo o Acordo Ortográfico da Língua Portuguesa de 1990, que entrou em vigor no Brasil em 2009

EDIÇÃO
Igor Miranda e Paulo Lannes
TRADUÇÃO
Gilson Charles dos Santos
REVISÃO
Paulo Lannes
POSFÁCIO
Gilson Charles dos Santos
ILUSTRAÇÃO DA PRIMEIRA CAPA
Girl in an armchair (1872), de James Tissot © Painters
ILUSTRAÇÃO DA QUARTA CAPA
Maria Tolkacheva
ILUSTRAÇÃO DA CAPA DE GUARDA
Polina Bottalova
ILUSTRAÇÕES INTERNAS
The Lovers (1855), de William Powell Frith © Ian Dagnall Computing
Hacienda Azucarera de San Esteban
Cerca de Puerto Cabello (1849), de Ferdinand Bellermann
Reading Woman (1890), de Jacques-Emile Blanche © Mariano Garcia
PROJETO GRÁFICO E DIAGRAMAÇÃO
Luísa Zardo

DADOS INTERNACIONAIS DE
CATALOGAÇÃO NA PUBLICAÇÃO (CIP)

Isaacs, Jorge, 1837-1895
María / Jorge Isaacs ; tradução Gilson Charles
dos Santos. -- São Paulo : Pinard, 2025.

Título original: *María*.
ISBN 978-65-981636-9-3
1. Romance colombiano I. Título.

25-278665 CDD-Co863

Índices para catálogo sistemático:
1. Romances : Literatura colombiana Co863
Eliane de Freitas Leite - Bibliotecária - CRB 8/8415

PINARD

contato@pinard.com.br
instagram - @pinard.livros

@pinard.livros

Impresso em julho de 2025, momento em que a Colômbia é governada pela primeira vez por um presidente de esquerda. O país se uniu ao Brasil em prol da estabilidade política e econômica na América do Sul, mas atravessa crise constitucional e conflitos armados entre novos candidatos da próxima eleição.

Composto em
HK GOTHIC E DANTE

Impressão
GRÁFICA PALLOTTI

Papel
LUX CREAM 70g